KB010803

서문문고
292

이효석 단편집

이 효 석 지음

이효석 단편집

차 례

메밀꽃 필 무렵

여름 장이란 애시당초에 글러서, 해는 아직 중천에 있건만 장판은 벌써 쓸쓸하고 더운 햇발이 벌려놓은 전 휘장 밑으로 등줄기를 훅훅 볶는다. 마을 사람들은 거의 돌아간 뒤요, 팔리지 못한 나무꾼 패가 길거리에 궁싯거리고들 있으나, 석유병이나 받고 고깃마리나 사면 족할 이 축들을 바라고 언제까지든지 버티고 있을 법은 없다. 칩칩스럽게 날아드는 파리떼도 장난꾼 각다귀들도 귀찮다. 얽음뱅이요 왼손잡이인 드팀전의 허생원은 기어이 동업의 조선달을 나꾸어 보았다.

"그만 거둘까?"

"잘 생각했네. 봉평 장에서 한 번이나 흐뭇하게 사본 일 있었을까? 내일 대화 장에서나 한몫 벌어야겠네."

"오늘밤은 밤을 새서 걸어야 될걸."

"달이 뜨렸다."

절렁절렁 소리를 내며 조선달이 그날 산 돈을 따지는 것을 보고 허생원은 말뚝에서 넓은 휘장을 걷고 벌여놓았던 물건을 거두기 시작하였다. 무명 필과 주단 바리가 두 고리짝에 꼭 찼다. 멍석 위에는 천조각이 어수선하게 남았다.

다른 축들도 벌써 거의 전들을 걷고 있었다. 약바르게 떠나는 패도 있었다. 어물장수도, 땜장이도, 엿장수도, 생강장수도 꼴들이 보이지 않았다. 내일은 진부와 대화에 장이 선다. 축들은 그 어느 쪽으로든지 밤을 새며 육칠십 리 밤길을 타박거리지 않으면 안 된다. 장판은 잔치 뒤 마당같이 어수선하게 벌어지고, 술집에서는 싸움이 터져 있었다. 주정꾼 욕지거리에 섞여 계집의 앙칼진 목소리가 찢어졌다. 장날 저녁은 정해놓고 계집의 고함 소리로 시작되는 것이다.

"생원, 시침을 떼두 다 아네. 충줏집 말야."

계집 목소리로 문득 생각난 듯이 조선달은 비죽이 웃는다.

"화중지병이지. 연소패들을 적수로 하구야 대거리가 돼야 말이지."

"그렇지두 않을걸. 축들이 사족을 못 쓰는 것도 사실은 사실이나, 아무리 그렇다군 해두 왜 그 동이 말일세. 감쪽같이 충줏집을 후린 눈치거든."

"무어 그 애숭이가? 물건 가지고 낚았나부지. 착실한 녀석인 줄 알았더니."

"그 길만은 알 수 있나…… 궁리 말구 가보세나그려. 내 한턱 씀세."

그다지 마음이 당기지 않는 것을 쫓아갔다. 허생원은 계집과는 연분이 멀었다. 얽음뱅이 상판을 쳐들고 대어설 숫기도 없었으나, 계집 편에서 정을 보낸 적도 없었고, 쓸쓸하고 뒤틀린 반생이었다. 충줏집을 생각만 하여도 철없이 얼굴이 붉어지고 발밑이 떨리고 그 자리에 소스라쳐 버린다. 충줏집 문을 들어서 술좌석에서 짜장 동이를 만났을 때에는 어찌된 서슬엔지 빨끈 화가 나 버렸다. 상 위에 붉은 얼굴을 쳐들고 제법 계집과 농탕 치는 것을 보고서야 견딜 수 없었던 것이다. 녀석이 제법 난질꾼인데, 꼴사납다. 머리에 피도 안 마른 녀석이 낮부터 술 처먹고 계집과 농탕이야. 장돌뱅이 망신만 시키고 돌아다니누나. 그 꼴에 우리들과 한몫 보자는 셈이지. 동이 앞에 막아서면서부터 책망이었다. 걱정두 팔자요 하는 듯이 빤히 쳐다보는 상기된 눈망울에 부딪칠 때 결김에 따귀를 하나 갈겨 주지 않고는 배길 수 없었다. 동이도 화를 쓰고 팩하게 일어서기는 하였으나 허생원은 조금도 동색하는 법 없이 마음먹은 대로는 다 지껄였다—어디서 주워먹은 선머슴인지는 모르겠으나 네게도 아비 어미 있겠지? 그 사나운 꼴 보면 맘 좋겠다. 장사란 탐탁하게 해야 되지. 계집이 다 무어야. 나가거라, 냉큼 꼴 치워.

그러나 한 마디도 대거리하지 않고 하염없이 나가는 꼴을 보려니 도리어 측은히 여겨졌다. 아직도 서름서름한 사인데 너무 과하지 않았을까 하고 마음이 섬쩟해졌다. 주제도 넘지, 같은 술손님이면서도 아무리 젊다고 자식 낳게 되는 것을 붙들고 치고 닦아셀 것은 무어야 원. 충줏집은 입술을 쭝긋하고 술 붓는 솜씨도 거칠었으나, 젊은 애들한테는 그것이 약이 된다나 하고 그 자리는 조선달이 얼버무려 넘겼다. 너 녀석한테 반했지? 애숭이를 빨면 죄 된다. 한참 법석을 친 후다. 담도 생긴데다가 웬일인지 흠뻑 취해보고 싶은 생각도 있어서 허생원은 주는 술잔이면 거의 다 들이켰다. 거나해짐을 따라 계집 생각보다도 동이의 뒷일이 한결같이 궁금해졌다. 내 꼴에 계집을 가로채서는 어떡헐 작정이었누 하고, 어리석은 꼬락서니를 모질게 책망하는 마음도 한편에 있었다. 그렇기 때문에 얼마나 지난 뒤인지 동이가 헐레벌떡거리며 황급히 부르러 왔을 때에는, 마시던 잔을 그 자리에 던지고 정신없이 허덕이며 충줏집을 뛰어나간 것이었다.

"생원 당나귀가 바를 끊구 야단이에요."

"각다귀들 장난이지 필연코."

짐승도 짐승이려니와 동이의 마음씨가 가슴을 울렸다. 뒤를 따라 장판을 달음질하려니 거슴츠레한 눈이 뜨거워질 것 같다.

"부락스런 녀석들이라 어쩌는 수 있어야죠."

"나귀를 몹시 구는 녀석들은 그냥 두지는 않을걸."

반평생을 같이 지내온 짐승이었다. 같은 주막에서 잠자고 같은 달빛에 젖으면서 장에서 장으로 걸어다니는 동안 이십 년의 세월이 사람과 짐승을 함께 늙게 하였다. 까스러진 목뒤털은 주인의 머리털과도 같이 바스러지고, 개진개진 젖은 눈은 주인의 눈과 같이 눈곱을 흘렸다. 몽당비처럼 짧게 쓸리운 꼬리는 파리를 쫓으려고 기껏 휘저어 보아야 벌써 다리까지는 닿지 않았다. 닳아없어진 굽을 몇 번이나 도려내고 새 철을 신겼는지 모른다. 굽은 벌써 더 자라나기는 틀렸고 닳아 버린 철 사이로는 피가 빼짓이 흘렀다. 냄새만 맡고도 주인을 분간하였다. 호소하는 목소리로 야단스럽게 울며 반겨 한다.

어린아이를 달래듯이 목덜미를 어루만져 주니 나귀는 코를 벌름거리고 입을 투르르거렸다. 콧물이 튀었다. 허생원은 짐승 때문에 속도 무던히는 썩었다. 아이들의 장난이 심한 눈치여서, 땀밴 몸뚱어리가 부들부들 떨리고 좀체 흥분이 식지 않는 모양이었다. 굴레가 벗어지고 안장도 떨어졌다. 요 몹쓸 자식들, 하고 허생원은 호령을 하였으나, 패들은 먼저 줄행랑을 논 뒤요, 몇 남지 않은 아이들이 호령에 놀라 비슬비슬 멀어졌다.

"우리들 장난이 아니우. 암놈을 보고 저 혼자 발광이지."

코흘리개 한 녀석이 멀리서 소리를 쳤다.

"고 녀석 말투가."

"김첨지 당나귀가 가 버리니까 온통 흙을 차고 거품을 흘리면서 미친 소같이 날뛰는걸. 꼴이 우스워 우리는 보고만 있었다우. 배를 좀 보지."

아이는 앵돌아진 투로 소리를 치며 깔깔 웃었다. 허생원은 모르는 결에 낯이 뜨거워졌다. 뭇 시선을 막으려고 그는 짐승의 배 앞을 가리어 서지 않으면 안 되었다.

"늙은 주제에 암샘을 내는 셈야. 저놈의 짐승이."

아이의 웃음소리에 허생원은 주춤하면서 기어이 견딜 수 없어 채찍을 들더니 아이를 쫓았다.

"쫓으려거든 쫓아보지. 왼손잡이가 사람을 때려."

줄달음에 달아나는 각다귀에는 당하는 재주가 없었다. 왼손잡이는 아이 하나도 후릴 수 없다. 그만 채찍을 던졌다. 술기도 돌아 몸이 유난스럽게 화끈거렸다.

"그만 떠나세. 녀석들과 어울리다가는 한이 없어. 장판의 각다귀들이란 어른보다도 더 무서운 것들인걸."

조선달과 동이는 각각 제 나귀에 안장을 얹고 짐을 싣기 시작하였다. 해가 꽤 많이 기울어진 모양이었다.

드팀전 장돌이를 시작한 지 이십 년이나 되어도 허생원은 봉평 장을 빼논 적은 드물었다. 충주·제천 등의 이웃 군에도 가고, 멀리 영남지방도 헤매기는 하였으나, 강릉쯤에 물건 하러 가는 외에는 처음부터 끝까지 군내를 돌아다녔다. 닷새만큼씩의 장날에는 달보다도 확실하게 면에서 면으로 건너간다. 고향이 청주라고 자랑삼아 말하였으나 고향에 돌보러 간 일도 있는 것 같지는 않았다. 장에서 장으로 가는 길의 아름다운 강산이 그대로 그에게는 그리운 고향이었다. 반 날 동안이나 뚜벅뚜벅 걸어 장터 있는 마을에 거의 가까웠을 때, 거친 나귀가 한바탕 우렁차게 울면, 더구나 그것이 저녁녘이어서 등불들이 어둠 속에 깜박거릴 무렵이면, 늘

당하는 것이건만 허생원은 변치 않고 언제든지 가슴이 뛰놀았다.

젊은 시절에는 알뜰하게 벌어 돈푼이나 모아본 적도 있기는 있었으나, 읍내에 백중이 열린 해 호탕스럽게 놀고 투전을 하여 사흘 동안에 다 털어 버렸다. 나귀까지 팔게 된 판이었으나 애끓는 정분에 그것만은 이를 물고 단념하였다. 결국 도로아미타불로 장돌이를 다시 시작할 수밖에는 없었다. 짐승을 데리고 읍내를 도망해 나왔을 때에는, 너를 팔지 않기 다행이었다고 길가에서 울면서 짐승의 등을 어루만졌던 것이었다. 빚을 지기 시작하니 재산을 모을 염은 당초에 틀리고, 간신히 입에 풀칠을 하러 장에서 장으로 돌아다니게 되었다.

호탕스럽게 놀았다고는 하여도 계집 하나 후려보지는 못하였다. 계집이란 쌀쌀하고 매정한 것이었다. 평생 인연이 없는 것이라고 신세가 서글퍼졌다. 일신에 가까운 것이라고는 언제나 변함없는 한 필의 당나귀였다.

그렇다고 하여도 꼭 한 번의 첫일을 잊을 수는 없었다. 뒤에도 처음에도 없는 단 한번의 괴이한 인연! 봉평에 다니기 시작한 젊은 시절의 일이었으나 그것을 생각할 적만은 그도 산 보람을 느꼈다.

"달밤이었으나 어떻게 해서 그렇게 됐는지 지금 생각해도 도무지 알 수 없어."

허생원은 오늘밤도 또 그 이야기를 끄집어내려는 것이다. 조선달은 친구가 된 이래 귀에 못이 박히도록 들

어 왔다. 그렇다고 싫증을 낼 수도 없었으나, 허생원은
시치미를 떼고 되풀이할 대로는 되풀이하고야 말았다.

"달밤에는 그런 이야기가 격에 맞거든."

조선달 편을 바라는 보았으나 물론 미안해서가 아니
라 달빛에 감동하여서였다. 이지러는 졌으나 보름을 갓
지난 달은 부드러운 빛을 흐뭇이 흘리고 있다. 대화까
지는 팔십 리의 밤길, 고개를 둘이나 넘고 개울을 하나
건너고, 벌판과 산길을 걸어야 된다. 길은 지금 긴 산허
리에 걸려 있다. 밤중을 지난 무렵인지 죽은 듯이 고요
한 속에서 짐승 같은 달의 숨소리가 손에 잡힐 듯이 들
리며, 콩포기와 옥수수 잎새가 한층 달에 푸르게 젖었
다. 산허리는 온통 메밀밭이어서 피기 시작한 꽃이 소
금을 뿌린 듯이 흐뭇한 달빛에 숨이 막힐 지경이다. 붉
은 대궁이 향기같이 애잔하고 나귀들의 걸음도 시원하
다. 길이 좁은 까닭에 세 사람은 나귀를 타고 외줄로
늘어섰다. 방울소리가 시원스럽게 딸랑딸랑 메밀밭께로
흘러간다. 앞장선 허생원의 이야기 소리는 꽁무니에 선
동이에게는 확적히는 안 들렸으나, 그는 그대로 개운한
제멋에 적적하지는 않았다.

"장선 꼭 이런 날 밤이었네. 객줏집 토방이란 무더워
서 잠이 들어야지. 밤중은 돼서 혼자 일어나 개울가에
목욕하러 나갔지. 봉평은 지금이나 그제나 마찬가지나,
보이는 곳마다 메밀밭이어서 개울가가 어디없이 하얀
꽃이야. 돌밭에 벗어도 좋을 것을, 달이 너무도 밝은 까

닭에 옷을 벗으러 물방앗간으로 들어가지 않았나. 이상한 일도 많지. 거기서 난데없는 성서방네 처녀와 마주쳤단 말이네. 봉평서야 제일가는 일색이었지. 팔자에 있었나부지."

아무렴 하고 응답하면서 말머리를 아끼는 듯이 한참이나 담배를 빨 뿐이었다. 구수한 자줏빛 연기가 밤기운 속에 흘러서는 녹았다.

"날 기다린 것은 아니었으나 그렇다고 달리 기다리는 놈팽이가 있는 것두 아니었네. 처녀는 울고 있단 말야. 짐작은 대고 있었으나 성서방네는 한창 어려워서 들고 날 판인 때였지. 한집안 일이니 딸에겐들 걱정이 없을 리 있겠나? 좋은 데만 있으면 시집도 보내련만 시집은 죽어도 싫다지—그러나 처녀란 울 때같이 정을 끄는 때가 있을까! 처음에는 놀라기도 한 눈치였으나, 걱정 있을 때는 누그러지기도 쉬운 듯해서 이럭저럭 이야기가 되었네—생각하면 무섭고도 기막힌 밤이었어."

"제천인지로 줄행랑을 놓은 건 그 다음날이었지."

"다음 장도막에는 벌써 온 집안이 사라진 뒤였네. 장판은 소문에 발끈 뒤집혀 오죽해야 술집에 팔려가기가 상수라고 처녀의 뒷공론이 자자들 하단 말이야. 제천 장판을 몇 번이나 뒤졌겠나? 하나 처녀의 꼴은 꿩궈먹은 자리야. 첫날밤이 마지막 밤이었지. 그때부터 봉평이 마음에 든 것이 반평생을 두고 다니게 되었네. 평생인들 잊을 수 있겠나."

"수 좋았지. 그렇게 신통한 일이란 쉽지 않어. 항용 못난 것 얻어 새끼 낳고 걱정 늘고, 생각만 해두 진저리가 나지. 그러나 늘그막바지까지 장돌뱅이로 지내기도 힘드는 노릇 아닌가. 난 가을까지만 하구 이 생애와두 하직하려네. 대화쯤에 조그만 전방이나 하나 벌이구 식구들을 부르겠어. 사시장천 뚜벅뚜벅 걷기란 여간이래야지."

"옛 처녀나 만나면 같이나 살까. 난 거꾸러질 때까지 이 길 걷고 저 달 볼테야."

산길을 벗어나니 큰 길로 틔어졌다. 꽁무니의 동이도 앞으로 나서 나귀들은 가로 늘어섰다.

"총각도 젊겠다. 지금이 한창시절이렷다. 충줏집에서는 그만 실수를 해서 그 꼴이 되었으나 설게 생각 말게."

"처 천만에요. 되려 부끄러워요. 계집이란 지금 웬 제격인가요. 자나 깨나 어머니 생각뿐인데요."

허생원의 이야기로 실심해한 끝이라 동이의 어조는 한풀 수그러진 것이었다.

"아비 어미란 말에 가슴이 터지는 것도 같았으나 제겐 아버지가 없어요. 피붙이라고는 어머니 하나뿐인걸요."

"돌아가셨나?"

"당초부터 없어요."

"그런 법이 세상에……."

생원과 선달이 야단스럽게 껄껄들 웃으니, 동이는 정색하고 우길 수밖에는 없었다.

"부끄러워서 말하지 않으려 했으나 정말예요. 제천 촌에서 달도 차지 않은 아이를 낳고 어머니는 집을 쫓겨났죠. 우스운 이야기나, 그렇기 때문에 지금까지 아버지 얼굴도 본 적 없고, 있는 고장도 모르고 지내 와요."

고개가 앞에 놓인 까닭에 세 사람은 나귀를 내렸다. 둔덕은 험하고 입을 벌리기도 대견하여 이야기는 한동안 끊쳤다. 나귀는 건등하면 미끄러졌다. 허생원은 숨이 차 몇 번이고 다리를 쉬지 않으면 안 되었다. 고개를 넘을 때마다 나이가 알렸다. 동이 같은 젊은 축이 끝이 없이 부러웠다. 땀이 등을 한바탕 쭉 씻어내렸다.

고개 너머는 바로 개울이었다 장마에 흘려 버린 널다리가 아직도 걸리지 않은 채로 있는 까닭에 벗고 건너야 되었다. 고의를 벗어 띠로 등에 얽어매고 반벌거숭이의 우스꽝스런 꼴로 물속에 뛰어들었다. 금방 땀을 흘린 뒤였으나 밤 물은 뼈를 찔렀다.

"그래 대체 기르긴 누가 기르구?"

"어머니는 하는 수 없이 의부를 얻어가서 술장사를 시작했죠. 술이 고주래서 의부라고 전 망나니예요. 철 들어서부터 맞기 시작한 것이 하룬들 편한 날 있었을까? 어머니는 말리다가 채이고 맞고 칼부림을 당하고 하니 집 꼴이 무어겠소. 열여덟 살 때 집을 뛰어나오고서부터 이 짓이죠."

"총각 낫세론 동이 무던하다고 생각했더니 듣고보니 딱한 신세로군."

물은 깊어 허리까지 찼다. 속 물살도 어지간히 센데다가 발에 채이는 돌멩이도 미끄러워 금시에 훌칠 듯하였다. 나귀와 조선달은 재빨리 거의 건넜으나 동이는 허생원을 붙드느라고 두 사람은 훨씬 떨어졌다.

"모친의 친정은 원래부터 제천이었던가?"

"웬걸요. 시원스리 말은 안 해주나 봉평이라는 것만은 들었죠."

"봉평? 그래 그 아비 성은 무엇이구?"

"알 수 있나요. 도무지 듣지를 못했으니까."

"그 그렇겠지." 하고 중얼거리며 흐려지는 눈을 까물까물하다가 허생원은 경망하게도 발을 빗디뎠다. 앞으로 꼬꾸라지기가 바쁘게 몸째 풍덩 빠져 버렸다. 허비적거릴수록 몸을 건잡을 수 없어 동이가 소리를 치며 가까이 왔을 때에는 벌써 퍽이나 흘렀었다. 옷째 쫄딱 적으니 물에 젖은 개보다도 참혹한 꼴이었다. 동이는 물 속에서 어른을 해깝게 업을 수 있었다. 젖었다고는 하여도 여윈 몸이라 장정 등에는 오히려 가벼웠다.

"이렇게까지 해서 안됐네. 내 오늘은 정신이 빠진 모양이야."

"염려하실 것 없어요."

"그래 모친은 아비를 찾지는 않는 눈치지?"

"늘 한번 만나고 싶다고는 하는데요."

"지금 어디 계신가?"

"의부와도 갈라져서 제천에 있죠. 가을에는 봉평에

모셔오려고 생각중인데요. 이를 물고 벌면 이럭저럭 살
아갈 수 있겠죠."

"아무렴, 기특한 생각이야. 가을이랬다?"

동이의 탐탁한 등어리가 뼈에 사무쳐 따뜻하다. 물을
다 건넜을 때에는 도리어 서글픈 생각에 좀더 업혔으면
도 하였다.

"진종일 실수만 하니 웬일이오? 생원."

조선달은 바라보며 기어이 웃음이 터졌다.

"나귀야, 나귀 생각하다 실족을 했어. 말 안했던가?
저 꼴에 제법 새끼를 얻었단 말이지. 읍내 강릉집 피마
에게 말일세. 귀를 쫑긋 세우고 달랑달랑 뛰는 것이 나
귀새끼같이 귀여운 것이 있을까! 그것 보러 나는 일부
러 읍내를 도는 때가 있다네."

"사람을 물에 빠치울 젠 딴은 대단한 나귀새끼군!"

허생원은 젖은 옷을 웬만큼 짜서 입었다. 이가 덜덜
갈리고 가슴이 떨리며 몹시도 추웠으나 마음은 알 수
없이 둥실둥실 가벼웠다.

"주막까지 부지런히들 가세나. 뜰에 불 피우고 훗훗
이 쉬어. 나귀에겐 더운물을 끓여주고. 내일 대화 장 보
고는 제천이다."

"생원도 제천으로……?"

"오래간만에 가보고 싶어. 동행하려나, 동이?"

나귀가 걷기 시작하였을 때 동이의 채찍은 왼손에 있
었다. 오랫동안 아둑신이같이 눈이 어둡던 허생원도 요

번만은 동이의 왼손잡이가 눈에 띄지 않을 수 없었다.

걸음도 해깝고 방울소리가 밤 벌판에 한층 청청하게
울렸다.

달이 어지간히 기울어졌다.

사 냥

연해 두어 번 총소리가 산속에 울렸다. 몰이꾼의 행렬은 산등을 넘고 골짜기를 향하여 차차 옴츠러들었다. 발밑에 요란히 울리는 떡갈잎 가랑잎의 어지러운 소리에 산을 싸고 도는 동무들의 고함도 귀 밖에 멀다. 상기된 눈앞에 민출한 자작나무의 허리가 유난스럽게도 희끔희끔 어린다.

수백 명 학생들이 외줄로 늘어서 멀리 산을 둘러싸고 골짜기로 노루를 모조리 내려모는 것이다. 골짜기 어귀에는 오륙 명의 포수가 등대하고 섰다. 노루를 빼울 위험은 포수 편에보다도 늘 포위선에 있다. 시끄러운 책임을 모면하기 위하여 몰이꾼들은 빽빽한 주의와 담력으로 포위선을 한결같이 경계하여야 된다. 적어도 눈앞에서 짐승을 놓쳐서는 안 되는 것이다.

"학년 사이의 연락을 긴밀히! X학년 우익 급속 전진!"
전령이 차례로 흘러온다.

일제히 내닫노라고 산이 가랑잎 소리에 묻혀 버렸다. 낙엽 속은 걷기 힘든다. 숨들이 막힌다. 학년의 앞장을 선 학보도 양쪽 동무와의 간격을 단단히 단속하면서 헐레벌떡거린다. 참나무 회초리가 사정없이 손등과 낯짝을 갈긴다. 발이 낙엽 속에 빠진다. 홧김에 손에 든 몽둥이로 나뭇가지를 후려치기도 멋없다.

'미친 짓이다. 노루는 잡아 무엇한담.'

아까부터, 실상은 처음부터 이런 생각이 마음속에 뺑도는 것이었다. 노루잡이가 그다지 교육의 훈련이 될 듯도 싶지 않으며, 쓸모 없는 애매한 짐승을 일없이 잡음이 도무지 뜻없는 일 같다. 소풍이면 소풍, 거저 하루를 산속에서 뛰고 노는 편이 더 즐겁지 않은가.

"인간이란 제 생각밖에는 못하는 잔인한 동물이다. 노루잡이는 무의미한 연중 행사다."

기어이 입밖에 내서까지 중얼거리게 되었다. 땀이 내배어 등어리가 끈끈하다. 별안간 포위선의 열이 어지럽게 움직이더니 몽둥이가 날며 날쌔게들 뛰어든다. 고함소리가 산을 흔든다.

"노루 노루 노루!"

"우익 주의!"

개암나무 숲에 가리워 노루의 꼴조차 못 보고 어안이 벙벙하여 있는 서슬에 송아지만한 노루는 별안간 학보의 곁을 쏜살같이 지나 포위선을 뚫었다. 학보는 거의 반사적으로 몽둥이를 휘두르며 쫓았으나 민첩한 짐승은 순식간에 산등을 넘어 버렸다.

"또 한 마리. 놓치지 마라."

고함과 함께 둘쨋마리가 어느 결엔지 성큼성큼 뛰어오다 겨루고 있는 학보의 자세를 보더니 옆으로 빗뛰어가 이 역 약빠르게 뒷산으로 달아나 버렸다.

경충한 귀여운 짐승, 극히 짧은 찰나의 생각이나 학보는 문득 놓친 것이 아까웠다. 동시에 겸연쩍고 부끄러운 느낌이 났다. 조롱하는 동무들의 말소리가 얼굴을 달게 하였다.

"바보. 노루 두 마리 찾아내라."

이런 말을 들을 때에 확실히 몽둥이로 한 마리라도 두드려 잡았다면 얼마나 버젓하였을까 생각이 났다. 골 안엔 벌써 더 짐승이 없었다. 동무들의 조롱을 하는 수 없이 참으면서 힘없이 산을 내려가는 수밖에 없었다.

요행히 잡은 것은 있었다. 망아지만한 한 마리가 배에 탄자를 맞고 쓰러져 있다. 쏜 포수는 쏠 때의 형편을 거듭 말하며 은근히 오늘의 수완을 자랑하는 눈치였다. 다른 포수들은 잠자코만 있었다. 소득이 있으므로 동무들의 문책은 덜해졌으나 학보는 검붉은 피를 흘리고 쓰러진 가여운 짐승을 볼 때 문득 반항심이 솟아오르며 소득을 기뻐하는 몹쓸 무리가 한없이 미워지고 쏜 포수의 잔등을 총부리로 쳐서 거꾸러뜨리고도 싶은 충동이 솟았다. 품안에 들어온 두 마리의 짐승을 놓친 것이 얼마나 다행인가. 위대한 공같이도 생각되었다. 잃어진 한 마리를 찾노라고 애닯은 가족들이 이 밤에 얼마나 산속을 헤매일까를 생각하면 뼈가 결렸다. 인간의 잔인성이 갑절로 미워지며 '인간중심주의'의 무도한 사상에 다시 침뱉고 싶었다.

죽은 짐승을 생각하고 며칠을 마음이 언짢았다. 삼사일이 지난 후에 겨우 입맛도 돌아왔다. 때가 유난스럽게도 맛났다. 기어이 학보는 그날밤의 진미의 고기를 물어 보았다.

"장에 났더라. 노루 고기다."

어머니의 대답에 불현듯이 구미가 없어지며 숟가락을 던져 버렸다.

"노루 고긴 왜 사요."

퉁명스런 짜증에 어머니는 도리어 어안이 벙벙한 모양이었다. 학보는 먹은 것을 모두 게우고 싶었다. 결국 고기를 먹지 말아야 옳을까. 하기는 다시 더 생각이 날 것 같지도 않았다.

돼   지

옛성 모퉁이 버드나무 까치둥우리 위에 푸르둥한 하늘이 낮게 드리웠다. 토끼우리에서는 하얀 양토끼가 고슴도치 모양으로 까칠하게 웅크리고 있다. 능금나무 가지를 간들간들 흔들면서 벌판을 불어오는 바닷바람이 채 녹지 않은 눈 속에 덮인 종묘장(種苗場) 보리밭에 휩쓸려 돼지우리에 모질게 부딪힌다.

우리 밖 네 귀의 말뚝 안에 얽어매인 암퇘지는 바람을 맞으면서 유난히 소리를 친다. 말뚝을 싸고 도는 종묘장 씨돝[種豚]은 시뻘건 입에 거품을 품으면서 말뚝의 뒤를 돌아 그 위에 덥석 앞다리를 걸었다. 시꺼먼 바위 밑에 눌린 자라 모양인 암퇘지는 날카로운 비명을 올리며 전신을 요동한다. 미끄러진 씨돝은 게걸떡거리며 다시 말뚝을 싸고 돈다. 앞뒤 우리에서 응하는 돼지들 고함에 오후의 종묘장 안은 들썩했다.

반 시간이 넘어도 여의치 않았다. 둘러싸고 보던 사람들도 흥이 식어서 주춤주춤 움직인다. 여러번째 말뚝 위에 덮쳤을 때에 육중한 힘에 말뚝이 와싹 무지러지면서 그 바람에 밑에 깔렸던 돼지는 말뚝 테두리로 벗어져서 뛰어났다.

"어려서 안 되겠군."

종묘장 기수가 껄껄 웃는다.

"황소 앞에 암탉 같으니 쟁그러워서 볼 수 있나."

"겁을 먹고 달아나는데."

농부는 날쌔게 우리 옆을 돌아 뛰어가는 돼지의 앞을 막았다.

"달포 전에 한 번 왔다갔으나 씨가 붙지 않아서 또 끌고 왔는데요."

식이는 겸연쩍어서 얼굴이 붉어졌다.

"아무리 짐승이기로 저렇게 어리구야 씨가 붙을 수 있나."

농부의 말에 식이는 다시 얼굴을 붉혔다.

"빌어먹을 놈의 짐승."

무안도 무안이려니와 귀찮게 구는 짐승에 식이는 화를 버럭 내면서 농부를 부축하여 달아나는 돼지의 뒤를 쫓는다. 고무신이 진창에 빠지고 바지춤이 흘러내린다.

돼지의 허리를 맨 바를 붙들었을 때에 그는 홧김에 바를 뒤로 잡아낚으며 기운껏 매질한다. 어린 짐승은 바들바들 뛰면서 비명을 올린다. 농가 일 년의 생명선 —좀 있으면 나올 제1기 세금과 첫여름 감자가 나올 때까지의 가족의 양식의 예산의 부담을 맡은 이 어린 짐승에 대한 측은한 뉘우침이 나중에는 필연코 나련마는 종묘장 사람들 숲에서의 무안을 못 이겨 식이가 흔드는 매는 자연 가련한 짐승 위에 잦게 내렸다.

"그만 갖다 매시오."

말뚝을 고쳐 든든히 박고 난 농부는 식이에게 손짓한다. 겁과 불안에 떨며 허둥거리는 짐승을 이번에는 한결 더 든든히 말뚝 안에 우겨넣고 나뭇대를 가로질러 배까지 떠받쳐 올려 꼼짝 요동하지 못하게 탐탁하게 얽어매었다.

털몸을 근실근실 부딪히며 그의 곁을 궁싯궁싯 굼도는 씨톹은 미처 식이의 손이 떨어지기도 전에 '화차'와도 같이 말뚝 위를 엄습한다. 시뻘건 입이 욕심에 목메어서 풀무같이 요란히 울린다. 깔리운 암톹은 목이 찢어져라 날카롭게 고함친다.

둘러선 좌중은 일제히 웃음소리를 멈추고 일시 농담조차 잊은 듯하였다.

문득 분이의 자태가 눈앞에 떠오른다. 식이는 말뚝에서 시선을 돌려 딴전을 보았다.

'분이 고것 지금엔 어디 가 있는구.'

제2기분은 새려 1기분 세금조차 밀려오는 농가의 형편에 돼지보다 나은 부업이 없었다. 한 마리를 일 년 동안 충실히 기르면 세금도 세금이려니와 잔돈푼의 가용돈은 훌륭히 우러나왔다. 이 돼지의 공용을 잘 아는 식이다. 푼푼이 모은 돈으로 마을사람들의 본을 받아 종묘장에서 갓난 양돼지 한 자웅을 사놓은 것이 지난여름이었다. 기름이 자르르 흐르는 새까만 자웅을 식이는 사람보다도 더 귀히 여겨 갓 사왔던 무렵에는 우리

에 넣기가 아까워 그의 방 한구석에 짚을 펴고 그 위에
재우기까지 하던 것이 젖이 그리워서인지 한 달도 못
돼서 수놈이 죽었다. 나머지 암놈을 식이는 애지중지하
여 단 한 벌의 그의 밥그릇에 물을 받아먹이기까지 하
였다. 물도 먹지 않고 꿀꿀 앓을 때에는 그는 나무하러
가는 것도 그만두고 종일 짐승의 시중을 들었다. 여섯
달을 기르니 겨우 암퇘지 티가 났다. 달포 전에 식이는
첫 시험으로 십 리가 넘는 읍내 종묘장까지 끌고 왔었
다. 피돈 오십 전이나 내어 씨를 받은 것이 종시 붙지
않았다. 식이는 화가 났다. 때마침 정을 두고 지내던 이
웃집 분이가 어디론지 도망을 갔다. 식이는 속이 상해
서 며칠 동안 일이 손에 잡히지 않았다. 늘 뾰로통해서
쌀쌀하게 대꾸하더니 그 고운 살을 한 번도 허락하지
않고 늙은 아비를 혼자 둔 채 기어이 도망을 가버렸구
나 생각하니 분이가 괘씸하였다. 그러나 속 깊은 박초
시의 일이니 자기 딸 조처에 무슨 꿍꿍이속을 대었는지
도무지 모를 노릇이었다. 청진으로 갔느니 서울로 갔느
니 며칠 전에 박초시에게 돈 십 원이 왔느니 소문은 갈
피갈피였으나 하나도 종잡을 수 없었다. 이래저래 상할
대로 속이 상했다. 능금꽃 같은 두 볼을 잘강잘강 씹어
먹고 싶던 분이인만큼 식이는 오늘까지 솟아오르는 심
화를 억제할 수 없었다.

　"다 됐군."

　딴전만 보고 있던 식이는 농부의 소리에 그쪽을 보았

다. 씨돝은 만족한 듯이 여전히 꿀꿀 짖으면서 그곳을 떠나지 않고 빙빙 돈다.

파장 후의 광경이언만 분이의 그림자가 눈앞에 어른 거리는 식이는 몹시도 겸연쩍었다. 잠자코 섰는 까칠한 암퇘지와 분이의 자태가 서로 얽혀서 그의 머릿속에 추근하게 떠올랐다. 음란한 잡담과 허리꺾는 웃음소리에 얼굴이 더한층 붉어졌다. 환영을 떨쳐 버리려고 애쓰면 서 식이는 얽어매었던 돼지를 풀기 시작하였다. 농부는 여전히 게걸덕거리며 어른어른 싸도는 욕심많은 씨돝을 몰아 우리 속에 가두었다.

"이번에는 틀림없겠지."

장부에 이름을 올리고 오십 전을 치러주고 종묘장을 나오니 오후의 해가 느지막하였다. 능금밭 건너편 양옥 관사의 지붕이 흐린 석양에 푸르뎅뎅하게 빛난다. 옛성 어귀에는 드나드는 장군의 그림자가 어른어른한다. 성 안에서 한 채의 버스가 나오더니 폭넓은 이등 도로를 요란히 달려온다. 돼지를 몰고 길 왼편 가로 피한 식이 는 푸뜩 지나는 버스 안을 흘끗 살펴본다. 분이를 잃은 후부터는 그는 달아나는 버스 안까지 조심스럽게 살펴 게 되었다. 일전에 나남(羅南)에서 버스차장 시험이 있 었다더니 그런 데로나 뽑혀 들어가지 않았을까? 분이가 간 길을 이렇게도 상상하여 보았기 때문이다.

"장이나 한 바퀴 돌아올까."

북문 어귀 성 밑 돌틈에 돼지를 매놓고 식이는 성을

들어가 남문 거리로 향하였다.

분이가 없는 이제 장군의 눈을 피하여 으슥한 가게 앞에 가서 겸연쩍은 태도로 매화분을 살 필요도 없어진 식이는 석유 한 병과 마른 명태 몇 마리를 사들고 장판을 오르락내리락 하였다. 한동네 사람의 그림자도 눈에 띄지 않기에 그는 곧게 성밖으로 나와 마을로 향하였다.

어기죽거리며 돼지의 걸음이 올 때만큼 재지 못하였다. 그러나 이제 매질할 용기는 없었다.

철로를 끼고 올라가 정거장 앞을 지나 오촌포 한길에 나서니 장보고 돌아가는 사람의 그림자가 드문드문 보인다. 산모퉁이가 바닷바람을 막아 아늑한 저녁빛이 한길 위를 덮었다. 먼 산 위에는 전기의 고가선(高架線)이 솟고 산 밑을 물줄기가 돌아내렸다. 온천 가는 넓은 도로가 철로와 나란히 누워서 남쪽으로 줄기차게 뻗쳤다. 저물어 가는 강산 속에 아득하게 뻗친 이 두 줄의 길이 새삼스럽게 식이의 마음을 끌었다. 걸어가는 그의 등뒤에서는 산모롱이를 돌아오는 기차소리가 아련히 들린다. 별안간 식이에게는 이상한 생각이 들었다.

"이 길로 아무 데로나 달아날까?"

장에 가서 돼지를 팔면 노자가 되겠지. 차 타고 노자자라는 곳까지 달아나면 그곳에 곧 분이가 있지 않을까? 어디서 들었는지 공장에 들어가기가 분이의 소원이더니 그곳에서 여직공 노릇하는 분이와 만나 나도 '노동자'가 되어 같이 살면 오죽 재미있을까. 공장에서 버는 돈을 달마다 고향에 부치면 아버지도 더 고생하실 것 없겠지. 돼지를 방에서 기르지 않아도 좋고 세금 안 냈다고 면소 서기들한테 밥솥을 빼앗길 염려도 없을 터이지. 농사같이 초라한 업이 세상에 또 있을지? 아무리 부지런히 일해도 못 살기는 일반이니⋯⋯. 분이 있는 곳이 어디인가⋯⋯. 돼지를 팔면 얼마나 받을까? 암퇘지 양돼지⋯⋯.

"앗!"

날카로운 소리에 번쩍 정신이 깨었다.

찬바람이 휙 앞을 스치고 불시에 일신이 딴 세상에 뜬 것 같았다. 눈 보이지 않고 귀 들리지 않고 잠시간 전신이 죽고 감각이 없어졌다. 캄캄하던 눈앞이 차차 밝아지며 거물거물 움직이는 것이 보이고 귀가 뚫리며 요란한 음성이 전신을 쓸어없앨 듯이 우렁차게 들렸다. 우뢰 소리가⋯⋯바다 소리가⋯⋯바퀴 소리가⋯⋯. 별안간 눈앞이 환해지더니 열차의 마지막 바퀴가 쏜살같이 눈앞을 달아났다.

"앗 기차!"

다 지나간 이제 식이는 정신이 아찔하며 몸이 부르르 떨린다.

진땀이 나는 대신 소름이 쪽 돋는다. 전신이 불시에 빈 듯이 거뿐하다. 글자대로 전신을 비웠다. 한쪽 팔에 들었던 석유병도 명태 마리도 간 곳이 없고 바른손으로 이끌던 돼지도 종적이 없다.

"아, 돼지!"

"돼지구 무어구 미친놈이지. 어디라구 건널목을 막 건너."

따귀를 철썩 맞고 바라보니 철로 망보는 사람이 성난 얼굴로 그를 노리고 섰다.

"돼지는 어찌 됐단 말이오."

"어젯밤 꿈 잘 꾸었지. 네 몸 안 친 것이 다행이다."

"아니 그럼 돼지가 치었단 말이오."

"다음부터 차에 주의해!"

독하게 쏘아붙이면서 철로 망꾼은 식이의 팔을 잡아 낚아 건널목 밖으로 끌어냈다.

"아 돼지가 치었다니 두 번이나 종묘장에 가서 씨받은 내 돼지, 암돼지, 양돼지……."

엉겁결에 외치면서 훑어보았으나 피 한 방울 찾아볼 수 없다. 흔적조차 없다니……. 기차가 달롱 들고 간 것 같아서 아득한 철로 위를 바라보았으나 기차는 벌써 그림자조차 없다.

"한방에 잠 재우고, 한그릇에 물 먹여서 기른 돼지, 불쌍한 돼지……."

정신이 아찔하고 일신이 허전하여서 식이는 금시에 그자리에 푹 쓰러질 것도 같았다.

수　탉

　을손은 요사이 울적한 마음에 닭시중도 게을리하게 되었다. 그 알뜰히 기르던 닭들이 도무지 눈에도 들지 않으며 마음을 당기지 못하였다. 모이는 새려 뜰앞을 어른거리는 꼴을 보면 나뭇개비를 집어들게 되었다. 치우지 않는 우리 속은 지저분하기 짝없다.

　두 마리를 팔면 한 달 수업료가 된다. 우리 안의 수효가 차차 줄어짐이 그다지 애틋한 것은 아니었다. 도리어 제때 가질 운명을 못 가지고 우리 안을 헤매는 한 달 동안의 운명을 벗어난 두 마리의 꼴이 눈에 거슬렸다. 학교에 안 가는 그 한 달 수업료가 늘려진 것이다.

　그 두 마리 중에서도 못난 한 마리의 수탉이 가장 초라한 꼴이었다. 허울이 변변치 못한 위에 이웃집 닭과 싸우면 판판이 졌다. 물어뜯기운 맨드라미에는 언제 보아도 피가 새로이 흘러 있다. 거적눈인데다 한쪽 다리를 전다. 죽지의 깃이 가지런하지 못하고 꼬리조차 짧았다. 어떤 때면 암탉에게까지 쫓겼다. 수탉 구실을 못하는 수탉이 보기에도 민망하였으나 요사이 와서는 민망한 정도를 넘어 보기 싫은 것이었다. 더구나 한 달의 운명을 우리 안에 더 붙이게 된 것이 을손에게는 밉살스럽고 흉측스럽게 보일 뿐이었다.

학교에 못 가는 마음이 몹시 답답하였다.

능금을 따고 낙원에서 쫓겨난 것은 전설이나, 능금을 따다 학원에서 쫓겨난 것은 현실이다.

농장의 능금은 금단의 과일이었다.

을손들은 그 율칙을 어긴 것이다.

동무들의 꼬임에 빠졌다기보다도 을손 자신 능금의 유혹에 빠졌던 것이다. 능금은 사치한 욕망이 아니다. 필요한 식욕이었다.

당번은 다섯 명이었다. 누에를 다 올린 후라 별로 할 일 없이 한가하였던 것이 일을 저지른 시초일는지 모른다. 잡담으로 자정이 되기를 기다렸다가 일제히 방을 나가 어둠 속에 몸을 감추고 과수원의 철망을 넘었다.

먹다 남은 것을 아궁이 속에 넣은 것은 감쪽같았으나 마지막 한 개를 방구석 뽕잎 속에 간직한 것이 실책이었다.

이튿날 아침 과수원 속의 발자취가 문제되었을 때 공교롭게도 뽕잎 속의 그 한 개가 발견되었다.

수색의 길은 빠르다. 간밤에 다섯 명의 당번이 차례로 반 담임 앞에 불려가게 되었다.

굳게 언약을 해놓고서도 어느 때나 마찬가지로 그 어디서부터인지 교묘하게 부서진다. 약한 한 사람의 동무의 입에서 기어이 실토가 된 모양이었다. 한 사람씩 거듭 불려들어갔다.

두번째 호출이 시작되었을 때 을손은 괴상한 곳에 있었다.

몸이 무거워 그곳에 들어간 것이 아니라 얼마 동안의 귀찮은 시간을 피하려 일부러 그곳을 고른 것이었다.

한 사람이 들어가 간신히 웅크리고 앉았을 만한 네모진 그 좁은 공간, 거북스럽기는 하여도 가장 마음 편한 곳도 그곳이었다. 그곳에 앉았으면 마치 바닷물 속에 잠겨 있는 것과도 같이 몸이 거뿐한 까닭이다.

밖 운동장에서는 동무들의 지껄이는 소리, 웃음소리, 닫는 소리에 섞여 공 구르는 가벼운 소리가 쉴새없이 흘러와 몸은 그 즐거운 소리를 타고 뜬 것 같다.

을손은 현재 취조를 받고 있을 당번의 동무들과 자신의 형편조차 잊어버리고 유유히 주머니 속에서 담배를 한 개 집어내어 불을 붙였다. 실상인즉 담배도 능금과 같이 금단의 것이었으나 율칙을 어김은 인류의 조상이 끼쳐준 아름다운 공덕이다. 더구나 그곳에서 한 모금 피우기란 무상의 기쁨이라고 을손은 생각하는 것이었다.

이것도 그곳의 특이한 풍속으로 벽에는 옷을 입지 않을 때의 남녀의 원시적 자태가 유치한 필치로 낙서되어 있다. 간단한 선, 서투른 그림이면서도 그것은 일종의 기쁨이었다.

을손도 알 수 없는 유혹을 받아 주머니 속에서 무딘 연필을 찾아 향기로운 연기를 길게 뿜으면서 상상을 기울여 그림을 그리기 시작하였다.

능금을 먹은 위에 담배를 피우며 낙서를 하며—'위반'을 거듭하는 동안에 을손은 학교가 싫은 생각이 불현듯이 들었다—가령 학교에서 능금 딴 제자를 문초한 교사가 일단 집에 돌아갔을 때 이웃집 밭의 능금을 딴 어린 아들을 무슨 방법으로 처벌할 것이며, 그 자신 능금을 따던 소년 시대를 추억할 때 어떤 감상과 반성이 생길 것인가! 또 혹은 학교에서 절제의 미덕을 가르치는 교사 자신이 불의의 정욕에 빠졌을 때 그 경우는 어떻게 설명하여야 옳을 것인가. 마치 십계명을 설교하는 목사 자신이 간음의 죄에 신음하는 것과도 흡사한 그 경우를.

가깝게 생각하여 특수한 과학과 기술을 배워야 그것을 이용할 자신의 농토조차 없는 형편이 아닌가.

변변치 못하다. 초라하다. 잔단 보수를 바라 이 굴욕을 받는 것보다는 차라리 좁고 거북한 굴레를 벗어나 아무 데로나 넓은 세상으로 뛰고 싶다.

을손의 생각은 고삐를 놓은 말같이 그칠 줄을 몰랐다.

아마도 오래된 듯하다.

하학 종소리가 어지럽게 울렸다.

이튿날 아버지는 단벌 나들이 두루마기를 입고 학교에 불리웠다.

무기정학 처분이었다.

아버지는 어안이 벙벙한 모양이었다. 정든 아들을 매질할 수도 없었으므로.

을손은 우리 안의 닭을 모조리 홀두드려 팔아 가지고

내빼고 싶은 생각이 불같이 났으나 그것도 할 수 없어
빈손으로 집을 떠났다.

이웃 고을을 헤매다가 사흘 만에 다시 집으로 돌아왔다.

밭일도 거들 맥 없이 며칠은 천치같이 보낼 수밖에
없었다.

우리 안의 닭의 무리가 눈에 나보였다. 그 가운데에
서도 못난 수탉의 꼴은 한층 초라하다. 고추장에 밥을
비벼먹여도 이웃집 닭에게 지는 가련한 신세가 보기에
도 안타까웠다.

못난 수탉, 내 꼴이 아닌가. 을손은 화가 버럭 났다.

한가한 판이라 복녀와는 자주 만날 수 있는 처지였으
나 겸연쩍은 마음에 도리어 주저되었다.

을손의 처분을 복녀는 확실히 좋게 여기지는 않는 눈
치였다.

복녀는 의지의 여자였다. 반 년 동안의 원잠종 제조
소의 견습생 강습을 마친 터라 오는 봄부터는 면의 잠
업 지도생으로 나갈 처지였다. 건듯하면 게을리되는 을
손의 공부를 권하여 주고 매질하여 주는 복녀였다. 학
교를 마치면 맞들고 벌자는 언약이었으나 을손의 이번
실수가 복녀를 실망시킨 것은 확실하였다. 무능한 사내
—복녀에게 이같이 의미 없는 것은 없었다.

하루저녁 복녀를 찾았을 때 을손에게는 모든 것이 확
적히 드러났다.

　나온 것은 복녀가 아니요 복녀의 어머니였다.

　"앞으론 출입도 피차에 잦지 못하게 될 것을 생각하니 섭섭하기 그지없네."

　뜻을 몰라 우두커니 서 있으려니 복녀의 어머니는 말을 이었다.

　"기어이 알맞은 사람을 하나 구해 봤네."

　천 근 같은 무쇠가 등골을 내리쳤다.

　"조합에 얌전한 사람이 있다기에 더 캐지도 않고 작정하여 버렸어."

　복녀는 찾아볼 생각도 못하고 을손은 허전허전 뛰어나왔다.

　"복녀의 뜻일까, 춘향모의 짓일까?"

　물을 필요도 없었다.

　눈앞이 어둡고 천지가 헐어지는 것 같았다.

　며칠 동안은 눈에 아무 것도 어리우지 않았다.

　앙상한 밤송이 같은 현실.

　한 달이 넘어도 학교에서는 복교의 통지도 없다.

　저녁 때였다.

　닭이 우리 안에 들어 각각 잠자리를 차지하였을 때 마을 갔던 수탉이 어슬어슬 돌아왔다.

　또 싸운 모양이었다.

　찢어진 맨드라미에는 피가 생생하고 퉁겨진 죽지의 깃이 꺼꾸로 뻗쳤다.

　다리를 저는 것은 일반이나 걸어오는 방향이 단정치

못하다. 자세히 보니 눈이 한쪽 찌그러진 것이었다. 감긴 눈으로 피가 흘러 털을 물들였다.

참혹한 꼴이었다.

측은한 생각은 금시에 미움의 감정으로 변하였다. 을손은 불같은 화가 버럭 났다.

그 꼴을 하고 살아서는 무엇해.

살기를 띤 손이 부르르 떨렸다. 손에 잡히는 것을 되구말구 닭에게 던졌다.

공칙하게도 명중되어 순간 다리를 뻗고 푸득거리는 꼴에서 을손은 시선을 피해 버렸다. 끊었다 이었다 하는 가엾은 비명이 을손의 오장을 뒤흔들어 놓는 듯하였다.

분녀(粉女)

1

우리도 없는 농장에 아닌 때 웬일인가를 의아하게 여기고 있는 동안에 집채 같은 돼지는 헛간 앞을 지나 묘포밭으로 달아온다. 산돼지 같기도 하고 마바리 같기도 하여 보통 돼지는 아닌데다가 뒤미처 난데없는 호개 한 마리가 거위영장같이 껑충대고 쫓아오니 돼지는 불심지가 올라 갈팡질팡 밭 위로 우겨든다. 풀 뽑던 동무들은 간담이 서늘하여 꽁무니가 빠져라 산지사방으로 달아난다. 허구많은 지향 다 두고 돼지는 굳이 이쪽을 겨누고 욱박아 오는 것이다.

분녀는 기급을 하고 도망을 하나 아무리 애써도 발이 재게 떨어지지 않는다. 신이 빠지고 허리가 휘는데 엎친 데 덮치기로 공칙히 앞에는 넓은 토벽이 막혀 꼼짝부득이다.

옆으로 빗빼려고 하는 서슬에 돼지는 앞으로 왈칵 덮친다. 손가락 하나 놀릴 여유도 없다.

육중한 바위 밑에서 금시에 육신이 터지고 사지가 떨어지는 것 같다. 팔을 옴짝달싹할 수 없고 고함을 칠래야 입이 움직이지 않는다.

분녀는 질색하여 눈을 떴다.

허리가 뻐근하여 몸이 통세난다.

문득 짜장 놀라서 엉겁결에 소리를 치나 소리는 나오지 않는다. 입안에는 무엇인지 틀어막히우고 수건으로 자갈을 물리워 있지 않은가. 손을 쓰려 하나 눌리웠고 다리도 허리도 머리도 전신이 무거운 돼지 밑에 있는 것이다. 몸에 칼이 돋히기 전에는 이 몸도둑을 물리칠 수 없지 않은가.

어둠 속에서도 경풍할 변괴에 부끄러운 생각이 났다. 어머니 앞에서도 보인 법 없는 몸뚱이를 하고 옷으로 덮으려 하나 생각뿐이다. 어머니는, 하고 가까스로 고개를 돌리니 웃목에 누웠고 그 너머로 동생의 코고는 소리가 들린다. 같은 방에 세 사람씩이나 산 넋이 있으면서도 날도둑을 들게 하다니 멀건 등신들이라고 원망할 수도 없는 것은 된 낮일에 노그라져서 함빡 단잠에 취하여 있는 것이다. 발로 차서 어머니를 깨우고도 싶으나 발이 닫기에는 동이 떴다.

삼경이 넘었을까 밤은 막막하다. 열린 문으로 바람 한 숨 없고 방안이나 문밖이 일반으로 까마득하다. 먼 하늘에는 별똥 하나 안 흐른다.

"원망할 것 없다. 둘만 알고 있으면 그만야. 내가 누구든 아무에게나 다 마찬가진걸."

더운 날숨이 이마를 덮는다. 부스럭부스럭 하더니 저고리고름을 올개미지워 매어 주는 눈치다.

간단하고 감쪽같다. 도둑은 흔적 없이 '훔칠 것'을 훔치고 늠실하고 나가 버렸다.

몸이 풀리우자 분녀는 뛰어일어나 겨우 입봉창을 빼기는 하였으나 파장 후에 소리를 치기도 객적다.

대체 웬 녀석인가? 뛰어나가 살폈으나 간 곳 없다. 목소리로 생각해 보아도 알 바 없고 매어진 옷고름을 만져보는 건 뜻없다. 하늘이 새까맣다. 그 새까만 하늘이 부끄럽고 디딘 땅이 부끄럽고 어두운 밤을 대하기조차 겸연스럽다.

몸이 무시근하다. 우물에서 물을 두어 드레 퍼올려 얼굴을 씻고 방에 들어가 등잔에 불을 켰다. 어둠 속에서 비밀을 가진 방안은 밝을 때엔 천연스럽다. 땅 그 어느 한 구석이 무지러 떨어졌을 것 같다. 하늘의 별한 개가 없어졌을 것 같다. 몸뚱이가 한 구석 뭉척 이지러진 것 같다. 한쪽 거울을 찾아들고 얼굴을 비추어 보았다. 코며 입이며 볼이며가 상하지 않고 제대로 있는 것이 도리어 신기하게 여겨졌다. 어차피 와야 할 것이겠지만 그것이 너무도 벼락으로 급작스리 어처구니없게 온 것이 분녀에게는 알 수 없이 겸연스러웠다.

얼굴과 몸을 어루만지며 어머니의 잠든 양을 물끄러미 바라보려니 별안간 소름이 치며 가슴이 떨린다. 무서운 생각이 선뜻 들며 어머니를 깨우고 싶다. 그러나 곤한 눈을 멀뚱하게 뜨고 상기된 눈망울로 이쪽을 바라보는 것을 보면 분녀는 딴소리밖엔 못하였다.

"새까맣게 흐린 품이 천둥하고 비올 것 같으우."

묘포 감독 박추의 짓일까? 데설데설하며 엄부렁한 품이 아무 짓인들 못할 것 같지 않다. 계집아이들 틈에 끼여 인부로 오는 명주의 짓일까? 눈질이 영매스러운 것이 보통 아이는 아니나 워낙 집안이 억판인 까닭에 일껏 들어간 중등학교도 중도에서 퇴학하고 묘포 인부로 오는 것이 가엾긴 하다. 그러나 그라고 터놓고 을러 멨다고 하면 응낙할 수 있었을까? 군청 사동 섭춘이나 아닐까? 한길에서도 소락소락 말을 거는 쥐알봉수. 그 초나리라면 치가 떨려 어떻게 하나.

잠을 설군혀 버린 분녀는 고시랑고시랑 생각에 밤을 샜다. 이튿날은 공교로이 궂은 까닭에 비를 칭탈하고 일을 쉬고 다음날 비로소 묘포로 나갔다. 같은 생각이 머릿속에 뱅돌아 사람을 만나기가 여간 겸연쩍지 않다. 사람마다 기연미연 혐의를 걸어보기란 면란스런 일이었다.

하늘이 제대로 개고 땅이 이지러지지 않은 것이 차라리 시뻐스럽다. 천지는 사람의 일신의 괴변쯤은 익지 않은 과실이 벌레에게 긁히운 것만큼도 대수롭게 여기지 않는 모양이다. 하긴 다행이지 몸의 변고가 일일이 하늘에 비추어진다면 기분이·손야·옥녀 모든 동무들에게 그것이 알려질 것이요, 그들의 내정도 역시 속뽑히울 것이다. 이런 생각이 들자 별안간 그들은 대체 성할까 하는 의심이 불현듯이 솟아오르며 천연스러운 얼굴들이 능청스럽게 엿보였다.

박추와 명준에게만은 속내를 들리운 것 같아서 고개가 바로 쳐들리지 않았다. 다시 살펴도 가잠나룻이 듬성한 검센 박추. 거드럼부리는 들대밑. 이녀석한테 당하였다면 이 몸을 어쩌노? 잠자코 풀 뽑는 무죽한 명준이, 새침한 몸집 어느 구석에 그런 부락부락한 힘이 들어 있을꼬? 사람은 외양으론 알 수 없다. 마치 그것이 명준이요, 적어도 명준이었으면 하는 듯이 이렇게 생각은 하나 면상과 눈치로는 그가 근지 누가 근지 도무지 거니챌 수 없다. 이러다가는 평생 그 사람을 모르고 지나지나 않을까?

맡은 땅의 풀을 뽑고 난 명준은 감독의 분부로 이깔포기에 뿌릴 약제를 풀어 무자위로 치기 시작하였다. 한 손으로 물을 뿜으며 다른 손으로 물줄기를 흔들다가 고무줄이 빗나가는 서슬에 푸른 약물이 옥녀의 낯짝을 쏘았다. 옥녀는 기급을 하여 농인 줄만 알고,

"저녀석 얼뜨개같이 해가지고 요새 무슨 곡절이 있어." 하고 쏘아붙인다. 명준은 픽 웃으며 마침 손이 빈 분녀에게 고무줄을 쥐어주고 뿌려주기를 청하였다. 두 사람이 한 무자위로 협력하게 되자 옥녀는 더 말이 없었다.

통의 것을 다 쳤을 때 다시 물을 길을 양으로 분녀는 명준의 뒤를 따라 도랑으로 내려갔다. 도랑은 풀에 가리워 밭에서 보이지 않는다. 명준은 손가락으로 물탕을 치며 낯이 부드럽다.

"일하기 되지 않니?"

대번에 농조로,

"너 어떤 놈에게로 시집가련? 박추한테라도."

"미친 것 다따가."

"시집갔니? 안 갔니?"

관자놀이가 금시에 빨개진 것을 민망히 여겨 곧 뒤를
이었다.

"평생 시집 안 갈 테냐?"

"망할 녀석."

"난 이 고장에서 없어지겠다. 살 재미 없어. 계집애들
틈에 끼여 일하기도 낯없다. 일한대야 부모를 살릴 수
없고 잔단 세금도 못 물어 드잡이를 당하는 판이 아니
냐. 이까짓 고향 고맙잖어. 만주로 가겠다. 돌아다니며
금광이나 얻어보련다. 엄청난 소리지."

"그러나 사람의 운수를 알 수 있니?"

"정말 가겠니?"

"안 가고 무슨 수 있니? 이까짓 쭉쟁이 땅 파야 소용
있나. 거기도 하늘 밑이니 사람 살지 설마 짐승만 살겠니?"

물을 나르고 다시 도랑으로 내려왔을 때 명준은 다따
가 분녀의 팔을 잡았다.

"금덩이를 지고 올 때까지 나를 기다려 주련?"

눈앞에 찰락거리는 명준의 옷고름이 새삼스럽게 눈에
띄자 분녀는 번개같이 정신이 번쩍 들었다. 끝을 홀커
맨 고름이 같은 꼴의 제 옷고름과 함께 나란히 드리운

것이다.

"네 짓이었구나."

분녀는 짧게 외치고 고개를 떨어뜨렸다.

"언제까지든지 나를 기다리고 있으련?"

박추의 소리가 나자 두 사람은 날쌔게 떨어져 밭으로 갔다. 분녀는 눈앞이 아찔하며 별안간 현기증이 났다.

그뿐 명준은 다시 묘포밭에 나타나지 않았다. 다음날도 다음다음 날도. 며칠 후에 짜장 만주로 내뺐다는 소문이 들렸다. 분녀는 마음이 아득하고 산란하여 일을 쉬는 날이 많았다.

2

분녀는 그렇게 눈떴다.

인생이 고패를 겪은 지 이태에 몸은 활짝 피어 지난 비밀의 자취도 어스레하다. 껍질에 새긴 글자가 나무가 자람을 따라 어느 결엔지 형적이 사라진 격이다.

이제 아닌 때 별안간 불풍나게 두번째 경험을 당하려고 하는 자리에 문득 옛 생각이 떠오르지 않을 수 없었다. 흐르는 향기같이 불시에 전신을 휩싼다. 피가 끓으며 세상이 무섭고 가슴이 두근거리며 손가락이 떨린다. 물동이를 깨뜨린 때와도 같이 겁이 목줄을 조인다.

대체 어떻게 하여서 또 이 지경에 이르렀나 생각하면 눈앞이 막막하다.

거리에 자주 삐죽거린 것이 잘못일까? 만갑이에게는

어찌하여 이렇게 허름하게 보였을까? 돈도 없으면서 가게에 들어가서 이것저것 탐내는 것부터 틀렸다. 집안이 들구날 판에 든벌의 옷도 과남한데 단오빔은 다 무엇인가? 돈 있는 사람들의 단오놀이지 가난한 멀떠꾼이의 아랑곳인가? 이곳 질숙 저곳 기웃하며 만져보고 물어보고 눈을 까고 한숨 쉬고 하는 동안에 엉뚱한 딴 군에게 온전히 깐보이고 감잡히웠다. 만갑이는 가게에 사람이 빈 때를 가늠보아 미처 겨를 사이도 없게 몸째 덜렁 떠받들어 뒷방에 넣고 안으로 문을 잠근 것이다.

부락스러운 꼴이 사내란 모두 꿈에서 본 돼지요 엉큼한 날도둑이다. 훔친 뒤에는 심드렁하다.

"가지고 싶은 것을 말해 봐. 무엇이든지 소용되는 대로 줄게."

"욕을 주어도 분수가 있지. 사람을 어떻게 알고 이 수작이야."

분녀는 새삼스럽게 짜증을 내며 보기좋게 볼을 올려붙였다. 엄청난 짓을 당하면서 심상한 낯을 지닐 수도 없고 그렇게라도 할 수밖엔 없었다.

"미워 그랬나?"

"몰라 녀석."

쏘아붙이고는 팔로 눈을 받치고 다따가 울기 시작하였다. 사실 눈물도 나왔다. 첫번에는 겁결에 울기란 생각도 안 나던 것이 지금엔 눈물이 솟는 것이다. 그 무엇을 잃은 것 같다. 다시 찾을 수 없을 것 같다. 안타까운 생각에 몸이 떨린다.

"울긴 왜, 사람은 다 그런 것이야. 단오에 들 것 한 벌 갖추어 줄게."

머리를 만지다 어깨를 지긋거리면서,

"삽삽하게만 굴면야 이 가게라도 반 나눠 줄걸."

가게에 인기척이 나는 까닭에 분녀는 문득 울음을 그쳤다. 부르다 주인의 대답이 없으니 사람은 나가 버렸다. 만갑이는 급작스럽게 말을 이었다.

"여편네가 중풍으로 마저마저 거꾸러져 가는 판이니 그렇게만 된다면 나는 분녀를 새로 맞으다 가게를 맡길 작정인데 뜻이 어떤가?"

울면서도 분녀는 은연중 귀를 솔깃하고 있었다.

"잘 생각해 볼 일이야."

듬짓이 눌러 놓고 만갑이는 한 걸음 먼저 방을 나갔다. 손님을 보내기가 바쁘게 방문을 빼꼼이 열고 불러 냈다.

"이것 넣어 둬."

소매 속에다 무엇인지를 틀어넣어 주는 것이다. 분녀는 어안이 벙벙하였다.

집에 돌아와 소매갈피를 헤치니 지전 한 장이 떨어졌다. 항용 보던 것보다는 훨씬 넓고 푸르다. 과남한 것을 앞에 놓고 분녀는 적이 마음이 느근하였다. 군청 관사에 아침저녁으로 식모로 가서 버는 한 달 월급보다 많다. 월급이라야 단돈 사 원으로는 한 달 요의 보탬도 못된다. 화세로 얻어부치는 몇 떼기의 밭을 그래도 어머니와 동생이 드세게 극성으로 가꾸는 덕에 제철 제철의 곡식이 요를 도우니 말이지 그것도 없다면야 분녀의 월급만으로는 코에 바를 나위도 없을 것이다.

왼곳에 가 있는 오빠가 좀더 온전하다면 집안이 그처럼도 군색치는 않으련만, 엉망인 집안에 사람조차 망나니여서 이웃 고을 목탄 조합에 가 있어 또박또박 월급생애를 하면서도 한 푼 이렇다는 법 없었다. 제 처신이나 똑바로 하였으면 걱정이나 없으련만 과당하게 건들거리다 기어이 거덜나고야 말았다. 늦게 배운 오입에 수입을 탕갈하다 나중에 공금에까지 손찌검을 한 것이다. 탄로되었을 때에는 오백 소수나 감쳐 낸 뒤였다. 즉시 그 고을 경찰에 구금되었다가 검사국으로 넘어간 것은 물론이어니와 신분보증을 선 종가에 배상액을 빗발같이 청구하므로 종가에서는 펏질 뛰어들어 야기를 부리는 것이다. 집안은 망조를 만난 듯이 시산하고 을씨년스럽다.

불의의 수입을 앞에 놓고 분녀는 엄청나고 대견하였다. 어떻게 했으면 옳을까? 집안일에 보태자니 빛없고, 혼잣일에 쓰자니 끔찍하고 불안스럽다. 대체 집안 사람들에게는 출처를 어떻게 말하면 좋을까? 관사에서 얻어내왔다고 해서 곧이들을까? 가난에 과남은 도리어 무서운 일이다.

왈칵 겁도 났다. 술집 계집이나 하는 짓이 아닌가.

집안 사람도 사람이려니와 명준에게 상구에게 들 낯이
있는가. 설사 만주에는 가 있다 하더라도 첫몸을 준 명
준이가 아닌가? 그야말로 불시에 금덩이나 짊어지고 오
면 어떻게 되노?

그러나 명준이보다도 당장 날마다 만나게 되는 상구
에게 대하여서는 어떻게 한단 말인가? 확실히 그를 깔
보고 오기는 했다. 그렇기 때문에 벌써 피차에 정을 두
고 지낸 지 반 년이 넘는데도 몸 하나 까딱 다치지 못
하게 하여 왔다.

그 역 몸은 다칠 염도 하지 않았다. 그러나 그는 깔
중보일 인끔인가. 명준이같이 역시 눈질이 보통 재물은
아니다. 학교도 같은 학교나 명준이같이 중도에서 폐학
할 처지도 아니요, 그것을 마치고는 서울 가서 웃학교
를 치를 생각이라니 그렇게만 된다면야 취직도 한층 높
아 고을 학교만을 졸업하고 3종 훈도로 나가거나 조합
견습생으로 뽑히는 것과는 격이 다르다. 다만 세월이
너무 장구한 것이 지리하다. 지금 학교를 마치재도 이
태, 웃학교까지 필함은 어느 천 년일까? 그때까지에는
집안은 창이 날 것이다. 몸까지 허락하면 일이 됩데 틀
어질 것 같아서 언약만 하여 놓고 손가락 하나 까딱 못
하게 한 것이다. 상구 역시 그것을 원하지 않았고 공부
에 유난스럽게 힘을 들이는 모양이다. 그러는 동안에
이 꼴이 되고 말았다.

허랑한 몸으로 상구를 어찌 대하노? 그렇다고 그를

당장에 단념할 신세도 못되고, 지은 죄를 쏟아놓고 울고 뛸 수는 더욱 없는 것이다.

생각과 겁과 부끄러움에 분녀는 정신이 섞갈린다.

3

학교가 바쁜지 여러 날이나 상구를 만날 수 없다. 눈앞에 면대하지 않으니 겁도 차차 으스러지고 도리어 마음은 허랑하게 만든다.

실상은 다음날로라도 곧 가려 하였으나 겸연쩍은 마음에 그럴 수도 없이 며칠은 번졌다. 그날 부랴부랴 그곳을 나오느라고 만갑이 가게에 물건을 잊어 둔 것이다. 물건도 물건 공칙히 손에 걸치는 옷가지인 까닭에 안 찾을 수도 없고 밤이 이슥하기를 기다려 분녀는 조심스러이 거리로 나갔다.

한길에는 사람들이 듬성듬성하다. 전과는 달라 한결 조물거리는 마음에 사방을 엿보며 가게로 들어가자 기다리고 있었던 듯이 만갑이는 성큼 뛰어나온다.

"올 사람도 없을 듯하군."

밀창을 드르렁드르렁 밀고 휘장을 치고 가게를 닫치는 것이다.

"곧 갈 텐데."

"눈어림만 했더니 맞을까."

골방문을 냉큼 열더니 만갑이는 상자를 집어낸다. 덮개를 여니 뾰족한 구두. 새까만 광채에 분녀는 눈이 어립다.

팔을 나꾸어 쪽마루로 이끈다.

분녀는 반갑기보다도 무섭다.

'그까짓 구두쯤.'

불 하나를 끄니 가게 안은 어둑스레하다.

만갑이는 마루에 걸터앉자 강잉히 팔을 잡아끈다. 뿌리치고 빼다가 전봇대 모서리에서 붙들렸다.

"손가락 겨냥 좀 해볼까."

우격으로 끌리운다.

마루에 이르기 전에 만갑이는 날쌔게 남은 등불을 마저 죽여 버렸다.

어두운 속에서 분녀는 씨름꾼같이 왈칵 쓰러졌다. 더운 날숨이 목덜미를 엄습한다. 굵은 바로 얽어매인 것같이 몸이 가쁘다.

'미친 것.'

즐겨서 들어온 것은 아니나 굳이 거역할 것이 없는 것은 몸이 떨리기는 하나 거듭하는 동안에 마음이 한결 유하여진 것이다. 무엇보다도 어둠에는 눈이 없는 까닭에 부끄러운 생각이 덜하다.

별안간 밀창을 흔드는 인기척에 달팽이같이 몸이 움츠러들었다. 시치미를 떼려던 만갑이는 요란한 소리에 잠자코 있을 수 없어 소리를 친다.

"천수냐?"

하는 수 없이 문을 여니 천수가,

"야단났어요."

어느 결엔지 들어와서,

"병환이 더해서 댁에서 곧 들어오시라구요."

"더하다니!"

"풍이 나서 사람을 몰라봐요."

"곧 갈게 어서 들어가."

천수가 약빠르게 불을 켜는 바람에 분녀는 별수 없이 어지러운 꼴을 등불 아래 드러냈다. 움츠러들며 외면하였으나 천수의 눈이 등에 와 붙은 것 같다.

"녀석 방정맞게."

만갑이의 호통에보다도 천수는 분녀의 꼴에 더 놀랐다.

이튿날 상구가 왔다.

임시시험이라고는 칭탈하나 5월도 잡아들지 않았는데 모를 소리였다. 어떻든 그를 만나기는 퍽도 오래간만이다. 거의 하루 건너로 찾아오던 것이 문득 끊어지더니 마침 두 장 도막을 넘긴 것이다. 하기는 전모양 그 모양 지닌 책보도 전의 것대로였다. 다만 얼굴이 좀 그을렀고 눈망울이 그 무슨 생각에 멀뚱하다. 필연코 곡절이 있으련만, 그것을 꼬싯꼬싯 묻기에 분녀는 심고를 하며 상구의 말과 눈치가 될 수 있는 대로 자기의 일신의 변화 위에 떨어지지 않도록 발뺌을 하노라고 애를 썼다. 속으로는 상구한테서 정이 벌써 이렇게도 떴나 하고 궁리 다른 제 심정을 아프고 민망하게도 여겼다. 거짓 없는 상구의 입을 쳐다보기도 죄망스럽다.

"시골학교 재미 적다. 서울로나 갈까 생각하는 중이다."

새삼스런 소리에 분녀는 의아한 생각이 나서,

"아무델 가면 시험 없나? 뚱딴지같이 다따가 서울은 왜."

"조사가 심해서 책도 맘대로 읽을 수 없어. 책 권이나 뺏겼다. 서울 가면 책도 소원대로 읽을 거, 동무들도 흔할 거."

"책 책 하니 학교 책이나 보면 됐지 밤낮 무슨 책이야."

책보를 끌러 활짝 헤치니 교과서 아닌 몇 권의 책이 굴러나왔다. 영어책도 아니요 수학책도 아니요, 그렇다고 소설책도 아닌 불그칙칙한 껍질이 두터운 책들이다. 분녀는 전부터도 약간은 상구가 그러스름한 책을 읽고 있는 것과 그것이 무슨 속인가를 짐작하여 행여나 하는 의심을 품고 오기는 왔다.

"집에 두면 귀찮겠기에 몇 권 추려 가져왔다. 소용될 때까지 간직했다 주렴."

"주제넘게 엉큼한 수작하다 망할 장본야. 까딱하다, 건수 윤패 꼴 되려구."

"함부로 지껄이지 말어. 쥐뿔도 모르거든."

상구는 눈을 부르댔다.

"너 요새 수상하더라, 태도가 틀렸지."

소리를 치며 책을 닁큼 들어 분녀의 볼을 갈긴다.

"어떻게 알고 그런 주제넘은 대꾸야."

돌리는 얼굴을 또 한 번 갈기다가 문득 고름 끝에 옭

아맨 반지를 보았다.

"웬 것야?"

잡아채니 고름이 떨어진다. 상구는 금시에 눈이 찢어져 올라가며 불이라도 토할 듯 무섭게 외친다.

"어느 놈팽이를 웃어붙였니? 개차반. 천보."

머리채가 휘어잡혔다. 볼이 얼얼하고 이빨이 솟는 듯하나 분녀는 아무 대답 없다. 모처럼 기회에 차라리 죽지가 꺾이우게 실컷 맞고 싶다. 미안한 심사가 약간이라도 풀려질 것 같다.

"숫제 그 손으로 죽여 주었으면."

실토였다. 눈물이 솟는다.

"큰 것 죽이지 네까짓 것 죽이러 생겨났겐."

결착을 내려는 듯이 몸째 차박지르고 상구는 훌쩍 나가 버렸다.

어쩐지 마지막 일만 같아 분녀는 불현듯이 서러워지며 공연히 그를 설궂친 것을 뉘우쳤다.

저녁때 밭에서 돌아오기가 바쁘게 어머니는 황당하게 설렌다.

"들었니? 상구 말이다."

분녀의 얼굴에는 아직도 눈물자국이 부숙부숙한 채로다.

"요새 더러 만나 봤니? 이상한 눈치 보이지 않던? 들어갔단다."

"예? 언제요?"

분녀는 눈이 번쩍 뜨인다.

"망간 거리에서 소문 듣고 오는 길이다. 윤패 건수들과 한 줄에 달릴 모양이다. 사람 일 모르겠다."

"낮쯤 와서 책까지 두고 갔는데요."

"낌새채고 하직차로 왔었나보다. 멀건 소소리패들과 휩쓸려 지내더니 아마도 그간 음특한 짓을 꾸민 게야."

"눈치가 이상은 하였으나 그렇게까지 되다니요."

사실 분녀는 거기까지는 어림하지 못하였다. 아까 상구와 끝내 말다툼까지 하다 그의 심사를 설궂치게 된 것도 실상은 그의 말이 전과는 달라 수상하게 나온 까닭이었다.

"녀석들의 언결 입었거나 그렇지 않으면 철모르고 새롱새롱 덤볐거나 한 게야. 사람은 겉볼 안이 아니구먼. 이 일을 어쩌노."

어머니로서는 공연한 걱정이었다.

"웃학교는 아시당초 틀렸지. 초라니 같은 것. 사람 잘못 가렸어."

슬그머니 딸을 바라본다. 분녀의 얼굴은 안온한 것도 같고 아득한 것도 같다.

"사람과 생각이 다른 거야 하는 수 없지요."

"넌 어떻게 생각하느냐 말이야. 분하지 않으냐?"

"분하긴요."

먼숙한 얼굴을 은연중 바라보며 어머니는 은근한 목소리로,

"너희들 그간 아무 일 없었니?"

분녀는 부끄러운 뜻이 화끈 얼굴이 달며 착살스런 어머니의 눈초리에서 외면하여 버렸다.

"있었다면 탈이다."

수삽스러운 생각에 어머니가 자리를 뜬 것이 얼마나 시원한지 알 수 없다. 어머니에게 대하여서보다도 애매한 상구에게 대하여 더 부끄럽다. 일신이 별안간 더럽고 께끔하다. 어쩐지 어심아하여 밤이 늦었을 때 분녀는 골목을 나갔다. 남문 거리에 가서 한 모퉁이에 서기만 하면 웬만한 그날 소식은 거의 귀에 들려온다. 한길 복판 게시판 옆에 두런두런 모여서들 지껄지껄하는 속에서 분녀는 영락없이 상구의 소문을 가달가달 훔쳐낼 수 있었다.

건수가 괴수였다. 모여서 글 읽는 패를 모으려다가 들킨 것이다. 학교에서는 상구 외에도 두 사람, 거리에서는 건수와 윤패네 세 사람. 상구가 건수에게 책을 빌렸을 뿐이나 집을 속속들이도 수색당하고 학교에서는 나오는 대로 퇴학을 맞을 것이다.

상구도 이제는 앞길이 글렀구나 생각하면서 분녀는 발을 돌렸다. 이렇게 될 것을 예료하고 그를 숨기고 허랑하게 처신을 하여 온 것 같아 면목없고 언짢다.

집에 돌아오니 상구의 두고 간 책이 유난스럽게 눈에 띈다. 그립기보다도 도리어 책망하는 원혼같이 보여서 쓸어들고 아궁 앞으로 내려갔다.

"차라리 태워 버리는 것이 글거리가 남잖아 피차에
낫지."

불을 그어대니 속장부터 부싯부싯 타기 시작한다. 먹
과 종이 냄새가 나며 두터운 책이 삽시간에 불덩어리가
된다. 어두운 부엌 안이 불길에 환하다. 상구와는 영영
작별 같다. 악착한 것 같아 분녀는 눈앞이 어질어질하다.

4

날을 지남에 따라 무겁던 마음도 차차 홀가분하여지
고 상구에게 대하여 확실히 심드렁하게 된 것을 분녀는
매정한 탓일까 하고도 생각하였다. 굴레를 벗은 것같이
일신이 개운하다. 매일 곳 없으며 책할 사람 없다고 느
끼는 동안에 마음이 활짝 열려져 엉뚱한 딴 사람으로
변한 것 같다.

어느 날 저녁 느직하게 돼지물을 주고 우리에 의지하
여 하염없이 들여다보고 있을 때 문득 은근한 목소리에
주물트리고 돌아서니 삽작문 어귀에 사람의 꼴이 어뜩
한다. 홀태 양복을 입고 철잃은 맥고를 쓴 것이 갈데
없는 만갑이다. 혹시 집안 사람에게라도 들키면 하고
밖으로 손짓하며 뛰어갔다.

"동문 밖까지 와 줄텐가. 성 밑에 기다리고 있을게."

만갑은 외면하여 돌아서며 다짜고짜 부탁이다.

"의논할 일이 있어. 안 오면 낭패야."

대답할 여지도 없게 다짐하고는 얼굴도 똑똑히 보이

지 않고 사람의 눈을 피하는 듯이 휙 가 버린다. 어둠 속에 달아나는 꼴이 어렴칙하다. 약바른 꼴이 믿음직은 하나 너무도 급작스러워서 분녀는 미심하게 뒷모양을 바라본다. 여편네 병이 위중한가?

방에 돌아와 망설이다가 행티가 이상한 까닭에 담뿌를 내서 가보기로 하였다. 물론 그에게는 그만큼 마음이 익은 까닭도 있었다.

동문을 나서니 벌판이 까마득하고 늪이 우중충하다. 오 리 밖 바다가 보이는지 마는지. 달 없는 그믐밤이 금시에 사람을 호릴 듯하다.

길 없는 둔덕으로 들어서 성곽 밑으로 다가서기가 섬찟하고 께름하다. 여우에게 홀리는 것은 이런 밤일까. 여우보다는 사람에게 홀리는 것이 그래도 낫겠지 하는 생각에 문득 성벽에 납작 붙은 만갑을 발견하였을 때에는 차라리 반가웠다.

사내는 성큼 뛰어와 날쌔게 몸을 끌었다. 무서운 판에 분녀는 뿌듯한 힘이 믿음직하여 애써 겨르려고도 하지 않고 두 팔에 몸을 맡겨 버렸다.

"분녀."

이름을 부를 뿐 다른 말도 없이 급작스리 허리를 조이더니 부락스럽게 밀친다.

"다짜고짜로 개처럼 무어야, 원."

분녀는 세부득 쓰러지면서 게정거리나 어기찬 얼굴이 입을 덮는다. 팔이 떨리며 몸짓이 어색하다.

"말이 소용 있나."

목소리에 분녀는 웅끗하였다.

"녀석 누구야."

소리를 지르나 입이 막히운다.

"만갑인 줄만 알았니. 어수룩하다."

"못된 것 각다귀."

손으로 뺨을 하나 올려쳤을 뿐 즉시 눌리어 꼼짝할 수도 없다.

"듣지 않을 듯해서 깜쪽같이 만갑이로 변해 보았다. 계집을 속이기란 여반장이야. 맥고 쓰고 홀태 양복만 입으면 그만이니."

천수도 사내라 당할 수 없이 빡세다.

"딴은 만갑이와 좋긴 좋구나. 여기까지 나오는 것보니 녀석도 여편네는 마저마저 거꾸러지는데 말 아니야. 물건을 낚시삼아 거리의 계집애들 다 망쳐 놓으니."

천수의 심청은 생각할수록 괘씸하였으나 지난 후에야 자취조차 없으니 하릴없는 노릇이다. 마음속에 담고 있을 뿐 호소할 곳도 없으며 물론 말할 곳도 없다. 그러나 이상하게도 날을 지날수록 괘씸한 마음은 차차 스러져 갔다.

어차피 기구하게 시작된 팔자였다. 명준이 때나 천수 때나 누구인 줄도 모르고 강박으로 몸을 맡겼다. 당초에 몸을 뜯고 울고 하였으나 지금 와 보면 명준이나 천수나 만갑이까지도 다 같다. 기운도 욕심도 감동도 사내란 사내는 다 일반이다. 마치 코가 하나요 팔이 둘인 것같이 뛰어나지 못한 사내도 나은 사내도 없고 몸을 가지고만 아는 한정에서는 그 누구가 굳이 싫은 것도 무서운 것도 없다. 명준에게 준 몸을 만갑에게 못 줄 것 없고 만갑에게 허락한 것을 천수에게 거절할 것이 없다.

다만 부끄러울 뿐이다. 벗은 몸을 본능적으로 가리게 되는 것과 같은 심정으로 그것은 여자의 한 투다.

문만 들어서면 세상의 사내는 다 정답다. 천수를 굳이 괘씸히 여길 것 없다.

분녀는 이렇게까지 생각하게 되었다. 마음이 허랑하여졌다고 할까. 확실히 새 세상을 알기 시작한 후로 심정이 활짝 열리기는 열렸다. 아무리 마음속을 노려보아도 이렇게밖엔 생각할 수 없다. 천수를 안된 놈이라고만 칭원할 수 없다.

정신이 산란하여 몸이 노곤하다. 살림은 나아지는 법 없고 일반인데다가 어느 날 또 발등에 불이 떨어졌다. 이웃 고을 재판소에서 검사국으로 넘어갔던 오빠의 재판이 열리는 것이다. 조합 당사자들에게 호출이 왔을 것은 물론이나 경찰에서 참량하여 집에도 통지가 왔다. 들어간 후로는 꼴을 본 지도 하도 오랜 까닭에 어머니만이라도 참례하여 징역으로 넘어가기 전에 단 눈보기만이라도 하였으면 하나 재판을 내일같이 앞두고 기차로 불과 몇 시간이 안 걸리는 곳인데도 골육을 보러갈

노자가 없는 것이다. 어머니는 딸을, 딸은 어머니를 쳐
다만 보며 종일 동안 궁싯거릴 뿐이었다.

생각다 못해 분녀는 밤늦게 거리로 나갔다. 만갑이밖
엔 생각나는 것이 없다. 통사정하면 물론 되기는 될 것
이다. 말하기가 심히 거북하여서 주저될 뿐이다.

휑드렁한 가게에는 그러나 만갑의 꼴은 보이지 않는
다. 구석에 박혀 있던 천수가 빈중빈중 웃으며 나올 뿐
이다.

"만갑이 보러 왔니? 온천으로 놀러갔다."

위인이 없다면 말도 할 수 없기에 얼빠진 것같이 우
두커니 섰노라니 천수는 민망한 듯이 덜미를 친다.

"요전 일 노엽니?"

뒤를 이어,

"무슨 일인지 내게 말하렴. 났으니 말이지 만갑이에
게 말해도 소용없을 줄이나 알아라. 네게서 벌써 맘 뜬
지 오래야. 요새는 남돗집 월선이와 좋아서 지내는 모
양이더라. 여편네 병은 내일내일 하는데."

분녀는 불시에 뒤통수를 얻어맞은 것 같다. 눈앞이
아득하다.

"가게라도 반 떼어주겠다고 꼬이지 않던? 여편네가
죽으면 후실로 들여 가게를 맡기겠다고 하지 않던? 누
구에게든지 하는 소리 그게 수란다."

기둥을 잃은 것 같다. 몸이 떨린다. 그를 장래까지
믿었던 것은 아니나 너무나 간특스럽게 속히운 셈이다.

"만갑이처럼 능청스럽지는 못하나 네게 무엇을 속이 겠니. 무슨 일이든 말하렴. 내 힘엔 부친단 말이냐?"

"아무 것도 아니다."

"어떻게 생각할지 모르나 돈이라면 여기 잔돈푼이나 있다. 어떻게 여기지 말고 소용되는 대로 쓰려무나."

천수는 지갑을 내서 통째로 손에 쥐어준다. 분녀는 알 수 없이 눈물이 솟는다. 예측도 못한 정미에 가슴이 듬뿍해서 도리어 슬프다.

5

어머니는 재판소에 갔다온 날부터 심화가 나서 누웠 다 일어났다 하였다. 홀렁바지를 입고 용수를 쓴 오빠 의 꼴이 눈앞에 어른거려 잠을 못 이루는 눈치다. 눈물 이 마를 새 없고 눈시울이 붉어서 벌겠다. 몇 해 징역 이나 될까? 판결이 궁금하다느니보다 무섭다. 엄징한 재판장의 모양이 눈에 삼삼하다. 종가에서는 발조차 일 체 끊었다.

시산한 속에도 단오가 가까워 온다.

거리 앞 장대에서는 매년같이 시민운동회가 성대하게 열린다는 바람에 거리 사람들은 설렌다. 일 년에 한 번 오는 이 반가운 명절 때문에 사람들은 사는 보람이 있 는 듯하다. 씨름이 있고 그네가 있고 활이 있고 자전거 경주가 있다. 사람들은 철시하고 새옷 입고 장대로 밀 릴 것이다.

분녀는 정황은 못 되었으나 그래도 명절이 은근히 기다려진다. 제사지낼 떡은 못 빚을지라도 만갑에게서 갖추어 얻은 것으로 이럭저럭 몸치장은 될 것이다. 무엇보다도 올에는 그네를 뛰어 상에 들 가망이 있는 것이다.

"자전거 경주에 또 나가보겠다."

천수가 뽐내는 것을 들으면 분녀도 마음이 뛰놀았다.

"을손이를 지울 만하냐?"

"올에야 설마 짓구땡이지 어디 갈랴구. 우승기 타들고 거리를 돌게 되면 나와 살겠니?"

"밤낮 살 공론이야."

이렇게 말한 것이 실상에 당일에는 어찌된 일인지 도무지 신명이 나지 않았다.

못을 박은 듯이 빽빽이 선 사람 틈으로 자전거 경주를 들여다보고 있노라니 앞장서서 달아나던 천수는 꽁무니를 쫓는 을손과 마주 스치더니 급작스런 모서리를 돌 때 기어이 왈칵 쓰러져 일어나는 동안에 벌써 맨 뒤에 떨어져 버렸다. 을손의 간악한 계교에 얼입히웠다고 북새를 놓았으나 을손이 벌써 일등을 한 뒤라 공론이 천수에게 이롭지 못하였다. 조마조마 들여다보던 분녀는 낙심이 되어 차례가 와서 그네에 올랐을 때에도 마음이 허전허전 하였다.

나조차 마저 실패하면 어쩌노 생각하며 애써 힘을 주어 솟구기 시작하였다. 회뚝거리던 설개도 차차 편편하여지고 두 손아귀의 바도 힘차고 탐탁하게 활같이 휘었다 펴졌다 한다. 그네와 몸이 알맞게 어울려 빨리 닫는 수레를 탄 것같이 유쾌하다. 나갈 때에는 눈앞이 휘연하고 치맛자락이 너벼시 나부낀다. 다리 밑에 울며줄며 선 사람들의 수천의 눈망울이 몸을 따라 왔다갔다 한다. 하늘에 오를 것 같고 땅을 차지한 것도 같다. 땅위의 걱정은 어디로 날아간 듯싶다.

바에 달린 줄이 휘엿이 뻗쳐 방울이 딸랑 울릴 때도 얼마 남지 않은 것 같다. 아래에서는 연방 추스르는 말과 힘을 메기는 고함이 들린다. 몸은 펴질 대로 펴지고 일등도 멀지 않다.

그때였다. 들어왔다 마지막 힘을 불끗 내어 강물같이 후렷이 솟아나갈 때 벌판으로 달리는 눈동자 속에 문득 맞은편 수풀 속의 요절할 한 점의 광경이 눈에 들어왔다. 순간 눈이 새까매지고 허리가 휘친 꺾이우며 힘이 푹 스러지는 것이었다.

'왕가일까?'

추측하며 재차 솟구며 나가 내려다보니 움직이지도 않고 그대로 서 있는 꼴이 개울 옆 수풀 그늘 아래 완연하다. 그 불측한 녀석은 참다 못해 그 자리에 선 것이 아니요 확실히 일부러 그 꼴을 하고 서서 이쪽을 정신없이 처다보는 것이다. 아마도 오랫동안 그 목적으로 그 짓을 하고 섰던 것이 요행 주의를 끌어 눈에 띈 것이리라. 거리에서 드팀전을 하고 있는 중국인 왕가인 것이다.

'음칙한 것.'

속으로는 혀를 차면서도 이상하게도 한눈이 팔려 분
녀는 노리는 동안에 팽팽하게 당기던 기운이 왈싹 줄어
들며 그네가 줄기 시작하였다. 허리가 꺾이우고 다리가
허전하여지더니 다시 힘을 줄래야 줄 수 없다. 팔이 떨
려 바가 휘친거리고 발에 맥이 풀려 설개가 위태스럽
다. 벌써 자세가 빗나가고 몸과 자세가 틀리기 시작하
였다. 거의 방울이 마저마저 울리려던 푯줄이 옴츠러들
게만 되니 그네는 마지막이요 일등은 날아갔다. 분녀는
아홉 숨음의 공을 한 숨음의 실책으로 단망할 수밖엔
없었다. 줄 아래 사람들은 공중의 비밀은 알 바 없어
혹은 탄식하고 혹은 소리치며 다만 분녀의 못 미치는
재주를 아까워하는 것이다.

이렇게 된 바에야 하고 분녀는 줄어드는 그네 위에서
담대스럽게 녀석을 노려서 물리치려고 하였다. 그러나
이상한 것은 노리는 동안에 그를 물리치기는커녕 이쪽
의 자세가 어지러워질 뿐이다. 오금에 맥이 빠지고 나
부끼는 치마폭이 부끄럽다.

일종의 유혹이었다. 천여 명 사람 속에서 왕가의 그
꼴을 보고 있는 것은 분녀뿐이다. 말하자면 두 사람은
많은 총중의 눈을 교묘하게 피하여 비밀히 만나고 있는
셈도 된다. 왕가의 간특스런 손짓과 마주치는 분녀의
시선은 말없는 대화인 셈이다. 분녀는 부끄러운 생각에
얼굴이 붉어졌다.

줄에서 내렸을 때까지도 좀체 흥분이 사라지지 않았다.

좀 상에는 들었으나 상보다도 기괴한 생각에 몸이 무겁다.

이 괴변을 누구에게 말하면 좋은가? 혼사만 알고 있는 것이 옳을까 생각하며 천수를 찾았으나 많은 눈 속에서 소락소락 말을 붙일 수도 없어서 집으로 돌아와서야 겨우 기회를 잡았으나 천수는 홧김에 술을 거나하게 취하여 있다.

"개울가로 나오련? 요절할 이야기 들려 줄게."

"분해 못 견디겠다. 을손이녀석."

분녀는 혼자 먼저 나갔으나 시납시납 거닐어도 천수의 나오는 꼴이 보이지 않았다. 분김에 을손과 맞붙어 싸우지나 않는가?

양버들 숲을 서성거리는 동안에 어두워졌다. 개울까지 나갔다 다시 수풀께로 돌아오면서 하릴없이 왕가의 생각에도 잠겨 본다. 초라한 꼴로 거리에 온 지 오륙 년이나 될까? 처음에는 마병장사를 하던 것이 차차 늘어 지금에는 드팀전으로도 제일 크다. 실속으로는 거리에서 첫째 부자라는 소리도 있으나 아직도 엄지락 총각의 신세를 면하지 못하여 가끔 술집에 가서는 지전을 물쓰듯 뿌린다고 한다. 중국 사람은 왜 장가가 늦을까? 여편네가 귀한 탓일까…….

수풀 그늘 속으로 들어가려던 분녀는 기급을 하고 머물렀다. 제 소리의 범이 있는 것이다. 왕가는 마치 그를 기다리고 있던 것같이 벙글벙글 웃으며 앞에 막아선다.
하기는 낮에 섰던 바로 그 자리이긴 하다. 도깨비에게
홀린 것도 같다.

쭈뼛 솟았던 머리끝이 가라앉기도 전에 몸이 왕가의
팔 안에 있다. 입을 벌리기에는 너무도 어처구니없고
삽시간이라 겨를 틈도 없다.

'평생이 이다지도 기구할까!'
분녀는 혼자 앉았을 때 스스로 일신이 돌려 보였다.
수풀 속에서 왕가에게 경박을 당하였을 때 악을 다하
여 겼었다면 겼지 못하였을까? 가령 팔을 물어뜯는다든
지 돌을 집어 얼굴을 찧는다든지 하였으면 당장을 모면
할 수는 있지 않았던가. 그럼에도 그는 그것을 할 수
없었고 이상한 감동에 몸이 주저들자 기운도 의사도 사
라져 버려 그뿐이었다.

마치 당시에는 함빡 술에라도 취하였던 것싶다.
천수를 대할 꼴도 없다. 하기는 만갑과의 사이를 아
는 그가 왕가와의 사이인들 굳이 나무랄 이치도 없기는
하다. 천수는 만갑에게서 그를 빼앗았고 차례로 왕가에
게 빼앗긴 셈이다. 몸이란 나루에서 나루로 멋대로 흘
러가는 한 척의 배 같다. 하기는 만약 그날 저녁 약속
한 천수가 어김없이 개울가로 나와 주었더면 그렇게 신
세가 빗나가지는 않았을 것이다. 천수를 한할까 왕가를
원망할까.

분녀는 길게 한숨지으며 생각에 눈이 흐리멍덩하다. 천수를 한할 바도 못 되거니와 왕가를 미워할 수도 없는 것이다.

생각하기도 부끄러운 일이나 사실 왕가는 특별한 인간이었다. 사내 이상의 것이라고 할까! 그로 말미암아 분녀는 완전히 눈을 뜨게 된 것이다.

왕가를 보는 눈이 전과는 갑자기 달라져서 은근히 그가 그리운 날이 있었다. 피가 수물거려 몸이 덥고 골이 띵할 때조차 있다. 그런 때에는 뜰앞을 저적거리거나 성밖에 나가 바람을 쐴 수밖에는 없었다. 그러나 그것만으로는 도무지 몸이 식지 않는 때가 있다.

하룻밤은 성밖까지 나갔다. 돌아오는 길에 거리를 거쳤다. 눈치를 보아 왕가와 만날 수가 있지나 않을까 하는 속심도 없는 바 아니었다.

두근거리는 마음에 남문을 지날 때 돌연히 천수를 만났다. 조바심하는 탓으로 태도가 드러나보였는지 천수는 어둠속으로 소매를 이끌더니 첫마디에 싫은 소리였다.

"요새 꼴이 틀렸군."

영문을 몰라 맞장구를 쳤다.

"꼴이 틀렸다니 눈이 뒤집혔단 말이냐?"

"눈도 뒤집혔는지 모르지."

"무슨 소리냐?"

"요새 환장할 지경이지?"

"또 술취했구나. 을손이한테 지더니 밤낮 술이야."

"어물쩡하게 딴소리 그만둬."

쏘더니 목소리를 갈아,

"사람이 그렇게 헤푸면 못 쓴다. 아무리 너기로서니 천덕구니가 되면 마지막이야."

"무엇 말이냐?"

"그래도 시침을 떼니? 왕가와의 짓 말야."

분녀는 뜨끔하여 입이 막혀 버렸다.

"수풀 속에서 본 사람이 있어. 하늘은 속여도 사람의 눈은 못 속인다."

따귀를 붙인다. 분녀는 주춤하며 자세가 휘었다.

"다시 그러면 왕가를 찔러라도 눕힐 테야. 치가 떨려 못 살겠다."

한참이나 잠자코 섰던 분녀는 겨우 입을 열었다.

"너 옷섶이 얼마나 넓으냐? 내가 네게 매였단 말이냐. 왕가와 너와 못하고 나은 것이 무엇 있니?"

6

그 후로 천수와의 사이가 뜬 것은 물론이어니와 분녀에게는 여러 가지 궁리가 많아서 얼마간 거리와 일체 발을 끊었다. 아침저녁으로 관사에 다니는 것도 일부로 궁벽한 딴길을 골랐다. 관사에서 일하는 이외의 여가는 전부 집에서 보냈다.

빈 집을 지키며 울밑 콩포기도 가꾸고 우물물을 길어 몸도 폿질 씻고 하는 동안에 열이 식어지고 마음도 차

차 잡혔다. 몸이 깨끗하고 정신이 맑은데다 뜰앞의 조
촐한 화초 포기를 바라보고 있으면 지난 일이 꿈결같이
밖에는 생각나지 않는다. 그 무슨 무더운 대병이나 치
르고 난 것같이 몸이 거뿐하다. 모든 것이 지나간 꿈이
었다면 차라리 다행이겠다고 생각해 보면 머리채를 땋
아내린 몸으로 엄청난 짓을 한 것이 새삼스럽게 뉘우쳐
진다. 명준·만갑·천수·왕가, 머릿속에 차례차례로
떠오르는 환영을 힘써 지워 버리려고 애쓰면서 날을 보
냈다.

그러나 사람의 마음처럼 조화 많은 것은 없는 듯하
다. 언제까지든지 찬 우물물을 끼얹어 식히고 얼리울
수는 없었다. 견물생심으로 다시 분녀의 마음을 움직이
게 한 변괴가 생겼다. 망칙스런 꼴이 눈에 불을 붙여
놓았다.

여름의 관사는 까딱하면 개망신처가 되기 쉽다. 문이
란 문 창이란 창은 죄다 열어젖히고 대신에 얇은 발이
쳐지면 방안의 변이 새기 마춤이다. 문이란 벽 속의 비
밀을 귀띔하는 입이다. 그 안에 사는 임자가 밤과 낮조
차 구별할 주책이 없을 때에 벽은 즐겨 망신주기를 좋
아하는 것 같다.

그날 저녁 무렵은 유난히도 무더웠다. 더우면 사람들
은 해변에서나 집안에서 옷벗기를 즐겨 한다. 분녀는
이역 유난스럽게도 일찍이 부엌일을 마치고는 목욕물을
가늠보러 목욕간으로 들어갔다. 물줄을 틀어 더운물을

맞추면서 한결같이 누구보다도 먼저 시원한 물 속에 잠겼으면 하는 불측한 생각뿐이었다. 그러나 대체 주인 양주는 이때껏 무엇을 하고 있나 하고 빈지 틈에 눈을 댔다. 이 괴망스러운 짓이 실수였는지도 모른다. 빈지 틈으로는 맞은편 건넌방이 또렷이 보인다. 분녀는 하는 수 없이 방안의 행사를 일일이 보지 않을 수 없었다.

거의 숨을 죽였다. 피가 솟아 얼굴이 확 단다. 목구멍이 이따금 울린다. 전신의 신경을 살려 두 손을 펴고 도마뱀같이 빈지 위에 납작 붙었다.

수돗물이 쏟아질 대로 쏟아져 목욕탕이 넘쳐나는 것도 잊어버리고 분녀는 어느때까지나 정신없이 빈지에 붙어 앉았다. 더운 김에 서리어서인지 눈에 불이 붙어서인지 몸이 불덩이같이 덥다.

날이 지나도 흥분이 쉽사리 사라지지 않는다.

'그런 세상도 있구나!'

거기에 비하면 지금까지 겪은 세상은 너무도 단순하고 아무 것도 아닌 방안의 세상이 아니요 문밖 세상 같은 생각이 든다. 가지가지의 경험을 죄진 것같이 여기던 무거운 생각도 어느 결엔지 개어지고 도리어 자연스럽고 그 위에 그 무엇이 부족하였다는 느낌조차 들었다.

관사의 광경은 확실히 커다란 꾀임이었다. 일시 잠자던 것이 다시 깨어나 이번에는 더 큰 힘으로 움직이기 시작하였다. 아무리 우물물을 퍼서 몸에 퍼부어도 쓸데 없다. 한 시도 침착하게 앉아 있을 수 없이 육신이 마치 신장대 모양으로 설레는 것이다.

만약 그날로 돌연히 상구가 눈앞에 나타나지 않았더면 분녀는 어떻게 일신을 정리하였을까?

요술과도 같이 뜻밖에 상구가 찾아왔다. 들어간 지 거의 달포 만이다. 얼굴은 부숭부숭 부었으나 어느 틈엔지 머리까지 깎은 후라 일신은 단정하다. 짜장 반가운 판에 분녀는 조금 수다스럽게 소리를 걸었다.

"고생했구나."

"맞았다! 동무들이 가엾다."

상구는 전과는 사람이 변한 것같이 속도 열리고 말도 걱실걱실 잘 받는 것이 분녀에게는 알 수 없이 반갑다.

"몸이 부은 것 같구나. 거북하지 않으냐?"

"넌 내 생각 안했니?"

다짜고짜로 몸을 끌어당긴다. 분녀는 굳이 몸을 빼지 않았다.

"이번같이 그리운 때 없다."

"별안간 싸늘한 것 같구나."

핑계 겸 일어서서 분녀는 방문을 닫았다.

상구에게 대한 지금까지의 불만도 뉘우침도 다 잊어버리고 상구의 하는 대로 몸을 맡겼다. 누구보다도 지금에는 상구가 가장 그리운 것이다. 지난날도 앞날도 없고 불붙는 몸에는 지금이 있을 뿐이다. 상구의 입술이 꽃같이 곱다.

다음 날 관사에 나갔을 때에 분녀는 천연스러운 양주

의 얼굴을 속으로 우습게 여기는 한편 천연스러운 자신
의 꼴을 한층 더 사특하게 여겼다.

그날밤도 상구는 오기는 왔으나 간밤같이 기쁜 낯으
로가 아니었다. 밤늦게 오면서도 그는 전과 같이 노여
운 태도였다. 퉁명스런 목소리였다.

"너를 잘못 알았다."

발을 구르며,

"네까진 것한테 첫몸을 준 것이 아까워."

이어,

"짐승 같은 것, 너를 또 찾은 내가 잘못이었지. 그렇
게까지 된 줄이야 알았니?"

기어이 볼을 갈겼다.

"소문 다 들었다."

"……"

"굳이 일일이 이름 들 것도 없겠지. 어떻든 난 쉬 떠
나겠다."

7

상구는 말대로 가 버렸다. 차라리 실컷 얻어나 맞았
더라면 시원할 것을 더 말도 못 들어보고 이튿날로 사
라졌으니 하릴없다. 서울일까? 사람이란 눈앞에만 안
보이게 되면 왜 이리도 그리운가?

그러나 상구의 실종보다도 더 큰 변이 생기고야 말았
다. 마을 갔던 어머니는 황급한 성질에 펄펄 뛰어들더

니 손에 몽둥이를 집어들었다.

"분녀야 정말이냐?"

분녀에게는 곡절이 번개같이 짐작되었다. 금시에 몸이 녹는 것 같더니 넋없는 몸뚱이가 허공을 나는 것 같다.

"허구한 곳 다 두고 하필 종가에 가서 이 끔찍한 소문을 듣다니 무슨 망신이냐."

올 때가 왔구나 느끼며 숨을 죽였다.

"일일이 대봐라. 행실머릴 이 자리에서."

첫매가 내렸다.

"만갑이·천수, 또 누구냐 대라. 치가 떨려 견딜 수 있나, 몸치장이 수상하더니 기어이 이 꼴이야?"

물매가 내리기 시작하였다. 분녀는 소같이 잠자코만 있다가 견딜 수가 없어서 매를 쥔 팔을 붙들었다. 어머니는 더욱 노여워할 뿐이다.

"이 고장에 살 수 없다. 차라리 죽어라."

모진 매에 등줄기가 주저내리는 것 같다. 종아리에서는 피가 튄다. 분녀는 하는 수 없이 매를 벗어나서 집을 뛰어나왔다. 목소리는 나지 않고 눈물만이 바짓바짓 솟는다.

바다에라도 빠질까. 목이라도 맬까. 성문을 나서 환장할 듯한 심사에 정신없이 벌판을 달렸다. 큰길을 닫기도 부끄러워 옆길로 들었다. 허전거리다가 밭두둑에 쓰러졌다. 굳이 다시 일어날 맥도 없어 그 자리에 코를 박고 밤 되기를 기다렸다. 바다에까지 나가기도 귀찮아

풀포기에 쓰러진 채 밤을 새웠다.

다음날도 집에 들어가지 않고 그렇다고 갈 곳도 없어 사람 눈에 안 띄게 종일이나 벌판을 헤매다가 밭 속 초막 안에서 잤다. 그런지 나흘 만에 벌판으로 찾아 헤매는 식구의 눈에 띄어 하는 수 없이 집으로 끌려갔다. 어머니는 때리는 대신에 눈물을 흘렸다.

큰일이나 치르고 난 것 같다. 몸도 가다듬고 마음도 조여졌다. 딴 사람으로라도 태어난 것 같다. 관사에서 떨어진 후로는 들에 나가 밭일을 거들었다. 거리를 모르게 되고 밭과 친하였다.

여름이 짙어지자 벌써 가을 기색이었다. 들에는 곡식 냄새에 섞여 들깨 향기가 넘쳤다. 들깨 향기는 그윽한 먼 생각을 가져온다.

분녀는 날마다 들깨 향기에 젖어서 집에 돌아왔다. 그런 하룻날 돌연히 낯선 청년이 돌아왔다.

"날 모르겠어?"

아무리 뜯어보아도 알듯 알듯 하면서도 생각이 미처 돌지 않는다.

"명준이야."

듣고보니 틀림없다. 반갑다. 삼 년 만인가?

"만주 갔다 오는 길야. 나도 변했지만 분녀도 무던히는 달라졌군."

"금광은 찾았누?"

"금광 대신에 사람놈이나 때려죽였지."

명준은 빙그레 웃는다. 고생을 하였으련만 그다지 축
나지도 않았다. 도리어 몸이 얼마간 인 것 같다.

"고향은 그저 그 모양이군."

분녀는 변화 많은 그의 일신 위에 말이 뻗힐까봐 날
쌔게 말꼬리를 돌렸다.

"어떻게 할 작정인구."

"밭떼기나 얻어 갈아볼까. 수틀리면 또 내빼구."

말투가 허황하면서도 듬직하다. 생각하면 명준은 첫
사람이었다. 귀찮은 금덩이를 가져오지 않은 것이 차라
리 개운하다. 허락만 한다면 그와 나 마음잡고 평생을
같이하여 볼까 하고 분녀는 생각하여 보았다.

산

나무하던 손을 쉬고 중실은 발밑에 깨금나무 포기를 들췄다. 지천으로 떨어지는 깨금알이 손 안에 오르르 들었다. 익을 대로 익은 제 철의 열매가 어금니 사이에서 오드득 두쪽으로 갈라졌다.

돌을 집어던지면 깨금알같이 오드득 깨어질 듯한 맑은 하늘! 물고기 등같이 푸르다. 높게 뜬 조각구름떼가 햇볕에 뿌려진 조개껍질같이 유난스럽게도 한편에 옹졸봉졸 몰려 들었다.

높은 산등이라 하늘이 가까우련만 마을에서 볼 때와 일반으로 멀다. 구만리일까. 십만리일까? 골짜기에서의 생각으로는 산기슭에만 오르면 만져질 듯하던 것이 산허리에 나서면 단번에 구만리를 내빼는 가을 하늘!

산속의 아침나절은 조을고 있는 짐승같이 막막은 하나 숨결이 은근하다. 휘엿한 산등은 누워 있는 황소의 등어리요, 바람결도 없는데 쉴새 없이 파르르 나부끼는 사시나무잎새는 산의 숨소리다. 첫눈에 띄는 하얗게 분장한 자작나무는 산속의 일색. 아무리 단장한대야 사람의 살결이 그렇게 흴 수 있을까? 수뻑 들어선 나무는

마을의 인총보다도 많고 사람의 성보다도 종자가 흔하
다. 고요하게 무럭무럭 걱정없이 잘들 자란다. 산오리
나무·물오리나무·가락나무·참나무·졸참나무·박달
나무·사수래나무·떡갈나무·피나무·물가리나무·싸
리나무·고루쇠나무, 골짜기에는 산사나무·아그배나무
·갈매나무·개웃나무·엄나무, 산등에 간간이 섞여 어
느 때나 푸르고 향기로운 소나무·잣나무·전나무·향
나무·노가지나무─걱정없이 무럭무럭 잘들 자라는─산
속은 고요하나 웅성한 아름다운 세상이다.

과실같이 싱싱한 기운과 향기, 나무향기, 흙냄새 하
늘 향기. 마을에서는 찾아볼 수 없는 향기다.

낙엽 속에 파묻혀 앉아 깨금을 알뜰히 바수는 중실은
이제 새삼스럽게 그 향기를 생각하고 나무를 살피고 하
늘을 바라보는 것이 아니었다. 그런 것은 한데 합쳐서
몸에 함빡 젖어들어 전신을 가지고 모르는 결에 그것을
느낄 뿐이다. 산과 몸이 빈틈없이 한데 얼린 것이다.

눈에는 어느 결엔지 푸른 하늘이 물들었고 피부에는
산냄새가 배었다. 바심할 때의 짚북데기보다도 부드러
운 나뭇잎─여러 자 깊이로 쌓이고 쌓인 깨금잎·가랑
잎, 떡깔잎의 부드러운 보료─속에 목을 파묻고 있으면
몸뚱어리가 마치 땅에서 솟아난 한 포기의 나무와도 같
은 느낌이다. 소나무·참나무 총중의 한 대의 나무다.
두 발은 뿌리요 두 팔은 가지다. 살을 베면 피 대신에
나뭇진이 흐를 듯하다. 잠자코 섰는 나무들의 주고받는

은근한 말을, 나뭇가지의 고갯짓하는 뜻을, 나뭇잎의 소근거리는 속셈을, 총중의 한 포기로서 넉넉히 짐작할 수 있다. 해가 쬘 때에 즐겨 하고 바람 불 때 농탕치고 날 흐릴 때 얼굴을 찡그리는 나무들의 풍속과 비밀을 역력히 번역해 낼 수 있다. 몸은 한 포기의 나무다.

별안간 부드득 솟아오르는 힘을 느끼고 중실은 벌떡 뛰어일어났다. 쭉 펴는 네 활개에 힘이 뻗쳐 금시에 그대로 하늘에라도 오를 듯싶다. 넘치는 힘을 보낼 곳 없어 할 수 없이 입을 크게 벌리고 하늘이 울려라 고함을 쳤다. 땅에서 솟는 산정기의 힘찬 단순한 목소리다.

산이 대답하고 나뭇가지가 고갯짓한다. 또 하나 그 소리에 대답한 것은 맞은편 산허리에서 불시에 푸드득 날아 뜨는 한 자웅의 꿩이었다. 살찐 까투리의 꽁지를 물고 나는 장끼의 오색 날개가 맑은 하늘에 찬란하게 빛났다.

살찐 꿩을 보고 중실은 문득 배가 허출함을 깨달았다. 아래편 골짜기 개울 옆에 간직하여 둔 노루고기와 가랑잎에 싸둔 개꿀이 있음을 생각하고 다시 낫을 집어 들었다. 첫참때까지에는 한 짐을 채워놓아야 파장되기 전에 읍내에 다다르겠고 팔아 가지고는 어둡기 전에 다시 산으로 돌아와야 할 것이다. 한참 쉰 뒤라 팔에는 기운이 남았다. 버스럭거리는 나뭇잎 소리가 품안에 요란하고 맑은 기운이 몸을 한바탕 멱감긴 것 같다. 산은 마을보다 몇 갑절 살기 좋은가! 산에 들어오기를 잘했다고 중실은 생각하였다.

2

세상에 머슴살이같이 잇속 적은 생업은 없다.

싸울래 싸운 것이 아니라 김영감 편에서 투정을 건 셈이다. 지금 와 보면 처음부터 쫓아낼 의사였던 것이 확실하다. 중실은 머슴산 지 칠팔 년에 아무것도 쥔 것 없이 맨주먹으로 살던 집을 쫓겨났다. 원통은 하였으나 애통하지는 않았다.

해마다 새경을 또박또박 받아본 일 없다. 옷 한 벌 버젓하게 얻어입은 적 없다. 명절에는 놀이할 돈도 푼 푼이 없이 늘 개 보름쇠듯 하였다. 장가들이고 집 사고 살림을 내준다던 것도 헛소리였다. 첩을 건드렸다는 생 뚱 같은 다짐이었으나 그것은 처음부터 계책한 억지요, 졸색의 둥글개 따위에는 손댈 염도 없었던 것이다. 빨 래하러 갔던 첩과 동구 밖에서 마주쳐 나뭇짐을 지고 앞서고 뒤서서 돌아왔다고 의심받을 법은 없다. 첩과 수상한 놈팽이는 도리어 다른 곳에 있는 것을 애매한 중실에게 엉뚱한 분풀이가 돌아온 셈이었다. 가살스런 첩의 행실을 휘어잡지 못하고 늘그막판에 속태우는 영 감의 신세가 하기는 가엾기는 하다. 더욱 얼크러질 앞 일을 생각하고 중실은 차라리 하직하고 나온 것이었다.

넓은 하늘 밑에서도 갈 곳이 없다. 제일 친한 곳이 늘 나무하러 가던 산이었다. 짚북데기보다도 부드러운 두툼한 나뭇잎의 맛이 생각났다. 그 넓은 세상은 사람을 배반할 것 같지는 않았다. 빈 지게만을 짊어지고 산으로 들어갔다. 그 속에서 얼마 동안이나 견딜 수 있을까가 한 시험도 되었다.

박중골에서도 오 리나 들어간 마을과 사람과는 인연이 먼 산협이다. 산등이 펑퍼짐하고 양지쪽에 해가 잘 쬐고 골짜기에 개울이 흐르고 개울가에 나무열매가 지천으로 열려 있는 곳이다. 양지 쪽에서는 나무하러 왔다 낮잠을 잔 적도 여러번이었다. 개울가에 불을 피우고 밭에서 뜯어온 옥수수 이삭을 구웠다. 수풀 속에서 찾은 으름과 나뭇가지에 익어 시든 아그배와 산사로 배가 불렀다. 나뭇잎을 모아 그 속에 푹 파고든 잠자리도 그다지 춥지는 않았다.

이튿날 산을 헤매다가 공교롭게도 주영나무 가지에 나지막하게 달린 벌집을 찾아냈다. 담배연기를 피워 벌떼를 어지러뜨리고 감쪽같이 집을 들어냈다. 속에는 맑은 꿀이 차 있었다. 사람은 살라고 마련인 듯싶다. 꿀은 조금으로도 요기가 되었다. 개와 함께 여러 날 양식이 되었다.

꿀이 다 떨어지지도 않은 그저께 밤에는 맞은편 심산에 산불이 보였다. 백일홍같이 새빨간 불꽃이 어둠속에 가깝게 솟아올랐다. 낮부터 타기 시작한 것이 밤에 들어가서 겨우 알려진 것이다. 누에게 먹히우는 뽕잎같이 아물아물해지는 것 같으나 기실은 한자리에서 아롱

아롱 타는 것이었다. 아귀의 혀끝같이 널름거리는 불꽃
이 세상에도 아름다웠다. 울 밑에 꽃보다도 비단결보다
도 무지개보다도 맨드라미보다도 곱고 장하다.

중실은 알 수 없이 신이 나서 몽둥이를 들고 산등을
달아오르고 골짜기를 건너 불붙은 곳으로 끌려 들어갔
다. 가깝게 보이던 것과는 딴판으로 꽤 멀었다. 불은 산
등에서 산등으로 둘러붙어 골짜기로 타내려갔다. 화기
가 확확 티며 가까이 갈 수 없었다. 후끈후끈 무더웠다.
나무뿌리가 탁탁 튀며 땅이 쨍쨍 울렸다. 민출한 자작나
무는 가지가지에 불이 피어올라 한 포기의 산호수 같은
불나무로 변하였다. 헛되이 타는 모두가 아까웠다. 중실
은 어쩌는 수 없이 몽둥이를 쓸데없이 휘두르며 불 테두
리를 빙빙 돌 뿐이었다. 불은 힘에 부치는 것이었다.

확실히 간 보람은 있었다. 끄스러진 노루 한 마리를
얻은 것이다. 불 테두리를 뚫고 나오지 못한 노루는 산
골짜기에서 뺑뺑 돌다 결국 불벼락을 맞은 것이다. 물
론 그것을 얻은 때는 불도 거의 다 탄 새벽녘이었으나
외로운 짐승이 몹시 가여웠다. 그러나 이미 죽은 후의
고기라 중실은 그것을 짊어지고 산으로 돌아갔다. 사람
을 살리자는 산의 뜻이라고 비위좋게 생각하면 그만이
었다. 여러 날 동안의 흐뭇한 양식이 되었다. 다만 한
가지 그리운 것이 있었다. 짠맛, 소금이었다. 사람은 그
립지 않으나 소금이 그리웠다. 그것을 얻자는 생각으로
만 마을이 그리웠다.

3

힘에 자라는 데까지 졌다.

이십 리 길을 부지런히 걸으려니 잔등에 땀이 내뱄
다. 걸음을 따라 나뭇짐이 휘춘휘춘 앞으로 휘었다.

간신히 파장 전에 대었다.

나무를 판 때의 마음이 이날같이 즐거운 적은 없었다.

물건을 산 때의 마음도 이날같이 즐거운 적은 없었다.

그것은 가장 필요한 물건이기 때문이다.

나무 판 돈으로 중실은 감잣말과 좁쌀되와 소금과 냄
비를 샀다.

산속의 호젓한 살림에는 이것으로써 족하리라고 생각
되었다.

목숨을 이어가는 데 해어(海魚)쯤이 없으면 어떨까도
생각되었다.

올 때보다 짐이 단출하여 지게가 가벼웠다. 거리의
살림은 전과 다름없이 어수선하고 지저부레하였다. 더
나아진 것도 없으려니와 못해진 것도 없다.

술집 골방에서 왁자지껄하고 싸우는 것도 전과 다름
없다.

이상스러운 것은 그런 거리의 살림살이가 도무지 마
음을 당기지 않는 것이다. 앙상한 사람들의 얼굴이 그
다지 그리운 것이 아니었다.

무슨 까닭으로 산이 이렇게도 그리울까? 편벽된 마
음을 의심도 하여 보았다. 그러나 별로 이치도 없었다.

덮어놓고 양지쪽이 좋고 자작나무가 눈에 들고 떡갈잎이 마음을 끄는 것이다. 평생 산에서 살도록 태어났는지도 모른다.

김영감의 그 후의 소식은 물어낼 필요도 없었으나 거리에서 만난 박서방 입에서 우연히 한 구절 얻어듣게 되었다.

병든 등글개첩은 기어이 김영감의 눈을 감춰 최서기와 줄행랑을 놓았다. 종적을 수색중이나 아직도 오리무중이라 한다.

사랑방에서 고시랑고시랑 잠을 못 이룰 육십 노인의 꼴이 측은하게 눈에 떠올랐다. 애매한 머슴을 내쫓았음을 뉘우치리라고도 생각되었다. 그러나 중실에게는 물론 다시 살러 들어갈 뜻도 노인을 위로하고 싶은 친절도 가지기 싫었다.

다만 거리의 살림이라는 것이 더 한층 어수선하게 여겨질 뿐이었다.

산으로 향하는 저녁길이 개운하다.

4

개울가에 냄비를 걸고 서투른 솜씨로 지은 저녁을 마쳤을 때에는 밤이 적이 어두웠다.

깊은 하늘에 별이 총총 돋고 초승달이 나뭇가지를 올가미지웠다.

새들도 깃들고 바람도 자고 개울물만이 쫄쫄쫄쫄 숨

쉰다. 검은 산등은 잠든 황소다.

등걸불이 탁탁 튄다. 나뭇잎 타는 냄새가 몸을 휩싸며 구수하다. 불을 쬐며 담배를 피우니 몸이 훈훈하다. 더 바랄 것 없이 마음이 만족스럽다.

한 가지 욕심이 솟아올랐다.

밥짓는 일이란 머슴의 할 일이 못 된다. 사내자식은 역시 밭갈고 나무하는 것이 옳은 것이다. 장가를 들려면 이웃집 용녀만한 색시는 없다. 용녀를 데려다 밥일을 맡길 수밖에는 없다고 생각하였다.

용녀를 생각만 하여도 즐겁다. 궁리가 차례차례로 솔솔 풀렸다.

굵은 나무를 베어다 껍질째 도막을 내어 양지쪽에 쌓아올려 단간의 조촐한 오두막을 짓겠다. 펑퍼짐한 산허리를 일궈 밭을 만들고 봄부터 감자와 귀리를 갈 작정이다. 오랍뜰에 우리를 세우고 염소와 돼지와 닭을 칠 터. 산에서 노루를 산 채로 붙들면 우리 속에 같이 기르고 용녀가 집일을 하는 동안에 밭을 가꾸고 나무를 할 것이며, 아이가 나면 소같이 산같이 튼튼하게 자라렷다. 용녀가 만약 말을 안 들으면 밤중에 내려가 가만히 업어올걸. 한번 산에만 들어오면 별 수 없지……

불이 거의거의 이스러지고 물소리가 더 한층 맑다.

별들이 어지럽게 깜박거린다.

달이 다른 나뭇가지에 걸렸다.

나머지 등걸불을 발로 비벼 끄니 골짜기는 더 한층

막막하다.

어느만 때인지 산속에서는 때도 분별할 수 없다.

자기가 이른지 늦은지도 모르면서 나무 밑 잠자리로 향하였다.

낟가리같이 두두룩하게 쌓인 낙엽 속에 몸을 송두리째 파묻고 얼굴만을 빼꼼히 내놓았다.

몸이 차차 푸군하여 온다.

하늘의 별이 와르르 얼굴 위에 쏟아질 듯싶게 가까웠다 멀어졌다 한다.

별 하나 나 하나, 별 둘 나 둘, 별 셋 나 셋…….

어느 결엔지 별을 세고 있었다. 눈이 아물아물하고 입이 뒤바뀌어 수효가 틀려지면 다시 목소리를 높여 처음부터 고쳐 세곤 하였다.

별 하나 나 하나, 별 둘 나 둘, 별 셋 나 셋…….

세는 동안에 중실은 제 몸이 스스로 별이 됨을 느꼈다.

장미 병들다

　싸움이라는 것을 허다하게 보았으나 그렇게도 짧고 어처구니 없고 그러면서도 싸움의 진리를 여실하게 드러낸 것은 드물었다. 받고 차고 찢고 고함치고 욕하고 발악하다가 나중에는 피차에 지쳐서 쓰러져 버리는 그런 싸움이 아니라 맞고 넘어지고 항복하고 그뿐이었다. 처음도 뒤도 없이 깨끗하고 선명하여 마치 긴 이야기의 앞뒤를 잘라 버린 필름의 몇 토막과도 같이 신선한 인상을 주는 것이었다. 그 신선한 인상이 마침 영화관을 나와 그 길을 지나던 현보와 남죽 두 사람의 발을 문득 머무르게 하였는지도 모른다. 그러나 두 사람이 사람들 속에 한몫 끼여 섰을 때에는 싸움은 벌써 끝물이었다.

　영화관·음식점·카페·매약점 등이 어수선하게 즐비하여 있는 뒷거리 저녁때, 바로 주렴을 드리운 식당 문앞이었다.

　그 식당의 쿡으로 보이는 흰 옷에 흰 주발모자를 얹은 두 사람의 싸움이었으나 한 사람은 육중한 장골이요 한 사람은 까무잡잡한 약질이어서, 하기는 그 체질에 벌써 승패가 달렸던지도 모른다. 대체 무엇이 싸움의 원인이며 원한의 근거였는지는 모르나 하루아침에 문득

생긴 분김이 아니요, 오래 두고 엉겼던 불만의 화풀이
임은 두 사람의 태도로써 족히 추측할 수 있었다. 말로
겨루다 못해 마지막 수단으로 주먹다짐에 맡기게 된 것
임은 부락스런 두 사람의 주먹살에 나타났으니, 약질
의 살기를 띤 암팡진 공격에 한 번 주춤하였던 장골은
갑절의 힘을 주먹에 다져쥐고 그의 면상을 오돌지게 욱
박았다.

소리를 치며 뒤로 쓰러지는 바람에 문앞에 세웠던 나
무 분이 넘어지며 깨뜨려지고 노가주나무가 솟아났다.

면상을 손으로 가리워 쥐고 비슬비슬 일어서서 달려
들려 할 때, 장골의 두번째 주먹에 다시 무르게도 넘어
지고 말았다. 땅 위에 문질러져서 얼굴은 두어 군데 검
붉게 피가 배고 두 줄기의 코피가 실오리 같은 가느다
란 줄을 그으면서 흘렀다. 단번에 혼몽하게 지쳐서 쭉
늘어졌음에도 불구하고 약질은 간신히 몸을 세우고 다
시 한 번 개신개신 일어서서 장골에게 몸을 던지다가
장골이 날쌔게 몸을 피하는 바람에 걸어보지도 못한 채
또 나가 쓰러지고 말았다.

한참이나 죽은 듯이 고요한 속에서 코만 흑흑 울리더
니 마른 땅에는 금시에 피가 흘러 넓게 퍼지기 시작하
였다.

"졌다!"

짧게 한 마디. 그러나 분한 듯이 외쳤으니 그것으로
싸움은 끝난 셈이었다.

"항복이냐?"

장골은 늠설도 하지 않고 마치 그 벅찬 힘과 마음에 티끌만큼의 영향도 받지 않은 듯이 유들유들하게 적수를 내려다보았다.

"힘이 부쳐 그렇지, 그리 쉽게 항복이야 하겠나?"

"뼈다구에 힘 좀 맺히거던 다시 덤비렴."

"아무렴! 그때까지 네 목숨 하나 살려 둔다."

의젓하고 유유하게 대꾸하면서 약질이 피투성이의 얼굴을 넌지시 쳐들었을 때 현보는 그 끔찍한 꼴에 소름이 끼쳐서 모르는 결에 남죽의 소매를 끌었다. 남죽도 현장에서 얼굴을 피하며 재촉을 기다릴 겨를 없이 급히 발을 돌렸다.

한참 동안 말이 없었다. 우연히 목도하게 된 그 돌연한 장면에서 받은 감격이 너무도 컸다.

강하고 약하고, 이기고 지고, 이 두 길뿐. 지극히 간단하다. 강약이 부동으로 억센 장골 앞에서는 약질은 욕을 보고 그 자리에 폭싹 쓰러져 버리는 그 일장의 싸움 속에서 우연히 시대를 들여다본 듯하여서 너무도 짙은 암시에 현보는 마음이 얼떨떨하였다. 흡사 약질같이 자기도 호되게 얻어맞고 피를 흘리며 쓰러져 있는 듯도 한 실감이 전신을 저리게 흘렀다.

"영화의 한 토막같이 아름답지 않아요? 슬프지 않아요?"

역시 그 장면에서 받은 감동을 말하는 남죽의 눈에는

눈물이 어리어 보였다. 아름답다는 것은 패한 편을 동정함일까? 아름다운 까닭에 슬프고, 슬프리만큼 아름다운 것, 눈물까지 흘리게 한 것은 별수 없이 그가 누구나가 처하여 있는 현대의 의식에서 온 것임을 생각하면서 현보는 남죽을 뒤세우고 거릿목 찻집 문을 밀었다.

차를 청해 마실 때까지도 현보와 남죽은 그 싸움의 감동이 좀체 사라지지 않아서 피차에 별로 말도 없었다. 불쾌하다느니보다는 슬픈 인상이었다.

슬픔으로 인하여 아름다운 것이었음을 남죽과 같이 현보도 느끼게 되었다. 그렇게까지 신경을 민첩하게 일으켜세우게 된 것은 방금 보고 나온 영화 때문이었는지도 모른다. 영화관에는 마침 〈목격자〉가 걸려 있어서 우연히 보게 된 그 아름다운 한 편이 장면 장면 남죽을 울렸다.

전체로 슬픈 이야기였으나 가련한 주인공의 운명과 애잔한 여주인공의 자태가 한층 마음을 찔렀다. 억울한 혐의로 아버지를 여읜 어린 자식을 데리고 늙은 어머니가 어둡고 처량한 저녁에 무덤 쪽을 바라보는 장면과, 흐린 저녁때의 빈민가 다리 아래 장면은 금시에 눈물을 솟게 하였다.

다리 아래 장면에서는 거지의 자동 풍금 소리에 집집에서 뛰어나온 가난한 빈민들이 그 슬픈 음악에 맞추어 춤을 추기 시작하였다. 요란한 소리를 듣고 순경이 달려와서 춤을 금하고 사람들을 헤칠 때, 억울한 혐의로 아버지를 재판한 늙은 검사는 양심의 가책을 조금이라도 덜려고 가난한 사람들을 위해 항의를 하나 용납되지 못하고 사람들은 하는 수 없이 비슬비슬 그 자리를 헤어진다. 그 웅성거리는 측은한 꼴들이 실감을 가지고 가슴을 죄었다. 어두운 속에서 남죽은 흐르는 눈물을 손수건으로 몇 번이고 훔쳐냈다. 눈물로 부덕부덕한 얼굴을 가지고 거리에 나오자 당면하게 된 것이 싸움의 장면이었다. 여러 가지의 감동이 한데 합쳐서 새 눈물을 자아내게 한 것이다.

하기는 남죽들의 현재의 형편 그것이 벌써 눈물 이상의 것이기는 하다. 두 주일 이상을 겪고 가주 나온 것이 불과 며칠 전이었다. 남죽은 현재 초라한 꼴, 빈 주머니에 고향에 돌아갈 능력도 없고, 그렇다고 다른 도리도 없이 진퇴유곡의 처지에 있는 셈이었다. 〈목격자〉 속의 주인공들보다 조금도 나을 것이 없었다. 현보와 막연히 하루를 지우려 영화구경을 나선 것도 또렷한 지향 없는 닥치는 대로의 길 그 자리의 뜻이었다. 온전히 그날그날의 떠도는 부평초요, 키 잃은 배요, 목표 없는 생활이었다.

극단 '문화좌'가 설립되자마자 와해된 것이 두 주일 전이었다. 지방공연이라는 점에 중점을 두려고 일부러 서울을 떠나 지방의 도회로 내려와 기폭을 든 것이었으나 그것이 도리어 화되어 엄격한 수준에 걸린 것이었다.

인원을 짜고 각본을 선택하고 모든 준비를 마친 후

첫째 공연을 내려왔던 것이 그닷한 이유없이 의외에도 거슬리는 바 되어 한꺼번에 몰아가 버렸다. 거듭 돌아보아야 그럴 만한 원인도 없었고 다만 첩첩한 시대의 구름의 탓임이 짐작될 뿐이었다.

각본을 맡은 현보는 고향이 바로 그곳인 탓으로인지 의외에도 속이 놓이게 되고 뒤를 이어 남죽 또한 수월하게 풀리게 되었으나 나머지 인원들은 자본을 댄 민삼, 연출을 맡은 인수, 배우인 학준, 그 외 몇몇은 아직도 날이 먼 듯하였다.

먼저 나오기는 하였으나 현보와 남죽은 남은 동무들을 생각하고, 또 한 가지 자신들의 신세를 돌아보고 우울하기 짝이 없었다.

하는 노릇 없이 허구한 날 거리를 헤매는 수밖에 없던 현보와, 역시 별 목표 없이 유행가수를 지원해 보았다 배우로 돌아서 보았다 하던 남죽에게 극단의 설립은 한 희망이요 자극이어서 별안간 보람있는 길을 찾은 듯도 하여 마음이 뛰고 흥이 나던 것이, 의외의 타격에 기를 꺾이우고 나니 도로 제자리에 주저앉은 셈이었다.

파랗게 우러러보이던 하늘이 조각조각 부서져 버리고 다시 어둔 구렁텅이로 밀려 빠진 격이었다.

현보의 창작각본 〈헐어진 무대〉와 오닐의 번역극 〈고래〉의 한 막이 상연 예정이어서 남죽은 그 두 각본의 여주인공의 구실을 자기의 비위에 맞는 것으로 그지없이 자랑하였다. 예술적 흥분 외에 또 한 가지의 기쁨은 그런 줄 모르고 내려왔던 길에 구면인 현보를 칠 년 만에 뜻밖에 다시 만나게 된 것이었다. 이 기우는 현보에게도 물론 큰 놀람이자 기쁨이었다.

극단의 주목을 보게 된 민삼이 서울서 적어 내려보낸 인원의 열 명 속에 여배우 혜련의 이름을 발견하고, 현보는 자기 작품의 주연을 맡은 그 여배우가 대체 어떤 인물일꼬 하고 호기심이 일어났을 뿐 무심히 덮어두었던 것이 막상 일행이 내려와 처음으로 상면하게 되었을 때 그가 바로 남죽임을 알고 어지간히 놀랐던 것이다.

혜련은 여배우로서의 예명(藝名)이었다. 칠 년 전에 알고는 그 후 까딱 소식을 몰랐던 남죽을 그런 경우 그런 꼴로 우연히 만나게 될 줄이야 피차에 짐작도 못하였던 것이다.

지난날을 돌아보면서 그날밤 둘은 끝없는 이야기와 추억에 잠겼다. 서울서 학교에 다닐 때 우연히 세죽·남죽 자매를 알게 된 것은 그들이 경영하여 가는 책점 '대중원'에 출입하게 된 때부터였다. 대중원은 세죽이 단독 경영하여 가는 것이었고, 남죽은 당시 여학교에서 공부하는 몸으로 형의 가게에 기식하고 있는 셈이었다. 세죽의 남편이 사건으로 들어가기 전에 뒷일을 예료하고 가족들의 호구지책으로 미리 벌인 것이 소규모의 책점 대중원이었다. 남편이 놓일 날을 몇 해고간에 기다려 가면서 세죽은 적막한 홑몸으로 가게를 알뜰히 보면서 어린것과 동생 남죽의 시중을 지성껏 들어 왔다.

　남죽은 어린 나이에도 철이 들어서 가게에 벌여놓은 진보적 서적을 모조리 읽은 나머지 마지막 학년 때에는 오돌지게도 학교에 일어난 사건을 지도하다가 실패한 끝에 쫓겨나고 말았다. 학업을 이루지 못한 채 고향에 내려갈 수도 없이 그 후로는 별수 없이 가게 일을 도울 뿐, 건둥건둥 날을 지우는 수밖에는 없었다.

　소설을 닥치는 대로 읽어대고, 아름다운 목청을 놓아 노래를 불러대곤 하였다. 목소리를 닦아서 나중에 음악가가 되어볼까도 생각하고, 얼굴의 윤곽이 어글어글한 것을 자랑삼아 영화배우로 나갈까도 꿈꾸었다. 그 시기의 그를 꾸준히 관찰할 수 있는 기회를 가졌던 현보는 그 남다른 환경에서 자라가는 늠출한 처녀의 자태 속에 물론 시대적 정열과 생장도 보았으나 더 많이 아름다운 감상과 애끓는 꿈을 엿보았던 것이다.

　다발한 머리를 부수수 해뜨리고 밋밋하고 건강한 육체로 고운 멜로디를 읊조릴 때에는 그의 몸 그대로가 구석구석에 아름다운 꿈을 함빡 머금은 흐뭇한 꽃이었다. 건강한, 그러나 상하기 쉬운 한 송이의 꽃이었다.

　참으로 아담한 꽃을 보는 심사로 남죽을 보아 왔다.

　그러나 현보가 학교를 마치고 서울을 떠날 때가 그들과의 접촉의 마지막이었으니 동경에 건너가 몇 해를 군 뒤 고향에 나와 일없이 지내게 된 전후 며칠 동안 다만 책점 대중원이 없어졌다는 소문을 풍편에 들었을 뿐이지, 그 뒤 그들이 고향인 관북으로 내려갔는지 어쨌는지, 남죽과 세죽의 소식은 생각해 보지도 못했고, 미처 생각에 떠오르지도 않았다.

그만한 여유조차 없는 것은 다른 사람의 생각은커녕 자신의 생활이 눈앞에 가로막히게 되었고, 무엇보다도 현대인으로서의 자기 개인에 대한 생각이 줄을 찾기 어렵게 갈피갈피로 찢어졌다 갈라졌다 하여 뒤섞이는 까닭이었다. 칠 년 후에 우연히 만나고 보니 시대의 파도에 농락되어 꿈은 조각조각 사라지고 피차에 그 꼴이었다. 하기는 그나마 무대배우로 나타난 남죽의 자태에 옛 꿈의 한 조각이 아직도 간당간당 달려 있는 셈인지도 모르나 아담하던 꽃은 벌써 좀먹기 시작한, 그 어딘지 휘줄그러진 한 송이임을 현보는 또렷이 느꼈다.

시간을 보고 찻집을 나와 현보는 남죽을 데리고 큰 거리 백화점으로 향하였다. 준구와 만나자는 약속이었다. 가난한 교사를 졸라댐은 마치 벼룩의 피를 긁어내려는 격이었으나 그러나 현보로서는 가장 가까운 동무이므로 준구에게 터놓고 남죽의 여비의 주선을 비추어 둔 것이었다.

남죽에게는 지금 '살까 죽을까가 문제'가 아니라 〈목격자〉 속의 빈민들에게 거리의 음악이 필요하듯이 고향으로 내려갈 여비가 필요하였다. 꿈의 마지막 조각까지 부서져 버린 이제 별수 없이 고향으로 내려가 몸도 쉬고 마음도 가다듬는 수밖에는 없었다. 고향은 넓은 수

성평야의 한가운데여서 거기에는 형 세죽이 밭을 가꾸고 염소를 기르고 있다는 것이었다.

남편이 한번 놓였다 재차 들어가게 된 후 세죽은 이번에는 고향에다 편편하게 자리를 잡고 서점 대신에 평야의 한복판에서 염소를 기르게 되었다는 것이다. 도회에 지친 남죽에게는 지금 무엇보다도 염소의 젖이 그리웠다. 염소의 젖을 벌떡벌떡 마시고 기운차게 소생됨이 한 가지의 원이었다.

몇십 원의 노자쯤을 동무에게까지 빌리기가 현보로서는 보람없는 노릇이었으나 늘 메말라서 누런 '현대의 악마'와는 인연이 먼 그로서는 하는 수 없는 것이었다. 찻집이라도 경영해 볼까 하다가 아버지에게 호통을 들은 후부터는 돈을 타 쓰기도 불쾌하여서 주머니에는 차 한잔 값조차 떨어질 때가 있었다.

누구나 다 말하기를 꺼려하고 적어도 초연한 듯이 보이려고 하는 '돈'의 명제가 요새와서는 말하기 부끄러울 만큼 자나 깨나 현보의 머리를 차지하게 되었다. 그 '악마'에 대한 절실한 인식은 일종의 용기를 낳아서 부끄러울 것 없이 준구에게 여비 일건을 부탁하고, 남죽에게는 고향 언니에게도 간청의 편지를 내도록 천연스럽게 일렀던 것이다. 그러나 막상 휘줄그레한 뽀라양복에 땀에 젖은 모자를 쓴 가련한 그를 대하였을 때 현보는 준구에게 그것을 부탁하였던 것을 일순 뉘우쳤다. 휘답답한 그의 꼴이 자기의 꼴과 매일반임을 보았던 까닭이

다. 그래도 의젓한 걸음으로 층계를 걸어 올라 식당에
들어가 두 사람에게 자리를 권하고 음식을 분부하고 난
후, 준구는 손수건을 내서 꺼릴 것 없이 얼굴과 가슴의
땀을 한바탕 훔쳐냈다.

"양해하게. 집에는 아이들이 들끓구 아내는 만삭이
되어서 배가 태산 같은데두 아직 산파도 못 댔네. 다달
이 빚쟁이들은 한 두름씩 문간에 와서 왕머구리같이 와
글와글 짖어대구……. 별수 있는가. 또 교장에게 구구
히 사정을 하구 한 장을 간신히 돌려왔네. 약소해서 미
안하나 보태 쓰도록이나 하게."

봉투에 넣고 말고 풀없이 구겨진 지전 한 장을 주머
니에서 불쑥 집어내어서 현보의 손에 쥐어주는 것이다.
현보는 불현듯 가슴이 찌르르하고 눈시울이 뜨거웠다.
손 안에 남은 부풀어진 지전과 땀밴 동무의 손의 체온에
찐득한 우정이 친친 얽혀서 불시에 가슴을 죈 것이다.

남죽은 새삼스럽게 고맙다는 뜻을 표하기도 겸연쩍어
서 똑바로 그를 바라보지도 못하고 시선을 식탁 위에
떨어뜨린 채 손가락으로 머리카락을 오리오리 매만질
뿐이었다. 낯이 익지도 못한 여자의 앞에서까지 가릴
것 없이 사정 이야기를 터놓고 하지 않으면 안 되는 가
난한 시민의 자태가 딱하고 측은하고 용감하여서, 그
순간 그 자리에서 살며시 꺼지고도 싶은 무거운 좌중의
기분이었다.

거리에 나와 준구와 작별한 뒤까지도 현보들은 심사가 몹시 울가망하였다. 현보는 집에 돌아가기가 울적하고 남죽 또한 답답한 숙소에 일찍 들어가기가 싫어서 대중없이 밤거리를 거닐기 시작하였다. 동무가 일껏 구해 준 땀내나는 돈을 도로 돌릴 수도 없어 그대로 지니기는 하였으나, 갖출 것도 있고 하여 여비로는 적어도 그 다섯 갑절이 소용이었다. 현보는 다른 방법을 생각하기로 하고 그 한 장 돈의 운명을 온전히 그날밤의 밤길의 지향에 맡기기로 하였다.

레코드나 걸고 폭스·트롯트나 마음껏 추어 보았으면 하는 것이 남죽의 청이었으나 거리에는 춤을 출 만한 곳이 없고 현보 자신 춤을 모르는 까닭에 뒷골목을 거닐다가 결국 조촐한 빠에 들어갔다. 솔내나는 진을 남죽은 사양하지 않고 몇 잔이고 거듭 마셨다. 어느 결에 주량조차 그렇게 늘었나 하고 현보는 놀라고 탄복하였다. 제법 술자리를 잡고 얼굴을 붉게 물들이고 뭇 사내의 시선 속에서 어울려나가는 솜씨는 상당한 것으로 보였다. 술이 어지간히 돌았는지 체면불고하고 레코드에 맞추어 몸을 으쓱거리더니 나중에는 자리를 일어서서 춤의 자세를 하고 발끝으로 달가락달가락 춤을 추는 것이었다.

현보 역시 취흥을 못 이겨 굳이 그를 말리지 않고 현혹한 눈으로 도리어 그의 신기한 재주를 바라볼 뿐이었다. 술은 요술쟁인지, 혹은 춤추는 세상의 도덕은 원래 허랑한 것인지 이해하기 어려운 것은, 맞은편 자리에 앉았던, 아까 남죽의 귀에다 귓속말로 거리의 부랑자 백만장자의 아들이라고 가르쳐 주었던 그 사나이가 성큼 일어서서 남죽에게 춤을 청하는 것이었고, 더 이상한 것은 남죽이 즉시 응하여 팔을 겨르고 스텝을 밟기 시작한 것이다. 그것이 춤의 도덕인가보다고만 하고 현보는 웃는 낯으로 한참이나 바라보고 있었으나, 손님들의 비난의 소리 속에서 별안간 여급이 달려와서 춤은 금물이라 질색하고 두 사람을 가르는 바람에 현보는 문득 정신이 들면서 이 난잡한 꼴에 새삼스럽게 눈썹이 찌푸려졌다.

남죽의 취중의 행동도 지나쳐 허랑한 것이었으나 별안간 나타난 부랑자의 유들유들한 심보가 괘씸하게 느껴져서 주위에 대한 체면과 불쾌한 생각에, 책임상 비틀거리는 남죽의 팔을 끌고 즉시 그 자리를 나와 버렸다. 쓸데 없이 허튼 곳에 그를 끌어온 것이 뉘우쳐 도져서 분이 좀체 가라앉지 않았다.

"아무리 부랑자기로 생면부지에 소락소락, 안된 녀석."

"노여하실 것 없는 것이 춤추는 사람끼리는 춤을 청하는 것이 모욕이 아니라 도리어 존경의 뜻인걸요. 제법 춤의 격식이 익숙하던데요."

남죽의 항의에는 한 마디도 대꾸할 바를 몰랐으나 그러면 그 괘씸한 심사는 질투에서 나온 것이었던가? 그렇다면 남죽을 얼마나 사랑하고 있는 셈인가 하고 현보는 자신의 마음을 가지가지로 의심하여 보았다.

"……참기 싫어요. 견딜 수 없어요, 죄수같이 이 벽 속에만 갇혀 있기가. 어서 데려다 주세요. 떼빗, 이곳을 나갈 수 없으면, 이 무서운 배에서 나갈 수 없으면 금방 미칠 것두 같아요. 집에 데려다 주세요. 떼에빗, 벌써 아무것두 생각할 수 없어요. 추위와 침묵이 머리를 가위같이 누르는걸요. 무서워. 얼른 집에 데려다 주세요."

남죽은 남죽으로서 딴 소리를, 듣고보니 오늘의 〈고래〉의 구절구절을 아직도 취흥에 겨운 목소리로 대로상에서 마치 무대에서와 같은 감정으로 외치는 것이었다. 북극 해상에서 애니가 남편인 선장에게 애원하고 호소하는 그 소리는 그대로가 바로 남죽 자신의 절실한 하소연이기도 하였다.

"……이런 생활은 나를 죽여요. 이 추위, 무서움. 공기가 나를 협박해요. 이 적막. 가는 날 오는 날 허구한 날 똑같은 회색 하늘. 참을 수 없어요. 미치겠어요. 미치는 것이 손에 잡힐 듯이 알려요. 나를 사랑하거든 제발 집에 데려다 주세요. 원이에요. 데려다 주세요……."

이튿날은 또 하루 목표 없는 지난날의 연속이었다.

간밤의 무더운 기억도 있고 남죽에게 대한 말끔하게 청산하지 못한 뒤를 끄는 감정도 남아 있고 하여 현보는 오후도 훨씬 늦어 남죽을 찾았다. 아직도 눈알이 붉고 정신이 개운하지 못한 남죽의 청을 들어 소풍 겸 강으로 나갔다.

서선지방의 그 도회는 산도 아름다우려니와 물의 고을이어서 여름 한철이면 강 위에는 배가 흔하게 떴다. 나룻배·고깃배·석탄배 외에 지붕을 덩그렇게 단 놀잇배와 보트와 모터보트가 강 위를 촘촘하게 덮었다. 놀잇배에서는 노래가 흐르고 춤이 보여서 무르녹은 나무 그림자를 띄운 강 위는 즐거운 유원지로 변한다. 산너머 저편은 바로 도회에서 생활과 싸움으로 들복닥거리건만, 산 건너 이편은 그와는 별세상인 양 웃음과 노래와 흥이 지천으로 물 위를 흘렀다.

현보와 남죽도 보트를 세내서 타고 그 속에 한몫 끼여서 시원한 물세상 사람이 된 듯도 싶었다. 백양나무가 늘어선 위로 흰구름이 뭉실뭉실 떠서 강 위에서는 능라도 일대의 풍경이 아름다웠다. 현보는 손수 노를 저으면서 물결을 거슬러올라가 섬께로 향하였다. 속을 헤아릴 수 없는 푸른 물결이 뱃전을 찰싹찰싹 쳤다.

"언니에게서 편지가 왔는데⋯⋯. 요새는 염소 젖두 적구 그렇게 쉽게 노자를 구할 수 없다나요."

남죽은 소매 속에서 집어낸 편지를 봉투째 서너 조각으로 쭉쭉 찢더니 물 위에 살며시 띄웠다. 별로 언니를 원망하는 표정도 아니요, 다만 침착한 한 마디의 보고였다.

"며칠 동안 카페에 들어가 여급 노릇이나 해서 돈을 벌어 볼까요?"

이 역시 원망의 소리가 아니고 침착한 농담으로 들리

기는 하였으나 그 어딘지 자포자기의 기색이 보이지 않
는 것도 아니었다.

"차차 무슨 방법이든지 있을 텐데 무얼 그리 조급하
게 군단 말요."

현보는 당찮은 생각은 당초에 말살시켜 버리려는 듯
이 어세가 급하고 퉁명스러웠다. 그러나 고향을 그리는
남죽의 원은 한결같이 절실하였다.

"얼음 속에 갇혀 있으면 추억조차 흐려지나봐요. 벌
써 머언 옛일 같아요……. 지금은 6월, 라일락이 뜰앞
에 한창이고 담 위 장미는 벌써 봉오리가 앉았을걸요."

이것은 남죽이 늘 즐겨서 외우는 〈고래〉 속의 한 구
절이었으나 남죽의 대사는 이것으로 그치는 것이 아니
었다. 물 위에 둥둥 떠서 멀리 사라지는 찢어진 편지조
각을 바라보며 남죽의 고향을 그리는 정은 줄기줄기 면
면하였다.

"솔골서 시작해서 바다 있는 쪽으로 평야를 꿰뚫은
흰 방축이 바로 마을 앞을 높게 내닫고 있어요. 방축이
라니 그렇게 긴 방축이 어디 있겠어요. 포플라나무가
모여서고 국제열차가 갈리는 정거장 근처를 지나 바다
까지 근 십 리 장간을 일직선으로 뻗쳤는데 인도교와
철교 사이를 거니기에두 이십 분이나 걸려요. 물 한 방
울 없는 모래 개천을 끼고 내달은 넓은 둑은 희고 곧고
깨끗해서 마치 푸른 풀밭에 백묵으로 무한대의 일직선
을 그은 것두 같구, 둑 양편으로 잔디가 쪽 깔린 속에

쑥이 나고 패랭이꽃이 피어서 저녁 해가 짜릿짜릿 쬐면 메뚜기와 찌르레기가 처량하게 울지요. 풀밭에는 소가 누운 위로 이름 모를 새가 풀 위를 스치면서 낮게 날고, 마을로 향한 쪽에는 조·수수·옥수수밭이 연하여서 일하는 처녀 아이가 두어 사람씩은 보이죠. 여름 한철이면 조카 아이와 같이 염소를 끌고 그 둑 위를 거닐면서 세월없이 풀을 먹여요. 항구를 떠난 국제 열차가 산모퉁이를 돌아 기적소리가 길게 벌판을 울려올 때, 풀 먹던 소는 문득 뿔을 세우고 수염을 드리우고 에헤헤헤헤헤 하고 새침하게 한바탕 울어대군 해요. 마을 앞의 그 둑을! 고향의 그 벌판을! 나는 얼마나 사랑하는지 몰라요. 그리운지 모르겠어요."

남죽의 장황한 고향의 묘사는 무대 위에서와는 또 다르게 고요한 강물 위를 자유롭게 흘러내렸다. 놀잇배에서 흘러나오는 레코드의 음악이 속된 유행가가 아니고 만약 교향악의 반주였던들 남죽의 대사는 마디마디 아름다운 전원교향악으로 들렸을 것이다. 그의 '전원교향악'에 취하였던 것은 아니나 그의 고향에 대한, 적어도 현재 이외의 생활에 대한 그리운 정이 얼마나 간절한가를 느끼며 현보는 속히 여비를 구해야 할 것을 절실히 생각하면서 능라도와 반월도 사이의 여울로 배를 저어올렸다. 얕아는 졌으나 센 물살을 거슬러 저으면서 섬에 오를 만한 알맞은 물기슭을 찾았다.

"첫가을이면 송이의 시절…… 좀 이르면 솔골로 표

송이 따러가는 마을사람들이 둑 위를 희끗희끗 올라가
기 시작하겠어요. 봉곳이 흙을 떠받들고 올라오는 송이
를 찾았을 때의 기쁨! 바구니에 듬직하게 따가지고 식
구들과 함께 둑길을 걸어 내려올 때면 송이의 향기가
전신에 흠뻑 배지요. 풋송이의 향기, 〈고래〉 속의 라일
락의 향기 이상으로 제겐 그리운 것이에요."

듣는 동안에 보지 못한 곳이건만 현보에게도 그의 말
하는 고향이 한없이 그리운 것으로 생각되었다. 모랫바
닥이 보이는 강가로 배를 몰아놓고 섬 기슭을 잡으려
할 때 배가 몹시 요동하는 바람에 꿈에 잠겼던 남죽은
금시에 정신이 깬 모양이었다. 백양나무가 늘어선 사이
로 새풀이 우거져서 섬 속은 단걸음에 뛰어들어가고도
싶게 온통 푸르게 엿보였다. 발을 벗고 물속을 걷기도
귀찮아서 남죽은 뱃전에 올라서서 한 걸음에 기슭까지
뛰어 건너려 하였다. 뒤뚝거리는 배를 현보가 뒤에서
붙들기는 하였으나 원체 물의 거리가 먼데다가 남죽은
못 미치는 다리에 풀뿌리를 밟은 까닭에 껑청 발을 건
너자 배가 급각도로 기울어지며 현보가 위태하다고 느
꼈을 순간 풀뿌리에서 미끄러지며 볼 동안에 전신을 물
속에 채워 버렸다. 현보가 즉시 신발채로 뛰어들어 그
의 몸을 붙들어 일으키기는 하였으나 전신은 물에 빠진
쥐였다. 팔에 걸린 몸이 빨랫짐같이도 차고 무거웠다.

하루의 작정이 흐려지고 섬의 행락이 틀어졌다. 소풍
이 지나쳐 목욕이 된 셈이나 물에 빠진 꼴로는 사람들

숲에 섞일 수도 없어 두 사람은 외따로 떨어져 섬 속의
양지를 찾았다. 사람들 엿보지 못하는 호젓한 외딴 곳
에서 젖은 옷을 대충 말리는 수밖에는 없었다. 현보는
신과 바지를 벗어서 널고 남죽은 속옷만을 남기고 치마
저고리를 벗어서 양지쪽 풀밭에 펴놓았다. 차라리 해수
욕복이나 입었던들 피차에 과히 야릇한 꼴들은 아니었
을 것이나 옷을 반씩 벗은 이지러진 자태, 마치 꼬리와
죽지를 뽑히우고 물벼락을 맞은 자웅의 닭과도 같은 허
수한 꼴들은 한층 우스운 것이었다. 더구나 팔다리와
어깨를 온전히 드러내고, 젖어서 몸에 붙은 속옷 바람
으로 풀밭에 선 남죽의 꼴은 더욱 보기 딱한 것이어서
그 자신은 그다지 시스러워 여기지 않음에도 현보는 똑
바로 보기 어려워 자주 외면하지 않을 수 없었다.

별수 없이 그 꼴 그대로 틀어진 반날을 옷 말리기에
허비하고 해가 진 후 채 마르지도 못한 축축한 옷을 떨
쳐입고 다시 배를 젓고 내려올 때, 두 사람은 불시에
마주보고 껄껄껄 웃어댔다. 하루의 이지러진 희극을 즐
겁게 끝막으려는 듯 웃음소리는 고요한 저녁 강 위에
낭랑하게 퍼졌다.

그 꼴로 혼자 돌려보내기가 가여워서 현보는 그 길로
남죽의 숙소에 들른 채 처음으로 밤이 이슥할 때까지
같이 지내게 되었다. 뜻속의 것이었든지 혹은 뜻밖의
것이었든지 그날밤 현보는 또한 남죽과 모든 열정을 주
고받았다. 그것은 반드시 한쪽의 치우친 감정의 발작이

아니라 피차의 똑같은 감정의, 말하자면 공동합작이었
으며 그 감정 또한 우연한 돌발적인 것이 아니요, 참으
로 칠 년 전부터 내려오는 묵고 익은 감정의 합류였다.
늦은 밤거리에 나왔을 때 현보는 찬란한 세상을 겪은
뒤의 커다란 피곤을 일시에 느꼈다.

　일이 일인만큼 큰 경험 후에 오는 하루를 현보는 집
에 묻힌 채 가지가지 생각에 잠겼다. 묵은 감정의 합류
라고 하더라도 하필 그 시간에 폭발된 것은 이때까지
피차에 감정을 감추고 시험해 왔던 까닭일까? 그런 감
정에는 반드시 기회라는 것이 필요한 탓일까 생각하였
다. 결국 장구한 시기를 두었다가 알맞은 때를 가늠보
아 피차에 훔쳐낸 감정에 지나지 않았다. 사랑이라기에
는 너무도 어처구니없는 것인지도 모르나 그러나 사랑
이 아니라고 할 수도 없는 것이, 비록 미래의 계획이
없는 한 막의 애욕극이었다고는 하더라도 거기에 이르
기까지는 오랜 시간의 양해가 있었던 것이라고 생각하
였다. 남죽의 마음 또한 그러려니는 생각하면서도 현보
는 한편 남자된 욕심으로 남죽의 허랑한 감정을 의심도
하여 보았다. 대체 지난 칠 년 동안의 그에게는 완전히
괄호 안의 비밀인 남죽의 생활이 어떤 내용의 것이었을
까 하는 것이었다. 그에게 있어서 간간이 생리의 정리
가 필요하듯이 남죽에게도 그것이 필요하지 않았을까?
　혹은 한 번쯤은 결혼까지 하였다가 실패하였는지도

모르며, 더 가깝게 가령 그와 다시 만나기 전에 친히
지냈던 민삼과는 깊은 관계가 없었을까 하는 생각이 갈
피갈피 들었으나 돌이켜보면 그렇게 그의 결벽하기를
원하는 것은 순전히 자기 자신의 지나친 욕심이며, 그
것을 희망할 자격은 자기에게는 없다는 것을 느끼게 되
었다. 괄호 안의 비밀, 그의 눈에 비치지 않은 부분의
생활은 그의 계관할 바 아니며 다만 그로서는 그에게
보여준 애정만을 달게 여기면 족한 것이라고 결론하면
서 그의 애정을 너그럽게 해석하려고 하였다.

값으로 산 애정은 아니었으나 남죽의 처지가 협착한
만큼 현보는 애정에 대한 일종의 책임을 느껴서 그의
여비 일건을 더욱 절실히 생각하게 되었다.

그를 오래도록 붙들어 둘 수 없는 이상 원대로 하루
라도 속히 고향에 돌려보내는 것이 애정의 의무일 것같
이 생각되었다.

여비를 갖춘 후에 떳떳이 만날 생각으로 그밤 이후
며칠 동안은 남죽을 찾지 않았다. 여비를 갖춘대야 생
판 날탕인 현보에게 버젓한 도리가 있을 리는 없었다.
이미 친한 동무 준구에게 한 번 청을 걸어 여의치 못한
이상 다시 말해 볼 만한 알맞은 동무는 없었으며, 그렇
다고 그의 일신에 돈으로 바꿀 만한 귀중한 물건을 지
닌 것도 아니었다.

옳은 길이라고는 생각지 않았으나 별수 없이 남은 한
길을 취할 수밖에는 없었다. 진종일 노리다가 사랑 문

갑에서 예금통장을 집어내기에 성공하였던 것이다. 은
행과 조합의 통장이 허다한 속에서 우편예금 통장을 손
쉽게 집어내서 도장까지 위조하여 소용의 금액을 감쪽
같이 찾아내기는 하였으나, 빽빽한 주의 아래에서 그것
을 성공하기에는 온 이틀을 허비하였다. 가정에 대한
그 불측한 반역이 마음을 괴롭히지 않는 바도 아니었으
나 그만한 희생쯤은 이루어진 애정에 대한 정성과 봉사
의 생각으로 닦아 버리려고 생각하였던 것이다.

그밤 이후 처음으로 만나는데 소용의 금액을 넌지시
내놓음이 받은 애정의 대상을 갚는 것도 같아서 겸연쩍
기는 하였으나 그러나 한편 돈을 가진 마음은 즐겁고
넉넉하였다. 마음도 가뿐하고 걸음도 시원스럽게 현보
는 오후나 되어서 남죽의 여관을 찾았다.

여관 안은 전체로 감감하고 방에는 남죽의 자태가 보
이지 않았다. 원체 아무 세간도 없는 방인 까닭에 텅빈
방안을 현보는 자세히 살펴볼 것도 없이 문을 닫고 아마
도 놀러나갔으려니 하고 거리로 나왔다. 찻집과 백화점
을 한 바퀴 돌고는 밤에 다시 찾기로 하고 우선 집으로
돌아왔을 때 뜻밖에 남죽의 엽서가 책상 위에 있었다.

연필로 적은 사연이 간단하게 읽혔다.

왜 며칠 동안 까딱 오시지 않았어요? 노여운 일 계세
요? 여러 날 폐만 끼친 채 여비가 되었기에 즉시 떠납
니다. 아마도 앞으로는 만나뵙기 조련치 않을 것 같아

요. 내내 안녕히 계세요. 남죽 올림······.

돌연한 보고에 현보는 기를 뽑히우고 즉시로 뒷걸음을 쳐서 여관으로 향하였다.

여러 날 안 왔다고 칭원을 하면서 무슨 까닭에 그렇게도 무심하고 급스럽게 떠나 버렸을까? 여비라니 다따가 오십 원의 여비를 대체 어떻게 해서 구하였을까? 짜장 며칠 동안 카페 여급 노릇이라도 한 것일까······. 여러 가지로 생각하면서 여관에 이르러 다시 방문을 열어 보았을 때 아까와 마찬가지로 텅빈 것이었으나 그런 줄 알고보니 사실 구석에 가방조차 없었다. 경솔한 부주의를 내책하면서 그제서야 곡절을 물어 보려 안문을 들어서서 주인을 찾았다.

궂은 일을 하던 노파는 치맛자락으로 손을 훔치면서 한 마디 붙어대고 싶은 듯도 한 눈치로 뜰 안에 나서며, 간밤에 부랴부랴 거둬가지고 떠났다는 소식을 첫마디에 이르고는 뒤슬뒤슬 속있는 웃음을 띠었다.

"그게 대체 여배우요, 여학생이요? 신식 여자들은 겉만 보군 알 수가 없으니."

무슨 소리를 하려는 수작인고 하고 그다지 반갑지는 않았으나 현보는 잠자코 있을 수만 없어서,

"여학생으로두 보입디까?"

되려 한 마디 반문하였다.

"그럼 여배우군. 어쩐지 행동거지가 보통이 아니야.

아무리 시체 여학생이기루 학생의 처신머리가 그럴까
했더니 그게 여배우구려."

"행동이 어쨌단 말요?"

"하긴 여배우는 거반 그렇답니다만."

말이 시끄러워질 눈치여서 현보는 귀찮은 생각에 말
머리를 돌렸다.

"식비는 다 치렀나요?"

그러나 그 한 마디가 도리어 풀숲의 뱀을 쑤신 셈이
었다. 노파의 말주머니는 막았던 봇살같이 한꺼번에 터
져나오기 시작하였다.

"식비 여부가 있겠수. 푸른 지전이 지갑 속에 불룩하
던데. 수단두 능란은 하련만 백만장자의 자식을 척척
끌어들이는 걸 보문 여간내기가 아닌 한다하는 난꾼입
디다. 그런 줄 알구 그랬는지 어쨌는지 아마도 첫눈에
후려댄 눈친데 하룻밤 정을 줘두 부자 자식이 좋기는
좋거든. 맨숭한 날탕이던 것이 하룻밤 새에 지전이 불
룩하게 쓸어든단 말요. 격이 되기는 됐어. 하룻밤을 지
냈을 뿐 이튿날루 살랑 떠난단 말요."

청천의 벼락이었다. 놀랍고 어처구니가 없어서 노파
의 입을 쥐어박고도 싶었으나 그러나 실성한 노파가 아
닌 이상 거짓말도 아닐 것이어서 현보는 다만 벌렸던
입을 다물 수 없었다.

"백만장자의 자식이라니 누 누구란 말요?"

아마도 말소리가 모르는 결에 떨렸던 성싶었다.

"모르시오? 김장로의 아들 말이외다. 부랑자루 유명한……."

현보는 아찔해지며 골이 핑 돌았다.

더 물을 것도 없고 흉측한 노파의 꼴조차가 불현듯이 보기 싫어져서 뒤도 돌아보지 않고 허둥허둥 여관을 나와 버렸다.

'그것이 여비의 출처였던가.'

모르는 결에 입술이 찡그려지며 제 스스로를 비웃는 웃음이 흘러나왔다.

남죽은 그렇게까지 변하였던가? 과거 칠 년 동안의 괄호 속의 비밀까지가 한꺼번에 눈앞에 보이는 듯하여 현보는 속았다는 생각만이 한결같이 들어 온전히 제정신 없이 거리를 더듬었다.

우울하고 불쾌하고 미칠 듯도 한 며칠이었다. 칠 년 전부터 남죽을 알아온 것을 뉘우치고 극단이고 무엇이고를 조직하려고 한 것조차 원 되었다. 속히운 것은 비단 마음뿐이 아니고 육체까지임을 알았을 때 현보는 참으로 미칠 듯도 한 심정이었던 것이다.

육체의 일부에 돌연히 변조가 생기기 시작한 것은 다음날부터였으나 첫경험인 현보는 다따가의 변화에 하늘이 뒤집힌 듯이나 놀랐고, 첫째 그 생리적 고통은 견딜 수 없이 큰 것이었다. 몸에는 추잡한 병증이 생기며 용변할 때의 괴로움이란 살을 찢는 듯도 하여 이루 헤아릴 수 없었다. 세상에서 흔히 말하는 병이 바로 이것인가보다고 즉시 깨우치기는 하였으나 부끄러운 마음에 대뜸은 병원에도 못 가고 우선 매약점에를 들렀다가 하는 수 없이 그 길로 의사를 찾았다. 진찰의 결과는 예측과 영락없이 들어맞아서 별수 없이 의사의 앞에서 눈을 감고 부끄러운 치료를 받기 시작하면서 찡그린 마음 속에는 한결같이 남죽의 자태가 떠올랐다.

마음과 몸을 한꺼번에 속인 셈이나 남죽은 대체 그런 줄을 알았던가 몰랐던가.

처음에는 감격하고 고맙게 여겼던 애정이었으나 그렇게 된 결과로 보면 일종의 애욕의 사기로밖에는 생각되지 않았다. 칠팔 년 전 건강하고 아름다운 꿈으로 시작되었던 남죽의 생애가 그렇게 쉽게 병들고 상할 줄은 짐작도 할 수 없었던 것이다. 굳건한 꿈의 주인공이 칠 년 후 한다하는 밤의 선수로 밀려떨어질 줄은 생각할 수 없었던 것이다.

아담하던 꽃은 좀이 먹었을 뿐이 아니라 함빡 병들어 상하기 시작하지 않았던가!

책점 대중원 뒷방에서 겨울이면 화롯전을 끼고 앉아서 독서에 열중하다가 이론 투쟁을 한다고 아무나 붙들고 채 삭이지도 못한 이론으로 함부로 후려대다가는, 이튿날로 학교의 사건을 지도한다고 조금 출출한 동무들이면 모조리 방에 끌어다가는 이론과 토의가 자자하던 칠 년 전의 남죽의 옛일을 생각할 때, 현보는 금할 수 없는 감회에 잠기며 잠시는 자기 몸의 괴로움도 잊어버리고 오늘의 남죽을 원망하느니보다는 그의 자태를 측은히 여기는 마음이 끝없이 솟았다.

어린 꿈의 자라가는 것은 여러 갈래일 것이나 그 허다한 실례(實例) 속에서 현보는 공교롭게도 남죽에게서 가장 측은하고 빗나간 한 장의 표본을 본 듯도 하여서 우울하기 짝이 없었다.

부정한 수단을 써가면서까지 여비로 만든 오십 원 돈이 뜻밖에도 망칙한 치료비로 쓰이게 된 것을 생각하고 그 돈의 기구한 운명을 저주하면서 답답한 마음에 현보는 그날밤 초저녁부터 빠에 들어가 잠겼다. 거기에서 또한 우연히도 문제의 거리의 부랑자 김장로의 아들을 한자리에서 마주치게 된 것은 얼마나 뼈저린 비꼬움이었던가. 반지르르하면서도 유들유들한 그 꼬락서니가 언제 보아도 불쾌하고 노여운 것이었으나 그러나 남죽 자신의 뜻으로 된 일이었다면 그도 하는 수 없는 노릇이며, 무엇보다도 그 당장에서 그녀석을 한 대 먹여서 꼬꾸라뜨릴 만한 용기와 힘 없음이 현보에게는 슬펐다. 녀석도 또한 그 자리로 현보임을 알아차리고, 가소로운 것은 제 술잔을 가지고 일부러 현보의 탁자에 와 마주 앉으며 알지 못할 웃음을 띠는 것이다.

"이왕 마주앉았으니 술이나 같이 듭시다."

어느 결엔지 여급에게 분부하여 현보의 잔에도 술을 따르게 하였다. 희고 맑은 그 양주가 향기로 보아 솔내나는 '진'인 것이 바로 그밤과 같은 것이어서 이 또한 우연한 비꼬움으로밖에는 생각되지 않았다.

"……이렇게 된 바에 무엇을 속이겠소. 터놓고 말이지 사실 내겐 비싼 흥정이었었소. 자랑이 아니라 나도 그길엔 상당히 밝기는 하나 설마 그런 흠이 있을 줄이야 뉘 알았겠소. 온전히 홀리운 셈이지. 그까짓 지갑쯤 털리운 거야 아까울 것 없지만 몸이 괴로워 몸 견디겠단 말요. 허구헌 날 병원에만 다니기두 창피하구, 맥주가 직효라기에 날마다 와서 켰으나 이 몸이 언제나 개운해질는지……."

술잔을 내고는 얼굴을 찡그리고 쓴웃음을 띠는 것을 보고는 녀석을 해낼 수도 없고 맞장구를 칠 수도 없어 현보는 얼떨떨할 뿐이었다.

"당신두 별수 없이 나와 동류항일 거요. 동류항끼리 마음을 헤치구 하룻밤 먹어봅시다그려."

하면서 군이 술잔을 권하는 것이다.

현보는 녀석의 면상에 잔을 던지고 그 자리를 일어나고도 싶었으나 실상은 웃지도 못하고 울지도 못한 난처한 표정대로 그 자리에 빠지지 않아 있을 수밖에는 없었다.

낙 엽 기(落葉記)

창기슭에 붉게 물든 담장이 잎새와 푸른 하늘, 가을의 가장 아름다운 이 한 폭도 비늘구름같이 자취없이 사라져 버렸다.

가장 먼저 가을을 자랑하던 창밖의 한 포기의 벗나무는 또한 가장 먼저 가을을 내버리고 앙클한 회초리만을 남겼다. 아름다운 것이 다 지나가 버린 늦가을은 추잡하고 한산하기 짝없다.

담쟁이로 폭 씌워졌던 집도, 초목으로 가득 덮었던 뜰도, 모르는 결에 참혹하게도 옷을 벗기어 버리고 앙상한 해골만을 드러내놓게 되었다. 아름다운 꿈의 채색을 여지없이 잃어 버렸다.

벽에는 시들어 버린 덩굴이 거미줄같이 얼기설기 얽혔고, 마른 머루송이 같은 열매가 함빡 맺혔을 뿐이다. 흙 한 줌 찾아볼 수 없이 푸르던 뜰에서는 지금에는 푸른빛을 찾을 수 없게 되었다.

나는 거의 날마다 뜰의 낙엽을 긁어야 된다. 아무리 공들여 긁어모아도 다음날에는 새 낙엽이 다시 질벅이 늘어져 거듭 갈퀴를 들지 않으면 안 된다. 낙엽이란 세상의 인총같이도 흔한 것이다. 밑빠진 독에 물을 긷듯

며칠이든지 헛노릇으로 여기면서도 공들여 긁어 모은
다. 벚나무 아래 수북이 쌓아놓고 불을 붙이면 속으로
부터 푸슥푸슥 타면서 푸른 연기가 모로 길게 솟아오른
다. 연기는 바람 없는 뜰에 아늑히 차서 울같이 괸다.
낙엽 연기에는 진한 커피의 향기가 있다. 잘 익은 깨금
의 맛이 있다. 나는 그 귀한 연기를 마음껏 마신다. 욱
신한 향기가 몸의 구석구석에 배어서 깊은 산속에 들어
갔을 때와도 같은 풍준한 만족을 느낀다. 낙엽의 향기
는 시절의 진미요, 가을의 마지막 선물이다.

화단의 뒷자리를 깊게 파고 타버린 낙엽의 재를 묻어
버림으로써 가을은 완전히 끝난 듯싶다. 뜰에는 벌써
회초리만의 나무들이 섰고, 엉성긋한 포도시렁이 남았
고, 담쟁이덩굴이 서리었고, 국화포기의 글거리가 솟았
고, 잡초의 시들어 버린 양이 있을 뿐이니 말이다. 잎새
에 가리웠던 둥근 유리창이 달덩이같이 드러나고, 현관
앞에 조약돌이 지저분하게 흩어졌으니 말이다.

낙엽을 장사지내고 가을을 보내니 별안간 생활이 없
어진 것도 같고 새 생활이 와야 할 것도 같은 느낌이
생겼다. 적어도 꿈이 가고 생활의 때가 온 듯하다. 나는
꿈을 대신할 생활의 풍만을 위하여 생각하고 설계하여
야 한다. 가령 나는 아내를 대신하여 거의 사흘돌이로
목욕물을 데우게 되었다. 손수 수도에 호스를 대서 물
을 가득 길어 붓고는 아궁이에 불을 넣는다.

음산한 바람으로 아궁이 몹시 낸다. 나는 그 연기를

괴로이 여기지 않는다. 눈물을 흘릴 지경이요 숨이 막히면서도, 연기의 웅덩이 속에서 정성껏 나무를 지피고 불을 쑤시고, 목욕간의 창을 열어 연기를 뽑고, 여러 차례나 물을 저어 온도를 맞추고 하면서 그 쓸데없는 행동, 적어도 책상에 맞붙어 책을 읽고 글줄을 쓰는 것보다는 비생산적이요 소비적이라고 늘 생각하여 오던 그 행동을 도리어 귀히 여기게 되고, 나날의 생활을 꾸며나가는 그런 행동이야말로 가장 생산적이요 창조적인 것이라고까지 생각하게 되었다.

정리되지 못한 가달가달의 생각을 머릿속에 잡아넣고 살을 깎을 정도로 애쓰고 궁싯거리면서 생활 일에 단 한 시간 허비하기조차 아깝게 여기고 싫어하던 것이, 생활에 관한 그런 사소한 잡일을 도리어 귀중히 알게 된 것은 도시 시절의 탓일까.

어두운 아궁이 속에서 새빨갛게 타는 불을 보고 목욕통에서 무럭무럭 오르는 김을 바라보며 나는 이것이 생활이다. 이것이 책보다도 원고보다도 더 귀한 일이다. 이것을 귀히 여김이 반드시 필부의 옹졸한 짓은 아닐 것이며 생활을 업신여기는 곳에 필부 이상으로 뛰어날 아무 이유 없는 것이다 하고 두서없는 긴 생각에 잠겨 본다.

이윽고 더운물 속에 몸을 잠그고 창으로 날아들어와 물 위에 뜬 마지막 낙엽을 두 손으로 건져내고 안개같이 깊은 무더운 김 속에 몸과 마음을 푸근히 녹일 때

이 생각은 더욱 절실히 육체 속에 사무쳐 든다.

거리의 백화점에 들어가 그 자리에서 커피를 갈아서 손가방 속에 넣고 그 욱신한 향기를 즐기면서 집으로 돌아오는 것도 물론 이러한 생각으로부터이다. 진한 차를 탁자 위에 놓고 피어오르는 김을 바라보며, 나는 그 넓은 냉방에다 난로를 피우고 침대 속에는 더운 물통을 넣고 한겨울 동안을 지내게 할까 어쩔까, 그리고 겨울에는 뒷산을 이용하여 스키를 시작하여 볼까 어쩔까 하고 겨울 설계를 세워도 본다. 크리스마스에는 올해도 또 크리스마스 트리를 세우기를 아내와 의논한다.

시절이 여위어 갈수록, 꿈이 멀어 갈수록, 생활의 의욕이 두터워짐일까. 생활, 생활. 초목 없는 푸른빛 없어진, 멀숭하게 된 집 속에서 나는 하루의 전부를 생활의 생각으로 지내게 되었다. 시절에 대한 반감에서 나온 것일까. 심술궂은 곁머리에서 나온 것일까.

푸른 시절은 일종의 신비였다. 푸른 초목에 싸인 푸른 집 속에서 머릿속에 떠오른 제목은 반드시 생활이 아니었다. 그날그날은 토막토막의 흐트러진 생활의 조각이 아니요 물같이 흐른 꿈결이었다.

푸른 널을 비스듬히 달고, 가는 모기둥으로 괸 갸우뚱한 현관 차양에도 담쟁이가 함빡 피어올라, 이른 아침이면 넓은 잎에 맺힌 흔한 이슬방울이 서리서리 모여 아랫잎 위로 뚝뚝 떨어지는 소리를 듣기란 산골짜기 물소리를 듣는 것과도 같아서 금시에 시원한 산의 영기를 느끼게 되었다. 머루·다래의 덩굴 대신에 드레드레 열매맺힌 포도덩굴이 있고, 바람에 포르르르 나부끼는 사시나무 대신에는 비슷한 잎새를 가진 대추나무가 있다. 뜰은 그림자 깊은 지름길만을 남겨놓고는 흙 한 줌 보이지 않게 일면 화초로 덮이었다. 장미·글라디올러스·해바라기·촉규화·맨드라미·반금초·금전화·제비초·만수국·플록스·다알리아·봉선화·양귀비·채송화의 꽃밭이 소나무·벗나무·버드나무·회양목·앵두나무·대추나무·능금나무·배나무의 모든 나무와 어울려 뜰은 채색과 광채와 그림자의 화려한 동산이었다.

유리창에까지 나무 그림자가 깊고 방안에까지 지천으로 푸른빛이 흘러들었다. 화단에는 나무와 벌이 날아들고 풀숲에는 가을벌레들이 일찍부터 울기 시작하였다. 나뭇가지에는 새들이 몰려오고 집에는 진귀한 손님이 왔다. 아름다운 것은 진실로 비늘구름과 같이도 쉽게 지나가 버렸다. 나뭇잎이 가고 푸른 빛이 없어지고 그늘이 꺼져 버렸다. 지금에는 벌써 벌레 울지 않고 나비 날지 않고 헐벗은 나뭇가지에는 새들도 드물게 앉게 되었다. 지난 시절의 기억이 머릿속에 아리숭하게 멀어졌다. 꿈이 지나고 생활의 때가 왔다. 손수 목욕물을 끓이고 차를 마시게 되었다.

그러나 나머지의 향기라는 것이 있다. 파도의 물결이 길게 주름잡혀 가듯이, 꺼진 음악의 멜로디가 오래도록 귀에 울려오듯이 푸른 집과 푸른 뜰의 향기가 아련하게 남아서 흘러온다.

휜칠하고 쓸쓸한 뜰에서 한 떨기의 푸른 것을 발견한 것을 나는 더없이 신기하고 아름답게 여겼다. 꿈의 찌꺼기이므로 꿈보다 한결 더 귀하게 여겨짐인지도 모른다. 화단 한구석에 남은 푸른 클로버의 한 줌을 말함이 아니요, 현관 양편 기둥에 의지하여 창기슭으로 피어올라간 두 포기의 줄기장미를 나는 의미한다. 단 줄의 장미이던 것이 어느 결에 자랐는지 낙지다리같이 가달가달 솟아올라 제법 풍성한 한 포기를 이루었다. 민출한 푸른 줄기에 마디마디 조그만 생생한 잎새를 달고 추위와 서리에도 상하는 법 없이 장하게 뻗어올랐다. 신선한 야채에서 오는 식욕을 느끼어 잘강잘강 먹고 싶은 충동을 금할 수 없다. 창기슭으로 올라가 창에 어린 맑은 잎새와 줄기, 푸르면서도 붉은 기운을 약간 띤 줄기와 가시. 붉은 가시의 생각이 문득 나에게 한 폭의 환상을 일으킨다. 깊은 여름 밤, 열어젖힌 창으로 나의 방에 들어오다 장미줄기에 걸리고 가시에 찔려 하얀 팔과 다리에 붉은 피를 흘리는 낯모르는 임의의 소녀. 가시와 소녀와 피. 이것은 한폭의 꿈일는지 모른다. 글로 썼거나 머릿속에 생각하여 본 한 폭의 아픈 환영일는지 모른다. 가시와 소녀의 피!

그러나 꿈 아닌 환영 아닌 피의 기억이 있다. 장미의 붉은 줄기와 가시에서 나는 문득 지난 기억을 선명하게 풀어낼 수 있다. 나머지 꿈의 아픈 물결이다. 무르녹은 여름의 하룻날 아침 일찍이 가족들과 함께 집을 나와 뒷산으로 소풍을 떠났다. 여름은 짙고 송림 속은 그윽하였다. 드뭇한 소풍객들 속에 섞여 그림자 깊은 길을 걸으면서 동물원에를 들어갈까, 강에 나가 배를 타고 하루를 지울까 생각하다 결국 동물원에 들어가기로 하였다. 짐승들의 표정 없는 얼굴을 보고 잠시 동안이라도 근심을 잊어보자는 생각이었다. 그러나 이 비위 좋은 생각은 여지없이 짓밟히고야 말았다.

동물원이라고는 하여도 이름만의 것이지 운동장과 꽃밭 한 구석에 덧붙이기로 우리 몇 칸이 있을 뿐이다. 물새들의 못이 있고 원숭이와 독수리와 곰의 우리가 있을 뿐이다. 비극은 곰의 우리에서 왔다.

드문 사람 속에는 휘적휘적 우리와 우리 사이를 돌아치는 요정의 머슴 비슷한 한 사람의 젊은이가 있었다. 큰 눈이 둥글둥글 굴고 입이 반쯤 열린 맺힌 데 없는 허술한 사나이는 번번이 일행의 앞에 서서 우리 안의 짐승을 희롱하곤 하였다. 제 흥도 제 흥이려니와, 그 어디인지 그런 철없는 거동을 우리들에게 보이고자 하는 듯한 허물없고 어리석고 주착없는 생각이 숨어 있음이 눈치에 보였다. 원숭이를 희롱할 때에도, 새들을 들여다볼 때에도, 너무도 지나쳐 납신거리는 것을 우리는 민망히 여기는 끝에 나중에는 불쾌히까지 생각하게 되었다.

불쾌한 감정은 곰의 우리 앞에 이르렀을 때 극도에

달하였다. 철망 사이로 손을 널름널름 들여보내면 검은
곰은 육중한 몸을 끌고 와서 앞발을 덥석 들었다. 희롱
이 잦을수록 곰은 흥분하여 나중에는 일종의 분에 타오
르는 듯한 험상스런 기세를 보였다. 고개를 끄덕이며
우리 안을 대중없이 왔다갔다 하면서 기회를 노리는 눈
치였다. 몇 번째인가 사나이의 손이 다시 철망 사이에
들어갔을 때 짐승은 기어이 민첩하게 왈칵 달려들어 앞
발로 손을 잡고, 잡자마자 입을 대었다.

　사나이는 문득 꿈틀하며 소리를 치고 손을 빼려 애썼
으나 좀체 빠지지 않았다. 겨우 잡아낚았을 때에는 무
서웠다. 손가락 끝이 보기에도 무섭게 바른 형상을 잃
어버렸다. 손톱이 빠지고 끝이 새빨갛게 으끄러졌다.
사나이는 금시에 얼굴이 파랗게 질리고 두 눈이 휘둥그
래지며 넋잃은 사람같이 한참 동안이나 멍숭하게 섰다
가 비로소 피흐르는 손을 쥐고 어쩔 줄 모르고 쩔쩔 헤
매었다.

　민망한 생각도 불쾌한 느낌도 잊어버리고 우리는 순
간 무서운 구렁 속에 휩쓸려들어갔다. 신경을 퉁기는
짜릿한 느낌이 전신에 흘렀다. 살이 부르르르 떨렸는지
도 모른다. 끔찍한 꼴을 더 보기도 싫어서 주저하고 있
는 동안에 사나이는 사람 숲에 쓸려 문을 나가 나무 그
늘 아래 쩔쩔 매고 섰는 것이었다.

　이윽고 나가 보았을 때에는 근처 집에서 얻어온 석유
에 손가락을 잠갔다가 반석 위에 내놓고 피흐르는 손가

락을 돌멩이로 찧는 것이다. 말할 수 없이 미련한 그 거동이 도리어 화가 버럭 날 지경으로 측은하였다. 그러나 생각하면 그의 그 어리석고 철없는 거동이 우리들의 눈을 위한 것임을 생각하면 얼마간의 허물이 우리 편에 있듯이 짐작되어 마음이 더 한층 아파졌다. 될 수 있는 대로의 것을 그에게 베풀어야 할 것을 느끼고 나는 속히 집으로 데려가서 응급의 소독을 해줄까 느끼다가 그보다도 더 떳떳한 방법을 생각하고 급스러운 어조로 소리를 쳤다.

"얼른 병원으로 뛰어가시오."

소리만 치고 쩔쩔매기만 하는 나보다는 훨씬 침착한 구원자가 있음을 알았다. 아내였다. 그는 지니고 있던 새 손수건을 내서 붕대삼아 사나이의 피흐르는 손을 감기 시작하였다. 사나이는 천치 같은 표정에 손을 넌지시 맡기고 있었다. 나는 오래간만에 아내의 날렵한 자태에 접하여 아름다운 생각을 금할 수 없었다. 지나친 감상이었을까.

병원을 뛰어주기는 하였으나 사나이에게 그만한 능력이 있을 수 없음을 깨닫고 주머니 속을 들치다가 나는 또한 그날 지갑을 잊은 것을 알았다. 집에까지 가서 비용을 가지고 그를 병원에까지 인도하려고 생각할 때에 이번에도 또 아내가 진실한 구원자가 되고 말았다. 지갑 속에서 손쉽게 은화 한 닢을 집어내어 사나이의 손에 쥐어주는 것이었다. 나는 다만 물끄러미 그의 자태를 바라볼 뿐이었다. 한 사람의 모르는 사나이를 구원함에 공연한 마음의 주저뿐이었고 결국은 두 번 다 앞을 가로채이고 길을 빼앗긴 것을 생각하고 겸연쩍은 마음을 금할 수 없었다. 이제 나에게는 마지막 한 가지 봉사만이 남았을 뿐이었다. 그 천치 같은 사나이를 근처 병원으로 인도함이었다. 나는 병원을 가리켜 주는 길로 아울러 집에 들러 지갑을 가지고 반날의 뱃놀이를 떠나기를 계획하며 아이들을 송림 속에 남겨둔 채 사나이를 이끌고 길을 걸어 내려갔다. 아름다운 장면이 머릿속에 쉽사리 꺼지지 않았다. 흰 수건과 붉은 피가 아름다운 한 폭을 이루었다. 피와 수건의 붉은 것과 흰 것의 조화가 맑고 진하게 오래도록 마음속에 물결치게 되었다.

수풀 속을 거닐 때마다 기억이 새로워지고, 반석 위의 피 흔적을 살필 때마다 지난 때의 광경이 불같이 마음속에 살아났다. 근처 집에서 사나이의 그 뒷소식을 물어 무사하다는 것을 듣고 일종의 알 수 없는 안심조차 느꼈다. 시절이 갈려 가을이 짙고 수풀 속에 낙엽이 산란하게 날릴 때 오히려 기억은 더 새로웠다.

가을이 다 지난 흙빛만의 뜰에서 잠깐 잊었던 피의 기억을 장미의 붉은 가시로 말미암아 다시 추억해 낸 것이다. 마음을 빛나게 하는 생생한 추억, 늦게까지 남아 있는 장미포기와 함께 늦가을의 귀한 마지막 선물이다.

푸른 집 속에 남은 철늦은 꿈의 물결이다.

생활의 시절이, 단란의 때가 왔다.

어린것을 데리고 목욕물 속에 잠기는 것도 한 기쁨이 되었다.

크리스마스 트리에 오색 전기를 장식하고 많은 선물을 달아맬 것도 한 즐거운 기대다. 책상 위에 그림책을 펴놓고 허물없는 꿈에도 잠길 수 있는 것이다.

가난한 재료로 될 수 있는 대로의 풍성한 꿈이 이 시절에 맡겨진 과제다. 생활의 재주다. 낙엽의 암시다.

들

1

꽃다지·질경이·나생이·딸장이·민들레·솔구장이
·쇠민장이·길요장이·달래·무릇·시금초·씀바귀·
돌나물·비름·능쟁이들은 온통 초록 전에 덮여 벌써
한 조각의 흙빛도 찾아볼 수 없다. 초록의 바다.

초록은 흙빛보다 찬란하고 눈빛보다 복잡하다. 눈이
보얗게 깔렸을 때에는 흰빛과 능금나무의 자줏빛과 그
림자의 옥색빛 밖에는 없어 단순하기 옷벗은 여인의 나
체와 같은 것이, 봄은 옷벗고 치장한 여인이다.

흙빛에서 초록으로, 이 기막힌 신비에 다시 한 번 놀
라볼 필요가 없을까! 땅은 어디서 어느 때 그렇게 많은
물감을 먹었기에 봄이 되면 한꺼번에 그것을 이렇게 지
천으로 뱉어놓을까! 바닷물을 고래같이 들이켰던가! 하
늘의 푸른 정기를 모르는 결에 함빡 마셔 두었던가! 그
것을 빗물에 풀어 시절이 되면 땅 위로 솟쳐 보내는 것
일까! 그러나 한 포기의 풀을 뽑아볼 때 잎새만이 푸를
뿐이지 뿌리와 흙에는 아무 물들인 자취도 없음은 웬일
일까? 시험관 속 붉은 물에 약품을 넣으면 그것이 금시
에 새파랗게 변하는 비밀, 그것과도 흡사하다. 이 우주

의 비밀의 약품, 그것은 결국 알 바 없을까? 한 톨의
보리알이 열 낟으로 나는 이치를 가르치는 이 있어도
그 보리알에서 푸른 잎이 돋는 조화의 동기는 옳게 말
하는 이 없는 듯하다.

사람의 지혜란 결국 신비의 테두리를 뱅뱅 돌 뿐이요
조화의 속의 속은 언제까지나 열리지 않는 판도라의 상
자일 듯싶다. 초록 풀에 덮이운 땅속의 뜻은 초록 옷을
입은 여자의 마음과도 같이 엿볼 수 없는 저 건너 세상
이다.

얀들얀들 나부끼는 초목의 양자는 부드럽게 솟는 음
악. 줄기는 굵고 잎은 연한 멜로디의 마디마디이다. 부
피 있는 대궁은 나팔소리요 가는 가지는 거문고의 음률
이라고도 할까! 알레그로가 지나고 안단테에 들어갔을
때의 감동, 그것이 봄의 걸음이다. 풀 위에 누워 있으면
은근한 음악의 율동에 끌려 마음이 너볏너볏 나부낀다.

꽃다지 · 질경이 · 민들레……. 가지가지 풋나물들을
뜯어먹으면 몸이 초록으로 물들 것 같다. 물들어야 될
것 같다. 물들어야 옳을 것 같다. 물들지 않음이 거짓말
이다. 물들지 않으면 안 될 것 같다.

새가 지저귄다. 꾀꼬리일까?

지평선이 아롱거린다.

들은 내 세상이다.

2

언제까지든지 푸른 하늘을 우러러보고 있으면 나중에는 현기증이 나며 눈이 둘러빠질 듯싶다. 두 눈을 뽑아서 푸른 물에 채웠다가 라무네 병 속의 구슬같이 차진 놈을 다시 살 속에 박아 놓은 것과도 같이 눈망울이 차고 어리어리하고 푸른 듯하다. 살과는 동떨어진 유리알이다. 그렇게도 하늘은 맑고 멀다. 눈이 아픈 것은 그 하늘을 발칙하게도 오랫동안 우러러본 벌인 듯싶다. 확실히 마음이 죄송스럽다. 반나절 동안 두려움 없이 하늘을 똑바로 쳐다볼 수 있는 사람이란 세상에서도 가장 착한 사람이거나 그렇지 않으면 가장 용기 있는 악한이어야 할 것이다. 그렇게도 푸른 하늘은 거룩하다.

눈을 돌리면 눈물이 푹 쏟아진다. 벌판이 새파랗게 물들어 눈앞에 아물아물한다. 이런 때에는 웬일인지 구름 한 점도 없다. 곁에는 한 묶음의 꽃이 있다. 오랑캐꽃·고들빼기·노고초·새고사리·가처무릇·대게·맛탈·차치광이……. 나는 그것들을 섞어 틀어 꽃다발을 겯기 시작한다. 각색 꽃판과 꽃술이 무릎 위에 지천으로 떨어진다. 그것은 헤어지는 석류알보다도 많다…….

나는 들이 언제부터 이렇게 좋아졌는지를 모른다. 지금에는 한 그릇의 밥, 한 권의 책과 똑같은 지위를 마음속에 차지하게 되었다. 책에서 읽은 이론도 아니요 얻어들은 이치도 아니요, 몇 해 동안 하는 일 없이 들과 벗하고 지내는 동안에 이유도 없이 그것은 산림 속에 푹 젖었던 것이다. 어릴 때에 동무들과 벌판을 헤매며 찔레를 꺾으러 가시덤불 속에 들어가고, 쇠똥버섯을 따다 화로 속에 굽고, 메를 캐러 밭이랑을 들치며 골로 말을 만들어 끌고 다니느라고 집에서보다도 들에서 더 많이 날을 지우던, 그때가 다시 부활하여 돌아온 셈이다. 사람은 들과 뗄래야 뗄 수 없는 인연에 있는 것 같다.

자연과 벗하게 됨은 생활에서의 퇴각을 의미하는 것일까? 식물적 애정은 반드시 동물적 애정이 진한 곳에 오는 것일까? 학교를 쫓기우고 서울을 물러오게 된 까닭으로 자연을 사랑하게 된 것일까? 그러나 동무들과 골방에서 만나고, 눈을 기어 거리를 돌아치다 붙들리고, 뛰다 잡히우고 쫓기우고 하였을 때의 열정이나 지금 들을 사랑하는 열정이나 일반이다. 지금의 이 기쁨은 그때의 그 기쁨과도 흡사한 것이다. 신념에 목숨을 바치는 영웅이라고 인간 이상이 아닐 것과 같이 들을 사랑하는 졸부라고 인간 이하는 아닐 것이다. 아직도 굳은 신념을 가지면서 지난날에 보낸 책들을 들척거리다도 문득 정신을 놓고 의미없이 하늘을 우러러보는 때가 많다.

"학교, 이제는 고향이 마음에 붙는 모양이지."

마을 사람들은 조롱도 아니요 치사도 아닌 이런 말을 던지게 되었고 동구 밖에서 만나는 이웃집 머슴은 인사 대신에 흔히,

"해동지 늪에 붕어떼 많던가?"

고기사냥 갈 궁리를 하거나 그렇지 않으면,

"십리정 보리 고개 숙였던가?"

하고 곡식의 소식을 묻게 되었다.

마을 사람들보다도 내가 더 들과 친하고 곡식의 소식을 잘 알게 된 증거다.

나는 책을 외우듯이 벌판의 구석구석을 샅샅이 외우고 있다. 마음속에는 들의 지도가 세밀히 박혀 있고 사철의 변화가 표같이 적혀 있다. 나는 들 사람이요 들은 내것과도 같다.

어느 논두렁의 청대콩이 가장 진미이며 어느 이랑의 감자가 제일 굵다는 것을 알 수 있다. 새발고사리가 많이 피어 있는 진펄과, 종달새 뜨는 보리밭을 짐작할 수 있다. 남대천 어느 모퉁이를 돌 때 가장 고기가 흔하다는 것도 알게 되었다. 개리·쇠리·불거지가 득실득실 끓는 여울과, 메기·뚜구뱅이가 잠겨 있는 웅덩이와, 쏘가리·꺽지가 누워 있는 바위 밑과, 매재와 고들빼기를 잡으려면 철교께서도 몇 마장을 더 올라가야 한다는 것과, 쇠치네와 기름종개를 뜨려면 얼마나 벌판을 나가야 될 것을 안다. 물 건너 귀룽나무 수풀과, 방칫골 으름덩굴 있는 곳을 아는 것은 아마도 나뿐일 듯싶다.

학교를 퇴학맞고 처음으로 도회를 쫓겨내려왔을 때에 첫걸음으로 찾은 곳은 일가집도 아니요 동무 집도 아니요 실로 이 들이었다. 강가의 사시나무가 제대로 있고, 버들숲 둔덕의 잔디가 헐리지 않았으며, 과수원의 모습

이 그대로 남은 것을 보았을 때의 기쁨이란 형언할 수
없이 큰 것이었다. 고향을 그리워하는 마음이란 곧 산
천을 사랑하고 벌판을 반가워하는 심정이 아닐까! 이런
자연의 풍물을 내놓고야 고향의 그림자가 어디에 알뜰
히 남아 있는가! 헐리어 가는 초가지붕에 남아 있단 말
인가! 고향을 꾸미는 것은 사람이면서도 그리운 것은
더 많이 들과 시냇물이다.

③

시절은 만물을 허랑하게 만드는 듯하다

짐승은 드러내놓고 모든 것을 들의 품속에 맡긴다.

새 풀숲에서 새둥우리를 발견한 것을 나는 알 수 없
이 기쁘게 여겼다. 거룩한 것을, 아름다운 것을 찾은 느
낌이다. 집과 가족들을 송두리째 안심하고 땅에 맡기는
마음씨가 거룩하다. 풀과 깃을 모아 두툼하게 결은 둥
우리 안에는 아직까지 안은 알이 너덧 알 들어 있다.
아롱아롱 줄이 선 풋대추만큼씩한 새알! 막 뛰어나려는
생명을 침착하게 간직하고 있는 얇은 껍질, 금시에 딸
깍 두 조각으로 깨뜨려질 모태, 창조의 보금자리!

그 고요한 보금자리가 행여나 놀라고 어지럽혀질까를
두려워하여 둥우리 기슭에 손가락 하나 대기조차 주저
되어 나는 다만 한참 동안이나 물끄러미 바라보고 섰다
가 풀포기를 제대로 덮어놓고 깜쪽같이 발을 옮겨놓았
다. 금시에 알이 쪼개지며 생명이 돋아날 듯싶다. 등뒤

에서 새가 푸드득 날아들 것 같다. 적막을 깨뜨리고 하늘과 들을 놀래키며 푸드득 날았다! 생각에 마음이 즐겁다.

그렇게 늦게 까는 것이 무슨 새일까? 청새일까? 덤불지일까? 고요하게 뛰노는 기쁜 마음을 걷잡을 수 없어 목소리를 내서 노래라도 부를까 느끼며 뚝 아래로 발을 옮겨놓으려다 문득 주춤하고 서 버렸다.

맹랑한 것이 눈에 띈 까닭이다. 껄껄 웃고 싶은 것을 참고 풀 위에 주저앉았다. 그 웃고 싶은 마음은 노래라도 부르고 싶던 마음의 연장인지도 모른다. 다시 말하면 그 맹랑한 풍경이 나의 마음을 결코 노엽히거나 모욕한 것이 아니요, 도리어 아까와 똑같은 기쁨을 자아내게 한 것이다. 일반으로 창조의 기쁨을 보여준 것이다.

개울녘 풀밭에서 한 자웅의 개가 장난치고 있는 것이다. 하늘을 겁내지 않고, 들을 부끄러워하지 않고, 사람의 눈을 꺼리는 법 없이 자웅은 터놓고 마음의 자유를 표현할 뿐이다. 부끄러운 것은 도리어 이쪽이다. 나는 얼굴을 붉히면서 대중없이 오랫동안 그 요절할 광경을 바라보기가 몹시도 겸연쩍었다. 확실히 시절의 탓이다. 가령 추운 겨울 벌판에서 나는 그런 장난을 목격한 일이 없다. 역시 들이 푸를 때, 새가 늦은 알을 깔 때, 자웅도 농탕치는 것이다. 나는 그 광경을 성내어서는, 비웃어서는 안 되었다.

보고 있는 동안에 어디서부터인지 자웅에게로 돌멩이

가 날아들었다. 킬킬킬킬 웃음소리가 나며 두번째 것이 날았다. 가뜩이나 몸이 떨어지지 않는 자웅은 그제서야 겁을 먹고 흘금흘금 눈을 굴리며 어색한 걸음으로 주체스런 두 몸을 비틀거렸다. 나는 나 이외에 그 광경을 그때까지 은근히 바라보고 있던 한 사람이 부근에 숨어 있음을 비로소 알고 더 한층 부끄러운 생각이 와락 나며, 숨도 크게 못 쉬고 인기척을 죽이고 잠자코만 있을 수밖에는 없었다.

세번째 돌멩이가 날더니 이윽고 호담스런 웃음소리가 왈칵 터지며 아래편 숲속에서 사람의 그림자가 덥석 뛰어나왔다. 빨래 함지를 인 채 한 손으로 연해 자웅을 쫓으면서 어깨를 떨며 웃음을 금할 수 없다는 자세였다.

그 돌연한 인물에 나는 놀랐다. 한편 응겼던 마음이 풀리기도 하였다. 옥분이었다. 빨래를 하고 나자 그 광경임에 마음속은 미리 흠뻑 그것을 즐기고 난 뒤인 모양이었다. 그러나 나의 놀람보다도 옥분이가 문득 나를 보았을 때의 놀람, 그것은 몇 갑절 더 큰 것이었다. 별안간 웃음을 뚝 그치고 주춤 서는 서슬에 머리에 였던 함지가 왈칵 떨어질 판이었다. 얼굴의 표정이 삽시간에 검붉게 질려 굳어졌다. 눈알이 땅을 향하고 한편 손이 어쩔 줄을 몰라 행주치마를 의미없이 꼬깃거렸다.

별안간 깊은 구렁이에 빠진 것과도 같은 그의 궁착한 처지와 덴 마음을 건져 주기 위하여 나는 마음에도 없는 목소리를 일부러 자아내어 관대한 웃음을 한바탕 웃으면서 그의 곁으로 내려갔다.

"빌어먹을 짐승들."

마음에도 없는 책망이었으나 옥분의 마음을 풀어 주자는 뜻이었다.

"득추녀석쯤이 너를 싫달 법 있니. 주제넘은 녀석."

이어 다짜고짜로 그의 일신의 이야기를 집어낸 것은 그의 주의를 다른 곳으로 돌리자는 생각이었다. 군청 고원 득추는 일껏 옥분과 성혼이 된 것을 이제 와서 마다고 투정을 내고 다른 감을 구하였다. 옥분의 가세가 빈한하여 들고날 판이므로 혼인한 뒤에 닥쳐올 여러 가지 귀찮은 거래를 염려하여 파혼한 것이 확실하다. 득추의 그런 꾀바른 마음씨를 나무라는 것은 나뿐이 아니었다. 마을은 거개 고원의 불신을 책하였다.

"배반을 당하고 분하지도 않느냐?"

"모른다."

옥분은 도리어 짜증을 내며 발을 떼놓았다.

"그녀석 한 번 해내 줄까?"

웬일인지 그에게로 쏠리는 동정을 금할 수 없다.

"쓸데없는 짓 할 것 있니?"

동정의 눈치를 알면서도 시치미를 떼는 옥분의 마음씨에는 말할 수 없이 그윽한 것이 있어 그것이 은연중에 마음을 당긴다.

눈앞에 멀어지는 그의 민출한 자태가 가슴 속에 새겨진다. 검은 치마폭 밑으로 드러난 불그레한 늠츳한 두 다리—자작나무보다도 더 아름다운 것—헐벗었기 때문에 한결 빛나는 것, 세상에도 가지고 싶은 탐나는 것이다.

4

일요일인 까닭에 오래간만에 문수와 함께 뚝 위에서 하루를 보낼 수 있었다. 날마다 거리의 학교에 가야 하는 그를 자주 붙들어 낼 수는 없다. 일요일이 없는 나에게도 일요일이 있는 것이다.

바다를 바라볼 수 있는 뚝에 오르면 마음이 활짝 열리는 듯이 시원하다. 바닷바람이 아직 조금 차기는 하나 신선한 맛이다. 잔디밭에는 간간이 피지 않은 해당화 봉오리가 조촐하게 섞였으며, 뚝 맞은편에 군데군데 모여선 백양나무 잎새가 햇빛에 반짝반짝 나부껴 은가루를 뿌린 것 같다.

문수는 빌려갔던 몇 권의 책을 돌려주고 표해 두었던 몇 구절의 뜻을 질문하였다. 나는 그에게는 하루의 선배인 것이다. 돈독하게 떵겨주는 것이 즐거운 의무도 되었다.

공부가 끝난 다음 책을 덮어두고 잡담에 들어갔을 때에 문수는 탄식하는 어조였다.

"학교가 절절 틀려가는 모양이다."

구체적 실례를 가지가지 들고 나중에는 그 한 사람의 협착한 처지를 말하였다.

"책 읽는 것까지 들켰네. 자네 책도 빼앗길 뻔했어."

짐작되었다.

"나와 사귀는 것이 불리하지 않은가?"

"자네 걸은 길대로 되어나가는 것이 뻔하지. 차라리 그 편이 시원하겠네."

너무 궁박한 현실 이야기만도 멋없어 두 사람은 무릎을 툭 털고 일어나서 기분을 가다듬고 노래를 불렀다. 아는 말 아는 곡조를 모조리 불렀다.

노래가 진하면 번갈아 서서 연설을 하였다. 눈앞에 수많은 대중을 가상하고 목소리를 다하여 부르짖어 본다. 바닷물이 수물거리나 어쩌나, 새들이 놀라서 떨어지나 어쩌나를 시험하려는 듯이도 높게 고함쳐 본다. 박수하는 사람은 수만의 대중 대신 한 사람의 동무일 뿐이나 지껄이는 동안에 정신이 흥분되고 통쾌하여 간다. 훌륭한 공부 이외 단련이다.

협착한 땅 위에 그렇게 자유로운 벌판이 있음이 새삼스러운 놀람이다. 아무리 자유로운 말을 외쳐도 거기에서만은 '중지'를 당하는 법이 없으니까 말이다. 땅 위는 좁으면서도 넓은 셈인가!

뚝은 속 풀리는 시원한 곳이며, 문수와 보내는 하루는 언제든지 다시없이 즐거운 날이다.

5

과수원 철망 너머로 엿보이는 철늦은 딸기—잎새 사이로 불긋불긋 돋아난 송이, 굵은 양딸기—지날 때마다 건강한 식욕을 참을 수 없다.

더구나 달빛에 젖은 딸기의 양자란 마치 크림을 끼얹은 것과도 같이 한층 부드럽게 빛난다.

탐나는 열매에 눈독을 보내며 철망을 넘기에 나는 반드시 가책과 반성으로 모질게 마음을 매질하지는 않았으며 그럴 필요도 없었다. 그것이 누구의 과수원이든 간에 철망을 넘는 것은 차라리 들 사람의 일종의 성격이 아닐까?

들 사람은 또 한편 그것을 용납하고 묵인하는 아량도 가지고 있는 것이다. 나는 몇 해 동안에 완전히 이 야취의 성격을 얻어 버린 것 같다.

흐뭇한 송이를 정신없이 따서 입에 넣으면서도 철망 밖에서 다만 탐내고 보기만 할 때보다 한층 높은 감동을 느끼지 못하게 됨은 도리어 웬일일까? 입의 감동이 눈의 감동보다 떨어지는 탓일까? 생각만 할 때의 감동이 실상 당하였을 때의 감동보다 항용 더 나은 까닭일까? 나의 욕심을 만족시키기에는 불과 몇 송이의 딸기가 필요할 뿐이었다. 차라리 벌판에 지천으로 열려 언제든지 딸 수 있는 들딸기 편이 과수원 안의 양딸기보다 나음을 생각하며 나는 다시 철망을 넘었다.

멍석딸기·중딸기·장딸기·나무딸기·감대딸기·곰딸기·닷딸기·뱀딸기…….

능금나무 그늘에 난데없는 사람의 그림자를 발견하자 황급히 뛰어넘다 철망에 걸려 나는 옷을 찢었다. 그러

나 옷보다도 행여나 들키지나 않았나 하는 염려가 앞서
허둥허둥 풀 속을 뛰다가 또 공교롭게도 그가 옥분임을
알고 마음이 일시에 턱 놓였다. 그 역 딸기 밭을 노리
고 있던 터가 아닐까? 철망 기슭을 기웃거리며 능금나
무 아래 몸을 간직하고 있지 않던가!

언젠가 개천 뚝에서 기묘하게 만난 후 두번째의 공교
로운 만남임을 이상하게 여기고 있는 동안에 마음이 퍽
이나 헐하게 놓여졌다. 가까이 가서 시룽시룽 말을 건
것도 그리 어색하지 않고 도리어 자연스러웠다. 그 역
시 시스러워하지 않고 수월하게 말을 받고 대답하고 하
였다. 전날의 기묘한 만남이 확실히 두 사람의 마음을
방긋이 열어놓은 것 같다.

"딸기 따 줄까?"

"무서워."

그의 떨리는 목소리가 왜 그리도 나의 마음을 끌었는
지 모른다. 나는 떨리는 그의 팔을 붙들고 풀밭을 지나
버드나무 숲속으로 들어갔다. 그의 입술은 딸기보다도
더 붉다. 확실히 그는 딸기 이상의 유혹이었다.

"무서워."

"무섭긴."

하고 달래기는 하였으나 기실 딸기를 훔치러 철망을 넘
을 때와 똑같이 가슴이 후둑후둑 떨림을 어쩌는 수 없
었다. 버드나무 잎새 사이로 달빛이 가늘게 새어들었
다. 옥분은 굳이 거역하려고 하지 않았다.

양딸기 맛이 아니요 확실히 들딸기 맛이었다. 멍석딸기·나무딸기의 신선한 감각에 마음이 흐뭇이 찼다.

아무리 야취의 습관에 젖었기로 철망 너머 딸기를 딸 때와 일반으로 아무 가책도 반성도 없었던가! 벌판서 장난치던 한 자웅의 짐승과 일반이 아닌가! 그것이 바른가, 그래서 옳을까 하는 한 줄기의 곧은 생각이 한결같이 뻗쳐오름을 억제할 수는 없었다. 결국 마지막 판단은 누가 옳게 내릴 수 있을까?

6

며칠이 지나도 여전히 귀찮은 생각이 머릿속에 뱅 돈다. 어수선한 마음은 활짝 씻어 버릴 양으로 아침부터 그물을 들고 집을 나섰다.

그물을 후릴 곳을 찾으면서 남대천 물줄기를 따라 올라간 것이 시적시적 걷는 동안에 어느덧 철교에서도 근 십 리를 올라가게 되었다. 아무 고기나 닥치는 대로 잡으려던 것이 그렇게 되고보니 불현듯이 고들빼기를 후려볼 욕심이 솟았다.

고기 사냥 중에서도 가장 운치있고 흥있는 고들빼기 사냥에 나는 몇 번인지 성공한 일이 있어 그 호젓한 멋을 잘 안다. 그 중 많이 모여 있을 듯이 보이는 그럴듯한 여울을 점쳐 첫 그물을 던져보기로 하였다.

산속에 오막하게 둘러싸인 개울, 물도 맑거니와 물소리도 맑다. 돌을 굴리는 여울 소리가 티끌 한 점 있을

리 없는 공기와 초목을 영롱하게 울린다. 물속에서 노
는 고기는 산신령이나 아닐까!

옷을 활짝 벗어붙이고 그물을 메고 물 속에 뛰어들었
다. 넉넉히 목욕할 시절임에도 위낙 산골물이라 뼈에
차다. 마음이 한꺼번에 씻겨졌다기보다도 도리어 얼어
붙을 지경이다. 며칠 내로 내려오던 어수선한 생각이
확실히 덜해지고 날아갔다고 할까. 그러나 그러면서도
마지막 한 가지 생각이 아직도 철사같이 가늘게 꿰뚫고
흐름을 속일 수는 없었다.

'사람의 사이란 그렇게 수월할까?'

옥분과의 그날밤 인연이 어처구니없게 쉽사리 맺어진
것이 도리어 의심쩍은 것이었다. 아무 마음의 거래도
없던 것이 달빛과 딸기에 꼬임을 받아 그때 그 자리에
서 금방 응낙이 되다니. 항용 거기에 이르기까지의 두
사람의 마음의 교섭이란 이야기 속에서 읽을 때에는 기
막히게 장황하고 지리한 것이었는데 그것이 그렇게 수
월할 리 있을까? 들 복판에서는 수월한 법일까?

'책임 문제는 생기지 않는가?'

생각은 다시 솔솔 풀린다. 물이 찰수록 생각도 점점
차게만 들어간다.

물이 다리목을 넘게 되었을 때 그쯤에서 한 훑기 던
져보려고 그물을 펴들고 물속을 가늠보았다. 속 물이
꽤 세어 다리를 훑친다. 물때 낀 돌멩이가 몹시 미끄러
워 마음대로 발을 디딜 수 없다. 누르칙칙한 물속이 적

확히 보이지 않는다. 몇 걸음 아래편은 바위요 바위 아래는 소가 되어 있다.

그물을 던질 때의 호흡이란 마치 활을 쏠 때의 그것과도 같이 미묘한 것이어서 일종의 통일된 정신과 긴장된 자세를 요구하는 것임을 나는 경험으로 잘 안다. 그러면서도 그때 자칫하여 기어이 실수를 하게 된 것은 필시 던지는 찰나까지도 통일되지 못한 마음이 어수선하고 정신이 가딱거렸음이 확실하다.

몸이 횟둥하고 휘더니 횡하게 날아야 할 그물이 물 위에 떨어지자 어지럽게 흩어졌다. 발이 미끄러져서 센 물결에 다리가 쓸리니까 그물은 손을 빠져 달아났다. 물속에 넘어져 흐르는 몸을 아무리 버둥거려야 곧추 일으키는 장사 없었다. 생각하면 기가 막히나 별수 없이 몸은 흐를 대로 흐르고야 말았다. 바위에 부딪쳐 기어이 소에 빠졌다. 거품을 날리는 폭포 속에 송두리째 푹 잠겼다가 휘엿이 솟으면서 푸른 물속을 뱅 돌았다. 요행 헤엄의 술득이 약간 있던 까닭에 많은 고생 없이 허부적거리고 소를 벗어날 수는 있었다.

면상과 어깻죽지에 몇 군데 상처가 있었다. 피가 돋았다. 다리에는 군데군데 시퍼렇게 멍이 들어 있음을 보았다. 잃어버린 그물은 어느 줄기에 묻혀 흐르는지 알 바도 없거니와 찾을 용기도 없었다. 고들뺴기는 물론 한 마리도 손에 쥐어보지 못하였다.

귀가 메이고 코에서는 켰던 물이 줄줄 흘렀다. 우연

히 욕을 당하게 된 몸뚱어리를 훑어보며 나는 알 수 없
는 부끄러움을 느꼈다. 별안간 옥분의 몸이, 향기가 눈
앞에 흘러왔다. 비밀을 가진 나의 몸이 다시 돌려보이
며 한동안 부끄러운 생각이 쉽게 꺼지지 않았다.

7

문수는 기어이 학교를 쫓겨났다. 기한 없는 정학처분
이었으나 영영 몰려난 것과 같은 결과다. 덕분에 나도
빌려 주었던 책권을 영영 빼앗긴 셈이 되었다.

차라리 시원하다고 문수는 거드름부렸으나 시원하지
않은 것은 그의 집안 사람들이다. 들볶는 바람에 그는
집을 피하여 더 많이 나와 지내게 되었다. 원망의 물줄
기는 나에게까지 튀어왔다. 나는 애매하게도 그를 타락
시켜 놓은 안된 놈으로 몰릴 수밖에는 없다.

별수 없이 나날을 들과 벗하게 되었다. 나는 좋은 들
의 동무를 얻은 셈이다.

풀밭에 서면 경주를 하고, 시냇가에 서면 납작한 돌
을 집어 물 위에 수제비를 뜨기가 일쑤다. 돌을 힘껏
던져 그것이 물 위를 뛰어가는 뜀 수를 세는 것이다.
하나 둘 셋 넷 다섯 여섯 일곱 여덟이 최고 기록이다.
돌은 굴러갈수록 걸음이 좁아지고 빨라지다 나중에는
깜박 물속에 꺼진다. 기차가 차차 멀어지고 작아지다
산모퉁이에서 깜박 사라지는 것과도 같다. 재미있는 장
난이다. 나는 몇 번이고 싫지 않게 돌을 집어 시험하는

것이었다.

팔이 축 처지게 되면 다시 기운을 내어 모래밭에 겨루고 서서 씨름을 한다. 힘이 비등하여 승패가 상반이다. 떠밀기도 하고, 샅바 씨름도 하고, 잡아나꾸기도 하고— 다리걸이·딴죽치기—기술도 차차 늘어 가는 것 같다.

"세상에서 제일 장하고, 제일 크고, 제일 아름답고, 제일 훌륭하고, 제일 바른 것이 무엇이냐?"

되고말고 수수께끼를 걸고,

"힘이다!"

라고 껄껄껄껄 웃으면 오장육부가 물에 헤운 듯이 시원한 것이다. 힘! 무슨 힘이든지 좋다. 씨름을 해가는 동안에 우리는 힘에 대한 인식을 한층 더 새롭혀 갔다. 조직의 힘도 장하거니와 그것을 꾸미는 한 사람의 힘이 크다면 더 한층 아름다운 것이 아닐까!

8

문수와 천렵을 나섰다.

그물을 잃은 나는 하는 수 없이 족대를 들고 쇠치네 사냥을 하러 시냇물을 훑어내려갔다.

벌판에 냄비를 걸고 뜬 고기를 끓이고 밥을 지었다.

먹을 것이 거의 준비되었을 때 더운 판에 목욕을 들어갔다.

땀을 씻고 때를 밀고는 깊은 곳에 들어가 물장구와 가댁질이다. 어린아이 그대로의 순진한 마음이 방울방

울 날리는 물방울과 함께 맑은 하늘을 휘덮었다가는 쏟
아지는 것이다.

물가에 나와 얼굴을 씻고 물을 들일 때에 문수는 다
따가,

"어깨의 상처가 웬일인가."

하고 나의 어깨의 군데군데를 가리켰다. 나는 뜨끔하면
서 그때까지 완전히 잊고 있던 고들빼기 사냥과 거기에
관련된 옥분과의 일건이 생각났다.

어떻게 할까 망설이다가 그에게까지 기일 바 못 되어
기어이 고기잡이 이야기와 따라서 옥분과의 곡절을 은
연중 귀띔하여 주게 되었다.

이상한 것은 그의 태도였다.

"명예의 부상일세그려."

놀리고는 걱실걱실 웃는 것이다.

웃다가 문득 그치더니,

"이왕 말이 났으니 나도 내 비밀을 게울 수밖에는 없
게 되었네그려."

정색하고 말을 풀어냈다.

"옥분이, 나도 그와는 남이 아니야."

어안이 벙벙한 나의 어깨를 치며,

"생각하면 득추와 파혼된 후부터는 달뜬 마음이 허랑
해진 모양이네. 일종의 자포자기야. 죽일 놈은 득추지.
옥분의 형편이 가엾기는 해."

나에게는 이상한 감정이 솟아올랐다. 문수에게 대하

여 노염과 질투를 느끼는 대신에 도리어 일종의 안심과
감사를 느낀 것이었다. 괴롭던 책임이 모면된 것 같고
무거운 짐을 벗어놓은 듯이도 감정이 가벼워지고 응겼
던 마음이 풀리는 것이다. 이것은 교활하고 악한 마음
보일까? 그러나 나를 단 한 사람으로 생각하지 않는 옥
분의 허랑한 태도에 해결의 열쇠는 있다. 그의 태도가
마지막 책임을 져야 될 터이니까.

"왜 말이 없나. 거짓말로 알아듣나? 자네가 버드나무
숲에서 만났다면 나는 풀밭에서 만났네."

여전히 잠자코만 있으면서 나는 속으로 한결같이 들
의 성격과 마술과도 같은 자연의 매력이라는 것을 생각
하였다.

얼마나 이야기가 장황하였던지 밥 타는 냄새가 코를
찔렀다.

9

무더운 날이 계속된다.

이런 때 마을은 더 한층 지내기 어렵고 역시 들이 한
결 낫다.

낮은 낮으로 해두고 밤을, 하룻밤을 온전히 들에서
보낸 적이 없다.

우리는 의논하고 하룻밤을 들에서 야영하기로 하였다.

들의 밤은 두려운 것일까, 이런 의문도 있었기 때문
이다.

이왕 의가 통한 후이니 이후로는 옥분이도 데려다가 세 사람이 일단의 '들의 아들'이 되었으면 하는 문수의 의견이었으나 나는 그것을 일종의 악취미라고 배척하였다. 과거의 피차의 정의는 정의로 하여두고 단체 생활에는 역시 두 사람이 적당하며, 수효가 셋이면 어떤 경우에든지 반드시 찌울고 불안정하다는 의견을 가지고 있기 때문이다. 그러나 그것도 결국 나의 야성이 철저치 못한 까닭이 아닐까?

어떻든 두 사람은 들 복판에서 해를 넘기고 어둡기를 기다리고 밤을 맞이하였다.

불을 피우고 이야기하였다.

이야기가 장황하기 때문에 불이 마저 스러질 때에는 마을의 등불도 벌써 다 꺼지고 개짖는 소리도 수습된 뒤였다. 별만이 깜박거리고 바다 소리가 은은할 뿐이다.

어둠은 깊고 넓고 무한하다.

창조 이전의 혼돈의 세계는 이러하였을까?

무한한 적막, 지구의 자전 공전의 소리도 들리지는 않는 것이다.

공포, 두려움이란 어디서 오는 감정일까?

어둠에서도 적막에서도 오지는 않는다.

우리는 일부러 두려운 이야기, 무서운 이야기로 마음을 떠보았으나 이렇듯한 새삼스러운 공포의 감정이라는 것은 솟지 않았다.

위에는 하늘이요 아래는 풀이요 주위에 어둠이 있을

뿐이지 모두가 결국 낮 동안의 계속이요 연장이다. 몸에 소름이 돋는 법도, 마음이 떨리는 법도 없다.

서로 눈만 말똥거리다가 피곤하여 어느 결엔지 잠이 들어 버렸다.

단잠을 깨었을 때는 아침 해가 높은 후였다.

야영의 밤은 시원하였을 뿐이요 공포의 새는 결국 잡지 못하였다.

10

그러나 공포는 왔다.

그러나 들에서 온 것이 아니요 마을에서 사람에게서 왔다.

공포를 만드는 것은 자연이 아니요 사람의 사회인 듯싶다.

문수가 돌연히 끌려간 것이다.

학교사건의 뒷맺이인 듯하다.

이어 나도 들어가게 되었다.

나 혼자에 대하여, 혹은 문수와 관련되어 여러 가지 질문을 받았다.

사흘 밤을 지우고 쉽게 나왔으나 문수는 소식이 없다. 오랠 것 같다.

여러 가지 재미있는 여름의 계획도 세웠으나 혼자서는 하릴없다.

가졌던 동무를 잃었을 때의 고독이란 큰 것이다.

들에서 무료히 지내는 날이 많다.

심심파적으로 옥분을 데려올까도 생각되나 여러 가지로 거리끼고 주체스런 일이다. 깨끗한 것이 좋을 것 같다.

별수 없이 녀석이 하루라도 속히 나오기를 충심으로 바랄 뿐이다.

나오거든 풋콩을 실컷 구워먹이고, 기름종개를 많이 떠먹이고, 씨름해서 몸을 불려줄 작정이다.

들에는 도라지꽃이 피고 개나리꽃이 장하다.

진펄의 새발고사리도 어느덧 활짝 피었다.

해오라기가 가끔 조촐한 자태로 물가에 내린다.

시절이 무르녹았다.

가을과 산양(山羊)

화단 위 해바라기 송이가 칙칙하게 시들었을 젠 벌써 가을이 완연한 듯하다. 해바라기를 비웃는 듯 국화가 한창이다. 양지 쪽으로 날아드는 나비 그림자가 외롭고 풀숲에서 나는 벌레소리가 때를 가리지 않고 물 쏟아지듯 요란하다. 아침이나 낮이나 밤이나 그 어느 때를 가릴까. 사람의 오장육부를 가리가리 찢으려는 심산인 듯하다. 애라에게는 가을같이 두려운 시절이 없고 벌레소리같이 무서운 것이 없다. 지난 칠 년 동안 준보를 알기 시작했을 때부터 그 어느 가을인들 애라에게 쓸쓸하지 않은 가을이 있었을까! 밤 자리에 이불을 쓰고 누우면 눈물이 되로 흘러 베개를 적신다.

"사랑이란 무엇인가?"

스스로 물을 때,

"외롭고 적적하고 얄궂은 것."

칠 년 동안에 얻은 결론이 이것이었다. 여러 해 동안 적어온 사랑의 일기가 홀로 애태우고 슬퍼한 피투성이의 기록이었다. 준보는 언제나 하늘 위에 있는 별이다.

만질 수 없고 딸 수 없고 영원히 자기의 것이 아닌 하늘 위 별이다.

한 마리의 여우가 딸 수 없는 높은 시렁 위 포도송이를 바라보고 딸 수 없으므로 그 아름다운 포도를 떫은 것이라고 비난하고 욕질한 옛날이야기를 생각하며, 애라는 몇 번이나 그 여우를 흉내내어 준보를 미워해 보려고 했는지 모르나 헛일이어서 준보는 날이 갈수록에 더욱 그립고 성스럽고 범하기 어려운 것으로만 보였다. 이 세상은 왜 되었으며, 자기는 왜 태어났으며, 자기와 인연 없는 준보는 왜 나타났을까…….

준보의 마음과 자기의 마음은 왜 그다지도 어긋나며, 준보가 그다지 대수롭게 여기지 않는데도 왜 자기의 마음은 한결같이 그에게로 기울까. 자나 깨나 애라에게는 이것이 큰 수수께끼였다. 준보가 옥경이와 결혼한다는 발표가 났을 때가 애라에게는 가장 무서운 때였다. 동무 옥경이의 애꿎은 야유였을까? 결혼의 청첩은 왜 보내왔을까? 애라에게는 여러 날 동안의 무서운 밤이 닥쳐왔다. 자기의 패배가 무엇이 원인이 되었나를 생각하고 자기의 육체를 저주하고 얼굴을 비춰주는 거울을 깨뜨려 버렸다. 칠 년 동안의 불행을 실어온다는 거울을 깨뜨려 버리고 어두운 방안에서 죽음을 생각했다. 몸이 덥고 가슴이 답답하고 불냄새가 흘러오면서 세상이 금시에 바서지는 듯했다. 그 괴로운 죽음의 환영에서 벗어나는 데는 일 주일이 넘어 걸렸다. 준보를 얼마나 미워하고 옥경이를 얼마나 저주했을까. 그런 고패를 겪었건만 그래도 여전히 준보에게 대한 미련과 애착이 끊어지지 않음은 웬일일까?

준보는 자기를 위해 태어난 꼭 한 사람일까? 전세에서부터 미래까지 자기가 찾는 사람은 단 한 사람 준보라는 지목을 받아온 것일까? 너무도 고전적인 자기의 사랑에 애라는 싫증이 나면서도 한편 여전히 그 사랑에 매여 가는 스스로의 감정을 어쩌는 수 없었다. 준보 외에 그의 영혼을 한꺼번에 끌어당길 사람은 다시 그의 앞에 나타날 성싶지는 않았고, 그런 추잡한 생각을 하는 것부터가 싫었다. 준보는 무슨 일이 있었든간에 그에게는 영원의 꿈이요 먼나라다. 준보의 아름다운 환영을 가슴 속에 간직해 가지고 평생을 지내겠다고 마음먹었을 때 애라에게는 절망 속에서도 한 줄기 희망이 솟아올랐다.

"이르는 말은 안 듣구 언제까지든지 어쩌자는 심사냐? 늙어빠질 때까지 사람이 홀몸으로 지낼 수 있을 줄 아나부다."

어머니는 오래 전부터 내려오는 혼인 말을 되풀이하고는 딸의 마음을 야속히 여기고 때때로 보챈다. 그러나 애라는 자기 방에 묻힌 채 책을 읽거나 무료해지면 염소를 끌고 풀밭으로 나간다. 고요한 마음의 생활을 보내며 준보들의 동정을 들으면서 가을을 보내고 가을을 맞이해 왔다.

며칠 전 준보에게서 편지를 받고 애라는 가라앉았던 가슴이 다시 설레기 시작하고 마음의 상처가 다시 살아

났다. 준보 부부가 별안간 음악 수업차로 미주로 떠나
게 되었다는 것이요, 그들 송별의 잔치를 동무들이 발
기한 것이었다. 인쇄된 청첩에 준보는 기어이 출석해
달라는 뜻을 따로 적어서 보냈던 것이다. 초문의 소식
에 애라는 놀라며 곧 옷을 차리고 나섰다가 다시 반성
하고 머뭇거려도 보았으나 결국 출석하기로 했다.

　오후의 호텔은 고요하면서도 그 어디인지 인기척을
감추고 수떨스런 기색을 보이고 있었다. 손님들의 자태
는 그리 보이지 않건만 잔치를 준비하는 중인지 보이들
의 오락가락 하는 모양이 눈에 삼삼거린다. 복도를 들어
가 바른편 객실을 기웃거렸을 때 모임에 출석하는 사람
인 듯한 사오 인이 웅얼거리고들 앉았다. 낯선 속에 어
울리기도 겸연쩍어서 애라는 복도를 꾸부러져 왼편 객
실로 들어갔다. 카운터에서 한 사람의 보이가 계산에 열
중하고 있을 뿐 객실은 고요하다. 애라는 차 한 잔을 분
부하고는 창 가까이 자리를 잡았다. 창밖은 조그만 뜰이
되어서 몇 포기의 깨끗한 백양나무가 여름 한철 깊은 그
늘 속에서 이슬을 뽐고 있던 것이, 이 역 어느덧 가을을
맞이해서 병들어 가는 잎들이, 바람도 없건만 애잔하게
흔들리고 있다. 가을은 어느 구석에든지 숨어드는구나.
여기도 밤에는 벌레소리가 얼마나 요란할까 생각하면서
찻잔을 들려고 할 때 공교롭게도 문득 눈앞에 나타난 것
이 준보였다. 그날 모임의 주빈답게 검은 예복으로 단장
한 그의 자태가 그 어느 때보다도 싱싱하게 눈을 끌었

다. 그렇게 가깝게 대면하기는 오래간만이었다. 언제든지 그의 앞이 어렵고 시스럽고 부끄러운 애라였다. 가슴이 두근거리며 고개를 숙여 버렸다.

"진작 만나뵙고 여러 가지 얘기 드리려던 것이 급작스레 떠나게 돼서 이제야 기회를 얻었습니다. 옥경이의 희망도 있구 해서 별안간 미주행을 계획한 것인데 한일 년 지내구 내년 가을에는 구라파로 건너갈 작정입니다만."

준보의 당황한 설명에 애라는 한참이나 동안을 두었다가 입을 열었다.

"그러실 줄 알았죠……. 별일 없으면서두 떠나신다니 섭섭해요. 어디를 가시든지 편안하셔야죠. 두 분의 행복을 비는 것이 이제는 제 행복이 됐어요……. 행복이구 불행이구간에 어쩌는 수 없이 그것만이 밟아야 할 길이 된 것을요."

다음 말까지에는 또 한참이나 동안이 뜬다.

"남의 집 창밖에 서서 안을 기웃거리는 가난한 마음을 짐작하실 수 있으세요? 안에는 따뜻한 불이 피고 평화와 단란이 있죠. 밖에 서 있는 마음은 춥고 떨리고."

준보가 그 대답을 하는데 다시 한참이 걸린다.

"……경우가 어떻게 됐든간에 그동안의 애라씨의 심정을 나는 감사의 생각 없이는 받을 수 없었습니다. 칠년 동안의 변함없는 정성에 값갈 만한 사내가 아닌 것을요."

"감사란 말같이 싫은 말은 없어요. 제가 요구할 권리가 없듯이 감사하실 것은 없으세요."

"감사는 하면서두 요구에 대답하지 못하는 것을 슬퍼합니다. 일이 애꿎게 그렇게 되는군요. 솔직하게 말하면 처음엔 무심했던 것이 차차 그 곧은 열정을 알게 됐을 때 난 무서워도 졌습니다."

"그래요. 전 남을 무섭게만 구는 허수아빈지두 몰라요."

"……운명이라는 것 생각해 보신 적 있습니까? 슬픈 것 기쁜 것 어쩌는 수 없는 운명이라는 것……."

"운명을 생각할 때 진저리가 나구 울음이 나요."

"……거역하구 겨뤄 봐두 할 수 없는 것. 고지식이 항복할 수밖에 없는 것."

"결국 그렇게 돌리구 그렇게 생각할 수밖엔 없겠죠. 슬픈 일이긴 하나……."

시간이 가까워 와 그 객실에까지 사람의 그림자가 어른거리게 되었을 때 두 사람은 회화를 그쳤으나 이윽고 다른 방에서 연회가 시작되었을 때에도 애라에게는 은근히 준보의 모양만이 바라보였다. 그의 옆에 앉은 옥경이의 자태까지도 범하기 어려운 하늘 위 존재로 보임은 웬일이었을까? 연회가 끝난 후 여흥으로 부부의 피아노 듀엣 연주가 있었다. 건반 앞에 나란히 앉아 가벼운 곡조를 울리는 두 사람의 자태는 그대로가 바로 곡조에 맞춰 승천하는 한 쌍의 천사의 자태이지 속세의 인간의 모양들은 아니었다. 그렇듯 아름다운 두 사람의 모양은 애라와는 너무도 먼 지경에 놓여 있었다. 그 거리가 구만 리일까? 애라는 그날밤같이 준보들과의 사이에 큰 거리를 느껴본 적은 없었다.

'이것이 준보가 말한 운명이란 것인가?'

애라는 새삼스럽게 설운 생각이 들며 그날밤 출석을 뉘우치고 될 수 있으면 그 자리를 물러나고도 싶었으나 그런 무례를 범할 수도 없어 그 괴로운 운명의 시간을 그대로 참을 수밖에는 없었다. 가슴 속은 보이지 않는 눈물로 젖었다.

괴로운 시간에 놓여서 사람들과 함께 식당을 나오게 되었을 때 다시 다음 괴로움이 준비되어 있었다. 옥경이가 긴한 듯이 달려와서 옆에 서는 것이었다.

"이렇게 와 주어서 고맙긴 하나 한편 미안두 해요."

그러나 옥경이의 태도는 자랑에 넘치는 태도였지 미안하다는 태도는 아니었다.

"애라두 소풍 겸 저리로나 떠나보면 어때. 좁은 데서 밤낮 속만 태우지 말구."

조롱인지 충고인지, 그러나 애라는 그것을 충고로 듣는 것이 옳은 듯했다.

"목적도 없이 가선 뭐하누."

"그렇게 또렷한 목적 가진 사람이 어디 있겠수. 목적을 가졌다구 다 이루어지는 것두 아니구. 그저 맘속에 늘 무엇을 생각하구만 있으면 그것이 목적이 아니우?"

"무얼 생각하누."

"가령 고향을 생각해두 좋지. 외국에 가서 고향을 생각하는 속에 목적은 아니지만 그 무엇이 있을 법하잖우?"

"어서 무사히 다녀들이나 와요."

"구라파로나 떠나봐요. 내년 가을쯤 파리에서나 같이 만나게."

애라에게는 옥경이와의 대화가 도시 괴로운 것이었다. 준보들과 작별하고 그 괴로운 분위기를 떠나 한 걸음 먼저 거리로 나왔을 때 지옥을 벗어나온 듯도 했으나 한편 거리의 등불이 왜 그리 쓸쓸하게 보이고 오고가는 사람들의 모양이 왜 그리 무의미하게 보였을까. 찻집에 들렀을 때 레코드에서는 베토벤의 〈운명교향악〉이 흘렀다. 열리지 않는 운명의 철문을 두드리는 답답하고 육중한 음향이 거의 육체를 협박해 오는 지경이었다. 운명교향악은 음악이 아니요 운명 그것이다. 운명교향악을 작곡한 베토벤은 음악가가 아니요 미치광이나 그렇지 않으면 조물주다. 애라는 운명교향악을 들을 때마다 몸에 소름이 치고 금시 미칠 듯이 몸이 떨리구 한다.

"찻집에서까지 운명교향악을 걸 필요가 무엔가? 즐겁게 차 먹으러 오는 곳에 미치광이 음악이 아랑곳인가?"

애라는 중얼거리며 분부했던 차도 마시는 둥 마는 둥 뛰어나와 버렸다. 등줄기를 밀치는 듯 등뒤에서 교향악의 연속이 애꿎게 울려오는 것을 들으며 거리를 걷는 애라의 마음속에는 무거운 구름이 겹겹으로 드리웠다.

이튿날 역에서 준보 부부를 떠나보내고 집으로 돌아

온 애라는 한꺼번에 세상이 헐어진 것 같은 생각이 나며 눈알이 둘러패일 지경으로 어두웠다. 두번째 죽음을 생각하고 약국에서 사온 약병을 밤새도록 노리면서 한 생각을 되하고 곱돌아 하는 동안에 나중에는 죽음 역시 쓸데없는 것으로 생각되었다.

"어차피 짓궂은 운명이라면 그 운명과 겨뤄보는 것이 어떨까? 진 줄은 뻔히 알지마는 그 패배의 결론과 다시 대항하는 수도 있지 않은가? 즉 두번째 싸움이다. 이번이야말로 사생결단의 무서운 싸움이다."

이렇게 깨닫자 애라에게는 절망 속에서도 다시 한 줄기의 햇빛이 돋아오며 문득 옥경이의 권고가 생각났다.

'……구라파로나 떠나봐요. 내년 가을쯤 파리에서나 같이 만나게. ……또렷한 목적 가진 사람이 어디 있겠수. 그저 마음속에 늘 무엇을 생각하구만 있으면 그것이 목적이 아니우…….'

옥경이가 무슨 뜻으로 했든지간에 이제 애라에게는 이것이 한 줄기의 암시였다. 애라는 머릿속에 다따가 보지 못한 외국을 환상하며 책시렁에서 한 권의 책을 뽑아 기행문의 구절구절을 마음속에 외어보는 것이었다.

"……시월에 잡아들면 파리는 벌써 아주 겨울 기분이 돈다. 나뭇잎새는 죄다 떨어지고 안개 끼는 날이 점점 늘어가서 그 안개 속을 사람의 그림자가 어렴풋하게 거무스름하게 움직이게 된다……."

그 사람의 그림자를 마치 자기의 그림자인 듯 환상하

고 그 파리의 한 구석에서 준보를 만나게 될 것을 생각
하면서 기행문의 구절구을 아끼면서 두 번 읽고 다시
되풀이하였다.

그날부터 애라에게는 또렷한 구체적 성산도 없으면서
다시 먼곳을 꿈꾸는 버릇이 시작되었다. 외국의 풍경을
상상하고 준보의 뒷일을 궁금히 여기면서, 그러나 기실
하루하루가 더욱 쓸쓸하고 적막해 갈 뿐이었다.

외로운 꿈에서 깨어서는 개같이 방 속에서 나와 뜰에
매인 흰 염소를 데리고 집 앞 풀밭을 거닌다. 턱 아래
다 불룩하게 수염을 붙인 흰 염소는 그 용모만으로도
벌써 이 세상에 쓸쓸하게 태어난 나그네다. 초점 없는
흐릿한 시선을 풀밭에 던지면서 그 어느 낯선 나라에서
이 세상에 잘못 온 듯이도 쓸쓸하게 운다. 울면서 풀을
먹고 풀에 지치면 종이를 좋아한다. 그 애잔한 자태에
애라는 자기 자신의 모양을 비해 보고 운명을 생각하면
서 종이를 먹인다. 한 권의 잡지면 여러 날을 먹는다.
백지를 먹을 뿐 아니라 인쇄된 글자까지를 먹는다. 소
설을 먹고 시를 먹는다. 잡지 대신에 애라는 하루는 묵
은 일기장을 뜯어서 먹이기 시작했다. 칠 년 동안의 사
랑의 일기, 지금 읽기에는 벌써 쓸모없는 운명의 일기,
그 두터운 일곱 권의 일기장을 모조리 찢어서 염소의
뱃속에 장사지내기 시작했던 것이다. 흰 염소는 애잔한
목소리로 새침하게 울면서 주인의 운명을, 슬픈 역사를
싫어하지 않고 꾸역꾸역 먹는다.

염소 배가 불러지면 주인은 염소를 몰고 풀밭을 떠나 강가로 나간다. 물을 먹이면서 주인은 흰 돌 위에 서서 물소리 속에 흘러간 지난날을 차례차례로 비추어본다. 해가 꼬박 져서 집으로 돌아오면 다시 개같이 꿈의 보금자리인 방으로 기어든다. 방에서는 가을 화단이 하늘같이 맑게 그러나 쓸쓸하게 내다보인다.

해바라기 송이가 칙칙하고 국화가 한창이다. 양지 쪽으로 날아드는 나비 그림자가 외롭고, 풀숲에서 나는 벌레소리가 때를 가리지 않고 물쏟아지듯 요란하다. 아침이나 낮이나 밤이나 그 어느 때를 가릴까? 사람의 오장육부를 가리가리 찢으려는 심사인 듯도 하다. 애라에게는 가을같이 두려운 시절이 없고 벌레소리같이 무서운 것이 없다. 밤 자리에 이불을 쓰고 누우면 눈물이 되로 흘러 베개를 적시고야 만다.

개 살 구

　서울 집을 항용 살구나뭇집이라고 부르는 것은 바로
집 뒤에 아름드리 살구나무가 서 있는 까닭인데, 오대
선조부터 내려온다는 그 인연 있는 고목을 건사할 겸
지은 집이건만 결과로 보면 대대로 내려오는 무준한 그
살구나무가 도리어 그 아래의 집을 아늑하게 막아 주고
싸주는 셈이 되었다. 동네에서 제일 먼저 꽃피는 것도
그 살구나무여서, 한참 제철이면 찬란한 꽃송이와 향기
속에 온통 집은 묻혀 무르녹은 꿈을 싸주는 듯도 하지
만, 잎이 피고 열매가 맺기 시작하면 집은 더 한층 그
속에 묻혀 버려서 밖에서는 도저히 집안을 엿볼 수 없
는 형세가 되었다.

　살구나뭇집이라도 결국은 하늘 아래 집이니 그 속에
살림살이가 있을 것은 다 같은 이치이나, 그 살림살이
가 어떠한 것이며 그 속에서는 허구한 날 무엇이 일어
나는지 외따로 떨어진 그 집안의 소식이며 호젓한 나무
아래 사정을 동네 사람들이 알아낼 순 없었다. 모든 것
이 나무 속에 감추어져서 하늘의 별조차도 나무 아래
지붕은 고사하고 나무를 뚫고 속사정을 엿볼 수는 없었
다. 푸른 열매가 익어갈 때 참살구 아닌 그 개살구의

양은 보기만 하여도 어금니에 군물이 돌았다. 집안의 살림살이도 별수 없이 어금니에 군물도는 그 개살구의 맛일는지도 모르나, 그러나 그 살구를 훔치러 사람들은 집 뒤를 기웃거리기가 일쑤였다.

도시 함석집이라고는 면내에서는 면소와 주재소, 조합과 학교, 그리고는 서울집이어서 사치하기로는 기와집 이상으로 보였다. 장거리와 뒷마을과의 사이의 넓은 터전은 거의 다 김형태의 것이어서, 그 한복판에다 첩의 집을 세웠다 한들 관계할 바 아니나 푸른 논 가운데 외따로 우뚝 서 있는 까닭에 횟벽 함석지붕의 그 한 채가 유독 눈에 띄고 마음을 끌었다. 오대산에 채벌장이 들어서면서부터 박달나무의 시세가 한참 좋을 때에는 산에서 벤 나무토막을 실은 우찻바리가 뒤를 이어 대관령을 넘었다. 강릉·주문진 항구에 부려만 놓으면 몇 척이든지 기선에 싣고는 철로공사가 있다는 이웃 항구로 실어나르곤 하였다.

오대산 속에 산줄기나 가지고 있던 형태는 버리는 것인 줄만 알았던 아름드리 박달나무 덕택에 순시에 돈벼락을 맞게 되었다. 논섬지기나 더 늘이게 된 것도 그 판이었고 살구나뭇집을 세운 것도 그때였다. 학교에 돈 백이나 기부하여 학무위원의 이름을 가졌고, 조합의 신용을 얻어 아들 재수를 조합의 서기로 취직시킨 것도 물론 그 무렵이었다. 흰 횟벽의 집이 야청으로서밖에는 소용이 없다고 생각하였던 동네 사람들은 그 깎은 듯이 아담한 집 격식에 눈을 굴렸다.

뜰 안에 라디오의 안테나가 들어서고 유성기의 노랫소리가 밤낮으로 흘러나오게 되었을 때에는 혀를 말았다. 박달나무가 가져온 개화의 턱찌끼에 사람들은 온통 혼을 뽑히었던 것이다. 뒷마을 기와집 큰댁과 앞마을 살구나뭇집 작은 댁과의 사이를 한가하게 어슬렁 어슬렁 거니는 형태의 양을 사람들은 전과는 다른 것으로 고쳐 보기 시작하였다.

꿈속 같은 호사스런 그 속에서도 가끔 변이 생겨 서울집은 두번째 댁이었다. 첫댁은 집이 서기가 바쁘게 강릉서 데려온 지 해를 못 넘어 달밤에 도망을 쳐 버렸다. 동으로 대관령을 넘어서 강릉까지는 필십 리의 길이었다. 아침에 그런 줄을 알고 뒤를 쫓는대야 헛일이었으며, 강릉에 친가가 있는 것이 아니라 온전히 뜬사람이었던 까닭에 찾을 길이 막막하였다.

다른 사내가 있었다는 말을 듣기도 하여 형태는 영동을 단념해 버리고 이번에는 앞대를 생각하게 되었다. 서으로 서울까지는 문재·전재를 넘고 원주·여주를 지나 오백 리의 길이었다.

이틀 동안이나 자동차에 흔들려서 첫 서울의 길을 밟은 지 거의 달포 만에 꽃같은 색시를 데리고 첩첩한 산을 넘어 돌아왔다. 뜨물같이 허여멀쑥한 자그마하고 야물어진 서울 색시를 앞대 물을 먹으면 인물조차 그렇거니만 생각하면서 사람들은 자동차에서 내리는 그를 울

레줄레 둘러쌌다. 하기는 그만한 인물이 시골에까지 차례지게 되기까지에는 상당한 물재의 희생이 있었으니 형태는 그번 길에 속사리 버덩의 일곱 마지기를 팔아 버렸던 것이다. 들고나게 된 한 가호를 살려주고 그 값으로 외딸을 받아가지고 왔다는 소문이었다. 장안에서도 일색이었다는 서울집이 시골 와서 절색임은 물론이었고, 마을사람들은 마치 여자라는 것을 처음 보는 것과도 같이 탄복하고 수군들 거렸다.

첫번 강릉집의 경우도 있고 하여 형태는 단속이 무서웠다. 별수 없이 새장에 갇힌 새의 신세였다. 형태는 집안 재미에 마음을 잡고는 즐겨 하는 투전판에도 섞이는 법 없이 육중한 몸을 유들유들하게 서울집에 박혀 있는 날이 많았다. 검은 판장으로 둘러친 울과 우거진 살구나무와는 굳은 성벽이어서, 안에서도 짐작할 수 없으려니와 밖에서 엿볼 수도 없었다. 그러나 단속이 심하면 심할수록 갇혀 있는 사람의 마음은 한층 허랑하게 밖으로 날아서, 강릉집이 첩넘의 읍을 그리워하듯이 서울집 또한 영첩한 산을 넘어 앞대를 그리워하는 심정은 일반이었다.

집에 든 지 달포도 채 못 되어서 하룻밤은 별안간에 헛소동이 일어났다. 서울집이 집안에 없음을 깨닫고 형태가 황겁결에 도망이라고 외쳤던 까닭에, 이웃 사람들은 호기심도 솟고 하여 일제히 퍼져 도망간 서울집을 찾으려 들었다.

마침 그믐밤이어서 마을은 먹을 뿌린 듯이 어두운데 각기 초롱에 불들을 켜가지고 웬만한 곳은 샅샅이 헤매었다. 어두운 속 군데군데에서 초롱불이 반딧불같이 움직이며 두런두런 말소리가 흘러왔다. 외줄 신작로를 동과 서로 몇 마장씩 훑어보고는 닥치는 대로 마을 안을 온통 뒤졌다.

뒷마을서부터 차례차례로 산기슭·수수밭·과수원을 들치고, 앞으로 나와 서낭숲에서는 느릅나무와 느티나무의 테두리를 샅샅이 살피고, 거리를 사이로 아래위를 훑어보고는 냇가의 숲속과 물방앗간을 뒤졌으나 종시 서울집의 자태는 보이지 않았다. 설레는 마음에 앞장을 서서 휘줄거리던 형태는 홧김에 초롱을 던지고는 말도 없이 발을 돌렸다. 뒤를 따르는 사람들도 입맛을 다시면서 풀린 맥에 초롱을 내저으며 자연 걸음이 느려졌다.

아무래도 서쪽으로 길을 들었을 것이 확실하니 날이 밝으면 강릉서 오는 자동차로 뒤를 쫓는 것이 상수라고 공론들이었다. 강릉집 때에 혼이 난 형태는 실망이 커서 그렇게라도 할 배짱으로 한시가 초조하였다. 담배들을 피우면서 웅얼웅얼 지껄이며 돌밭을 지나 물가에 이르렀을 때에 앞을 섰던 형태가 불시에 주춤하면서 걸음을 멈추고 어둠속을 노렸다. 한 사람이 초롱불을 앞으로 확 내밀었을 때 물속에서 철버덩 소리가 나며 싯허연 고래가 한 마리 급스럽게 숲속으로 뛰어 들었다.

어둠속에서도 유난스럽게 희고 퍼들퍼들한 몸뚱어리

였다. 의외의 곳에서 그날밤 사냥에 성공하고 마을길을 더듬어 올 때 모두들 웃음에 허리를 꺾을 지경이었다. 도망했다고만 법석을 한 서울집은 좀체 나오기 어려운 기회를 타서 혼자 시냇가에 목물을 나왔던 것이다. 벌써 일 년 전의 일이었으나 그 일이 있는 후로 형태는 서울집의 심중에 적이 안심되어 덮어놓고 의심하지는 않게 되었다.

집안 사람들의 출입도 잦지 못한 집안은 언제든지 고요하고 감감하여서 그 속에 무슨 일이 일어나며 변이 생기는지 알 도리가 없었다. 푸른 살구가 맺혀 그것이 누렇게 익어 갈 때면 마을사람들은 드레드레 달린 누런 개살구를 바라보고 모르는 결에 어금니에 군물을 돌리곤 할 뿐이었다.

[1]

들에 보리가 익고 살구도 누런 빛을 더하여 갔다.

달무리가 있은 이튿날 아침 뒷마을 샘물터는 온통 발끈 뒤집혔다.

당초에 말을 낸 것은 맨처음 물 이러 온 금녀였고, 그의 말을 들은 것이 다음에 온 재천이었다. 재천이는 이어 온 춘실네에게 그것을 귀띔하고, 춘실네는 괘사 옥분에게 전하고, 옥분은 히히덕거리며 방앗집 새댁에게 있는대로 털어 버렸다.

간밤의 변사는 순식간에 입에서 입으로 온통 번설되

고야 말았다. 뒤를 이어 모여든 한 패는 물을 길어 가지
고는 냉큼 갈 줄을 모르고 물동이를 차례차례로 샘전에
놓은 채 어느 때까지나 눈길을 홀끗거리면서 뒤숭숭하
게 수군거렸다. 한 번 말문이 터지면 좀체 수습하기 어
려워서, 있는 말 없는 말 주워섬기는 동안에 아침 시중
이 늦어지는 줄도 모르고 횡설수설이었다. 새침데기이
던 방앗집 새댁도 제법 말주머니여서 뒤에 오는 축들을
붙들고는 꽁무니가 무겁게 어느 때까지나 말질이었다.

"세상에 그런 법도 있을까? 집안이 언제나 감감하기
에 수상하다고는 노렸으나 하필 김서기일 줄야 뉘 알았
을꼬? 환장이지 그럴 수가 있나. 무서워라."

두 동이째 물을 이러 온 금녀는 아직도 우물터가 와
글와글 뒤끓은 것을 보고 별안간 무서운 생각이 들었
다. 처음으로 말을 낸 경솔을 뉘우쳤으나 그러나 한번
낸 말을 다시 입안으로 거둬들일 수는 없는 노릇이었
다. 청을 받는 대로 간밤의 변을 몇 번이고간에 되풀이
하는 수밖에는 없었다. 되풀이하는 동안에 하긴 마음은
대담하여 가고 허랑하여졌다.

"아마도 무엇에 홀렸던 게지, 아무리 달이 밝기로서
니 아닌 밤에 살구 생각은 왜 나겠수, 살구 도둑 간 것
이 끔찍한 것을 보게 된 시초니."

금녀가 하필 그밤에 살구나뭇집 살구를 노린 것은 형
태가 마침 며칠 전에 읍내로 면장 운동을 떠난 눈치를
알아챈 까닭이었다. 개굿은 그가 출타한 이상 집을 엿

보기쯤은 어려운 노릇이 아니었다.

논길을 살며시 숨어들어 살구나무에 기어올라 우거진 가지 속에 몸을 감추기는 여반장이었으나, 교교하게 밝던 보름달이 공교롭게도 별안간 흐려지면서 누리가 금시에 캄캄하여 간 것은 마치 무슨 조화나 붙은 것 같았다. 알고 보니 그날밤이 월식이어서 그때 마침 온통 어두워진 하늘에서는 검은 개가 붉은 달을 집어먹으려고 노리고 있는 중이었다. 모든 것이 물속에 빠진 듯이나 고요하고 어두운 가운데 길을 잃은 듯한 박쥐의 떼가 파닥파닥 날아들고, 뒷산의 부엉이 소리가 다른 때보다 한층 언짢게 들렸다.

멀리서 달을 보고 짖는 개의 소리가 마디마디 자지러지게 흘러왔다. 지척을 분간할 수 없는 나뭇잎 속에서 금녀는 불길한 생각에 몸서리를 치면서 살구 생각도 없어지고 나뭇가지를 바짝 붙들었다.

변이라도 일어날 듯한 흉한 밤이었다. 하늘의 개는 붉은 달을 입에 넣고 게웠다 물었다 하다가 드디어 온전히 삼켜 버리고야 말았다. 천지는 그대로 몽땅 땅 속에 묻혀 버린 듯이 새까맣고 답답하여졌다. 부엉이 울음도 개짖는 소리도 어느 결엔지 그쳐진 캄캄한 속에서 금녀는 무서운 김에 팔 위에 얼굴을 얹고 차라리 눈을 감아 버렸다. 눈을 감으면 한결 귀가 밝아져서, 어느맘 때는 되었는지 이슥한 속에서 문득 웅얼웅얼하는 사람의 속삭임이 들렸다. 정신이 귀로만 쏠릴수록 말소리도 차차 확실해져서 바로 살구나무 아래편 뒤안 평상 위에서 들려오는 것인 줄을 알았다. 방안에는 등불이 켜지지 않았고 나무에 오르자 월식이 시작된 까닭에 당초부터 그 아래에 사람이 있는 줄은 몰랐던 것이다.

비록 낮기는 하여도 굵고 가는 한 쌍의 목소리가 남녀의 목소리임에는 틀림없었다. 여자의 목소리는 서울집의 것이라고 하고 남자의 목소리는 누구의 것일까? 부엌일하는 점순이 외에는 남자의 출입이라고는 큰댁 식구들도 마음대로 못하게 하는 형편에 아닌 밤에 서울집과 수군거리는 사내는 누구일까 하고 금녀는 무서움도 잊어버리고 이번에는 솟아오르는 호기심에 정신을 바짝 차리고 어둠 속을 노리기는 하나, 워낙 어두운 데다가 나뭇잎이 우거져서 좀체 분간하기 어려웠다.

무시무시하면서도 한편 온몸이 근실근실하여 침을 삼키면서 달이 밝아지기를 조릿조릿 기다렸다. 이윽고 하늘개는 먹었던 달덩이를 옳게 삭이지 못하고 불덩어리째로 왈칵 게워 버리고야 말았다. 웅켰던 구름이 헤어지고 맑은 하늘이 그 사이로 솟기 시작하자 달았던 불덩어리도 어느 결엔지 온전한 보름달로 변하여 갔다. 하늘의 변화를 우러러보던 금녀는 어느 결엔지 환히 드러난 제 꼴에 놀라 움츠러들며 나무 아래를 날쌔게 나뭇잎 사이로 굽어보다가 별안간 기급을 할 듯이 외면하여 버렸다.

수풀 속에서 뱀을 만났을 때의 거동이었다. 뒤안에

내논 평상 위에 뱀 아닌 남녀의 요염한 꼴을 보았기 때문이었다. 처녀인 금녀로서는 처음 보는, 보아서는 안 될 숨은 광경이었다. 그러나 더 놀라운 것은 그 남녀가 서울집과 조합의 김서기 재수란 것이다. 서울집의 소문은 이러쿵저러쿵 기왕부터 있기는 있어서 이제는 벌써 등하불명으로 모르는 부처님은 남편 형태뿐이라는 소문은 소문이었으나 사내가 재수일 줄야 그 아무도 짐작하지 못한 바이며, 그러기 때문에 금녀의 놀람은 컸다. 너무나 어처구니가 없어 다시 한 번 무시무시 아래를 훔쳐보았으나 속일 수 없는 밝은 달은 사정이 없었다.

금녀는 그것을 발견한 자기 자신이 큰 죄나 진 것도 같아서 몸서리를 치면서 아비·아들의 기구한 인연을 무섭게 여겼다. 그들 둘이 아는 외에는 하늘과 땅만이 알 남녀의 속일을 귀신 아닌 금녀가 엿볼 줄야 어찌 짐작인들 하였으랴.

하기는 그래도 달을 두려워함인지 뒤안이 훤히 밝아지자 남녀는 평상에서 내려와서 방안으로 급스럽게 들어가는 것이었으나 어지러운 그 뒤꼴들을 바라볼 때 금녀는 다시 새삼스럽게 무서워지며 하늘이 벼락을 내린다면 바로 이런 곳이 아닐까 하고 머리꼴이 선뜩하여져서 살구 생각도 다 잊어버리고 부리나케 나무를 미끄러져 내려왔다. 논길을 빠져 집까지는 거의 단숨에 달렸다. 밤이 맞도록 잠 한숨 못 이루고 고시랑고시랑 컴컴한 벽을 바라볼 뿐 하늘과 땅만이 아는 속일을 알았다는 두려움이 한결같이 가슴 속에 물결쳤다.

그러나 시원한 아침을 맞아 샘물터에서 동무를 만났을 때에는 웅켰던 마음도 적이 누그러져 허랑하게 그만 입을 열게 되었다. 하기는 그 끔찍한 괴변은 차라리 같이 알고 있는 것이 속 편한 노릇이지 혼자 가슴 속에 담아두기에는 너무도 무서운 것이었다.

그날은 샘터도 별스러이 소란하여서 아침물이 지내고는 조금 뻠하더니 낮쯤 해서 또 한바탕 들끓고야 말았다. 꽤 먼 마을 한끝에서까지 길어가는 샘이므로 모이는 인물들도 허다한 속에 대개 아침인물이 한두 사람씩은 끼어 있었다.

"사내가 그른가 계집이 그른고. 하긴 그런 일에 옳고 그른 편이 있겠소만."

"터가 글렀어. 강릉집 때에도 어디 온전히 끝장이 났수? 오대를 내려온다는 그놈의 살구나무가 번번이 일을 치거든."

이렇게 수군거리는 패도 있었다.

"핏줄에서 난 도둑이니 누구를 한하겠소만, 면장 운동인가 무언가를 떠난 것이 불찰이지 버젓이 앉아 있는 최면장을 떼고 그 자리에 대신 들어앉으려니 그런 억지가 어디 있수. 박달나무 덕에 돈 벌고 땅 샀으면 그만이지 면장은 해 무엇한단 말요. 과한 욕심 낸 죄로 하면야 싸지. 군수하고 단짝이라나. 이번 길에도 꿀 한 초롱과 버섯 말이나 가지고 간 모양인데, 쉬이 군수가 갈

린다는 소문이니까 갈리기 전에 한몫 얻으려고 바짝 붙
는 모양이야."

"아비보다도 자식이 못 나고 불측한 탓이 아니요. 장
가든 지 불과 몇 달 전에 아내를 뚜드려 쫓더니 그 짓
이란 말야. 춘천 가서 웃학교를 칠 년 만에 마친 위인
이니 제 구실을 할 수야 있겠소? 조합 서기도 아비 덕
에 간신히 얻어 한 것이 아니요?"

"자식과 원수된 것을 알면 형태는 대체 어떻게 할꼬."

샘물 둔지에는 돌배나무 한 포기가 서 있었다. 돌팔
매를 던져 풋배를 와르르 떨어서는 뜻없이 샘물 속에
집어던지면서 번설들이었다.

"이 자리에서만 말이지 까딱 더 번설들 맙시다. 형태
귀에 들어갔단 큰일날 테니."

민망한 끝에 발설을 한 것이 춘실네였다. 그러나 저
녁때도 되기 전에 또 점순에게 그것을 귀띔한 것도 춘
실네였다.

서울집 부엌데기로 있는 점순은 전날 밤을 집에서 지
내고 아침에 일찍이 나가 진종일 집에서만 일을 한 까
닭에 그 괴변을 보지도 듣지도 못하였다. 다시 집으로
갔다가 저녁참을 대고 나올 때에 수수밭 모퉁이에서 춘
실네를 만나 들으니 초문이었다. 재수는 전에 그에게도
한 번 불측한 눈치를 보인 일이 있어서 그의 버릇은 웬
만큼 짐작은 하는 터였으나 역시 놀라지 않을 수 없었
다. 서울집을 극진히 여기는 점순은 그의 변이 번설되

는 것을 민망히는 여겼으나 변이 변인 만큼 가만 있을
수도 없어 그 걸음으로 다시 집에 들어가 남편 만손에
게 전하고, 내친걸음에 거리로 나가 가게 보는 태인에
게도 살며시 뙤어주었다. 태인과는 만손 몰래 정을 두
고 지내는 사이였다.

태인은 가게에 모이는 사람들에게 한두 마디씩 지껄
이게 되고, 만손은 그날 저녁 형태네 큰 사랑에 마을가
서 모이는 농군들에게 말을 펴놓게 되었다.

이렇게 하여 소문은 하룻동안에 재빠르게도 마을 안
에 쫙 퍼지게 되었다. 이제는 벌써 당사자 두 사람과
출타한 형태만이 몰랐지 마을 사람은 모두 형태 큰댁까
지도 사랑 농군에게서 들어 알게 되었다.

큰댁은 놀라기는 무척 놀랐으나 제 자식의 처신머리
가 노여운 것보다도 서울집의 빗나간 행동이 더 고소하
게 생각되었다. 염라대왕에게 서울집 속히 데려가기를
밤낮으로 비는 큰댁은 남편이 돌아와 어떻게 이 일을
조처할까에 모든 생각이 쏠리는 까닭이었다.

2

그날밤은 열엿샛날 밤이어서 간밤같이 월식도 없고
조금 늦게는 떴으나 달이 밝았다. 샘터 축들은 공연히
마음이 들떠서 달밤을 잠자코 지내기 어려운 속에서 옥
분은 드디어 실무죽한 금녀를 충동여서 끌어내고야 말
았다. 하룻밤 더 살구나무를 엿보자는 것이었다.

　옥분은 금녀보다도 바라지고 앵돌아져서 금녀가 모르는 세상을 벌써 재빠르게 엿본 뒤였다. 오대산에서 강릉으로 우차를 몰아 재목을 실어나르는 박도령과는 달에 불과 몇 번밖에는 만날 수 없어서, 그가 장날 장거리까지 내려오거나 그렇지 못하면 옥분이 웃마을 월정거리까지 출가 전에 눈을 훔쳐 가지고 올라가지 않으면 안 되었다.

　그런 때에는 대개 밭에 일하러 간다고 탈하고 근 오릿길을 걸어 올라가 월정사에서 나오는 길과 신작로에 합하는 곳에서 박도령을 기다렸다가 조이밭머리나 개울가에 가서 묵은 회포를 이야기하곤 하였다. 나중에 어떻게 되리라는 계책도 서지 못한 채 다만 박도령의 인금만을 믿고 늘 두근거리는 마음에 위험한 눈을 훔치곤 하였다. 한 이태 더 모아서 돈백이나 모이거든 강릉에 가서 살자고 번번이 언약을 하고 우차를 몰고 대관령쪽으로 느릿느릿 걸어가는 뒷모양을 바라볼 때 번번이 가슴이 찌르르하였다.

　거듭 만나는 동안에 남녀의 정이라는 것을 폭 안 옥분은 금녀와는 달라서 남녀의 세상에 유달리 마음이 쏠렸다.

　금녀와 둘이 뒷마을을 나와 밭길을 들어갔을 때 달은 한창 밝아서 옥수수 수염과 피마주 대궁이 새빨갛게 달빛에 어리었다. 논둑에서 기다리고 있는 점순을 만나 한 패가 되어서 지름길을 들어서 살금살금 살구나무께

로 향하였다. 사특한 마음으로가 아니라 주인집 동정을
살펴서 잘 알고 있음이 부리우는 사람으로서 마땅한 일
같아서 점순은 저녁 시중이 끝나자 약조하였던 금녀들
을 기다리러 논둑에 나와 앉았던 것이다.

말없는 나무는 간밤이나 그 밤이나 같은 태도, 같은
표정이었다. 금녀는 같은 나무에 두 번 오르기 마음이
허락지 않아 혼자 나무 아래에서 망을 보기로 하고 점
순과 옥분을 올려보냈다. 집에서는 유성기 소리가 쉴
새 없이 들리더니 판이 끝나도 정신없이 버려두어 판갈
리는 소리가 어느 때까지나 스르럭스르럭 들렸다.

나무 위에서 내려다보이는 집안의 모양은 그 속에서
일할 때의 모양과는 퍽 달라서, 점순은 모든 것을 신기
한 것으로 굽어보았다. 평상 위에 유성기를 내놓고 금
녀의 말과 틀림없이 서울집과 재수 단둘이 앉아 달 밝
은 밤이라 월식에 괴변은 없으나 정답게 수군거리고 있
는 것도 신기하였으나 열어젖힌 문으로 들여다보이는
방안의 광경도 그 속에 있을 때와는 다르게 조촐하고
호화롭게만 보였다.

부러운 광경을 정신없이 내려다보는 동안에 점순은
이상하게도 다른 생각은 다 제쳐놓고 서울집 인물에 비
겨 재수의 인금은 보잘것없고, 그러므로 서울집을 훔친
재수는 호박을 딴 셈이요 서울집으로서는 아깝다는, 그
자리에 당찮은 생각이 불현듯이 솟기 시작하였다.

언제인지 한번은 경대 위의 금반지를 훔친 일이 있어

서 즉시로 발각되어 호되게 야단을 듣고 집을 쫓겨난 일이 있었으나, 그런 변을 당하여도 점순은 서울집을 미워는커녕 더욱 어렵게 여기고 높이고 있었다. 사내가 그에게 반하듯이 점순도 그에게 반한 셈이었다. 여자로 태어나 마을의 뭇사내들이 탐내는 그의 곁에서 지내게 되는 것을 다행으로 여겼다. 그러기에 한 번 쫓겨나면서도 구구히 빌어 다시 그 자리로 들어간 것이었다. 삼신할머니가 구석구석 잔손질을 해서 묘하게 꾸며 세상에 보낸 것이 바로 서울집이라고 점순은 생각하였다.

손발이 동자같이 작고 살결이 물에 씻긴 차돌같이 희었다. 콧날이 붕긋이 솟은 아래로 작은 입을 열면 새하얀 잇줄이 구슬을 머금은 것같이 은은히 빛났다.

점순이가 아무리 틈틈이 경대 속의 분을 훔쳐서 발라도 그의 살결을 본받을 수는 없었다. 검은 살결과 걱실걱실한 체대와 큰 수족을 늘 보이는 것이건만 그에게 보이기가 언제나 부끄러웠다. 열두 번 다시 태어난다고 하더라고 그의 몸맵시를 따를 수는 없을 것 같았다.

뒤안에 물통을 들여다 놓고 그 속에서 목물을 할 때 그 희멀건 등줄기를 밀어주노라면 점순은 그 몸뚱어리를 그대로 덥석 안아보고 싶은 충동이 솟곤 하였다. 여름 한때 새끼손가락 손톱에 봉숭아 물이나 들이게 되면 누에 같은 손가락 끝에 붉은 꽈리알을 띄운 것도 같아서 말할 수 없이 귀여운 감동을 자아내는 것이었다. 그 서울집이 재수 따위의 손안에서 허름하게 놀고 있음을 내려다보노라니 점순은 아까운 생각만 들었다. 즉시로 뛰어내려가 그 자리를 휘저어 놓고도 싶었다. 어느 때까지나 그대로 버려두기 부당한, 속히 한바탕 북새를 일으켜 사이를 갈라놓고 싶은 생각이 불현듯 솟기 시작하였다.

그대로 살면서 덮어만 둔다면 어느 때까지나 애매한 형태에게까지 알려지지 않을 것이 한되었다. 재수에게 대한 샘이 아니라 참으로 서울집에 대한 샘이었다.

그러나 점순이 그렇게 오래 걱정하지 않아도 좋은 것은 간밤 이상의 괴변이 금시에 눈 아래 장면 위에 일어난 것이다.

세상에는 기묘한 일이 간단히 생기는 까닭인지? 혹은 그 불측한 장면을 오래도록 허락하지 않으려는 뜻인지 참으로 뜻하지 않은 어처구니 없는 일이 일어난 것이다. 그렇게라도 되지 않으면 형태에게 그 숨은 곡절은 알릴 길이 없었던 탓일까? 읍내에 갔던 형태가 별안간 나타난 것이다.

집을 떠난 지 여러 날 되기는 하나 하필 그밤에 돌아오게 된 것은 귀신이 알린 탓이라고밖에는 생각할 수 없었다. 하기는 어느 날 어느 때 그 자리에 당장 돌아오는지도 모르면서 유유하게 정을 통하고 있는 남녀가 어리석은지도 모른다. 정에 빠진 남녀는 어리석어지는 법일까?

다따가 방문에서 불쑥 솟아 뒤안 툇마루에 나선 것이

형태임을 알았을 때 옥분은 기급을 하고 점순에게로 몸을 쏠렸다. 나뭇가지가 흔들리며 살구가 후둑후둑 떨어졌으나 나무 위로 주의를 보내기에는 뒤안의 형세는 너무도 급박하였다.

평상 위에 서로 기대앉았던 남녀는 화닥닥 자세를 바로잡으면서 물결같이 갈라졌다. 그 황급한 거동 앞에 막아선 형태의 육중한 몸은 마치 꿈속의 무서운 가위 같아서 그 가위에 눌린 것이 별수 없이 두 사람의 꼴이었다. 움츠러들었을 뿐 쩍 소리도 없는데다가 형태 또한 바위같이 잠자코만 서서 한참 동안 자리는 고요할 뿐이었다. 검은 구름을 첩첩이 품은 채 천둥을 기다리는 무서운 순간이었다.

"대체 누구냐?"

지나쳐 상기된 판에 형태는 말조차 어리석었다. 하기는 재수가 아들임을 일순간 잊어버렸던지도 모른다.

"무엇들을 하고 있어?"

육중한 체대가 움직였을 때 서울집은 허둥지둥 평상에서 내려와 신을 신었다. 방으로 뛰어들어가려고 툇마루 앞에 이르렀을 때 말도 없이 형태의 손에 머리쪽을 쥐였다. 새발의 피였다. 한 번 거세게 휘낚는 바람에 보잘것없이 풀싹 땅에 쓰러지고 말았다.

형태의 손찌검을 아는 점순은 아찔하며 그 자리로 기를 눌리고 말았다. 그밤으로 무슨 변이 일어날지를 헤아릴 수 없는 판에 나무에서 유유하게 주인집 변사를

내려다보기가 무서웠다. 한시가 바쁘게 옥분을 붙들어
먼저 내려보내고 뒤이어 미끄러져라 하고 급스럽게 나
무를 타고 내려섰다. 뒤안에서는 주고받는 말소리가 차
차 똑똑해지고 금시에 큰 북새가 시작될 눈치였다. 간
밤의 변괴보다는 확실히 더 놀라운 변고에 혼을 뽑힌
셋은 웬일인지 그밤의 책임이 자기들에게도 있는 것 같
아서 다시 돌아다볼 염도 못하고 꽁무니가 빠져라 논길
을 뛰어나갔다.

　이튿날 아침, 소문은 도리어 뒷마을에서부터 났다. 새
벽쯤 해서 점순이 서울집으로 일을 하러 집을 나왔을 때
길거리에서 춘실네에게 간밤의 소식을 듣게 되었다. 재
수는 당장에 물푸레나뭇가지로 물매를 얻어맞아 피를 흘
리고 그 자리에 까무러쳐 쓰러진 것을 농군이 업어다가
뒷마을 집에 갖다 눕힌 채 아침까지 정신을 못 차리고
있다는 것이다. 전신이 부풀어올라서 모습까지 변한 것
을 큰댁은 걱정하여 울며불며 일변 약을 지어다가 달인
다, 푸닥거리 준비를 한다 집안은 야단이라는 것이었다.

　궁금해서 두근거리는 마음에 점순은 부리나케 앞마을
로 뛰어나가 닫힌 채로의 서울집 대문을 열고 들어섰을
때 집안은 빈 듯이 고요하였다. 겁이 덜컥 나서 마루에
뛰어올라 의걸이 놓인 방문을 열었을 때 예료대로 놀라
운 꼴이었다. 이불을 쓰고 누운 서울집을 벌써 운명이
나 하지 않았나 하고 급히 이불을 벗겼을 때, 살아 있
는 증거로 눈을 뜨기는 하였으나 입에는 수건으로 자갈

을 메웠고 볼에는 불에 데인 흔적이 끔찍하였다.

몸을 움짓움짓은 하면서 일어나지 못하는 것은 굵은 바로 수족이 얽어매인 까닭이었다. 바를 풀고 자갈을 빼었을 때 서울집은 소생한 듯이 간신히 일어나 앉았다. 흩어진 머리와 상기된 눈과 어지러운 자태가 중병이나 치르고 일어난 병자 모양이었다. 이지러져 변모된 얼굴을 볼 때 점순은 눈물이 핑 돌았다.

"죄를 지었기로서니 이럴 법이 있나? 사람이 아니라 짐승이지."

이를 부드득 가는 서울집의 눈에도 눈물이 그렁그렁 어리었다. 구슬 같던 그 고운 얼굴이 벌겋게 데어서 살뜰하던 모습은 찾을 수도 없었다.

"사지를 결박하구 입을 틀어막구 인두로 얼굴과 다리를 지지네나그려. 아무리 시골놈이기루서 그런 악착한 것 본 적이 있나. 제나 내나 사람은 매일반, 마음은 다 각각이지 인두를 달군대야 사람의 마음이야 어찌 휘일 수 있겠나. 이런 두메에 애초부터 자청하구 올 사람이 누군가? 산설구 물설구 인정조차 다른데 게다가 허구한 날 안에만 갇혀 한 걸음 길밖에도 못 나가게 하니 전중이 생활인들 게서 더 할까. 피 가진 사람으로서 어찌 고향인들 안 그립구 사람인들 안 아쉽겠나? 갇힌 새두 하늘을 그리워하려니, 내가 그른지 놈이 악한지 뉘 알랴만 내 이 봉변을 당하구 가만있을 줄 아나. 당장 주재소에 가 고소를 하고 징역을 시키구야 말겠네. 그날이 나두 이곳을 벗는 날이야. 생각할수록 분하구 원통하구!"

입술을 꼬옥 무니 이슬 같은 눈물이 방울방울 솟아 상한 두 볼 위로 흘러내렸다.

점순도 덩달아 눈물이 솟으며 무도한 형태의 행실을 속으로 한없이 노여워하고 미워하였다. 만약 사내라면 그놈을 다구지게 해내고 싶은 생각도 들었고, 간밤에 달려들어 말리지도 못하고 변이 일어난 줄을 알면서도 그 자리를 피해간 비겁한 행동을 그지없이 뉘우치기도 하였다.

반드시 태인과 남편 만손의 사이에 든 자신의 처지를 생각하여서가 아니라 참으로 마음속으로부터 서울집의 처지를 측은히 여겨서였다. 그러나 위로할 말을 몰라 다만 콧물을 들이키면서, 일상 쥐어보고 싶던 서울집의 고운 손을 큰 손아귀에 징긋이 쥐어볼 뿐이었다.

3

형태는 부락스러운 고집에 겉으로는 부드러운 낯을 지니나 속으로는 심화가 솟아올라 그 어느 때나 술기에 눈알을 붉게 물들이고는 장거리에서 진종일을 보내곤 하였다. 옆사람들의 수군거리는 눈치와 소문을 유하게 깔아 버리고는 배포 유하게 거들거렸다. 화풀이로 면장 운동에 마음을 돌리는 수밖에는 없어서, 술집에서 장구 장을 데리고 궁리와 책동에 해가는 줄을 몰랐다. 장구

장은 기왕에 구장으로 있다가 최면장이 들어서자 떨어
진 축이어서, 형태가 면장을 하게 되면 다시 구장으로
들어앉자는 것이 그의 원이었고 두 사람이 공모하는 뜻
도 거기에 있었다.

원래 면장 운동은 가주 시작된 것이 아니라 벌써 오
래 전부터의 형태의 책모하여 오던 바였다. 박달나무로
하여 돈을 벌게 되자 마을에서 낯이 높아진 것이 그 원
을 품게 한 근본 원인이었고, 면장이 되면 웃마을과 뒷
마을에 있는 소유의 전답에 유리하도록 마을 사람들의
부역을 내서 길과 도랑을 고쳐 내겠다는 것이 둘째 희
망이었다.

그러나 그보다도 더 절실한 원인은 최면장에 대한 감
정이었으니, 전에 역군을 다녔던 형태가 지벌이 낮다고
최면장에게서 은근히 멸시를 받고 있는 것과, 아들 재
수가 최면장의 아들 학구보다 재물이 훨씬 떨어지는 것
을 불쾌히 여기는 편협심에서 오는 것이었다. 부전자전
으로 자기가 글을 탐탁하게 못 배운 까닭으로 자식도
그렇게 둔재인가 하여, 뒤치송할 재산은 있는데도 불구
하고 재수가 단지 재주가 부실한 탓으로 춘천고등보통
학교도 칠 년 만에야 간신히 마치고 나오게 된 것을 형
태는 부끄러워하고 한되게 여겼다. 한편 최면장의 아들
학구는 재수와 동갑으로, 한 해에 보통학교를 마쳤으나
서울 가서 웃학교를 마치고는 전문학교에까지 들어가게
되었다.

선비와 역군의 집안의 차이를 실제로 눈앞에 보는 것
같아서 형태로서는 마음이 괴로웠다. 최면장은 어려운
가운데에서 자식 하나만을 바라고 그에게 정성을 다 바
쳤다. 몇 마지기 안 되는 땅까지 팔아 버렸고, 그 위에
눈총을 맞아가면서도 면장의 자리를 눅진히 보존해 가
는 것은 온전히 자식 때문이었다. 학구가 학교를 졸업
할 때까지는 아무런 일이 있어도 그 자리를 비벼나갈
생각이었다. 그런 점으로서 형태와는 드러나게 대립이
되어도 하는 수 없는 노릇이었다.

그러나 그뿐이 아니었다. 참으로 무서운 최면장의 비
밀을 형태는 손아귀에 움켜쥐고 있었다. 학비의 보충을
위하여 회계원과 짜고 여러번째 장부를 고치고 공금에
손을 댄 것이었다. 면장 운동에 뜻을 둔 때부터 형태는
면장의 흠을 모조리 찾아내려고 하던 판에 회계원을 감
쪽같이 매수하여 그에게서 공금횡령의 비밀을 샅샅이
들추어내었던 것이다.

그런 눈치를 알아채었는지 어쨌는지 최면장은 모든
것을 모르는 체 다만 학구가 학교를 마칠 때까지를 목
표로 시치미를 떼는 것이었으나, 형태는 형태로서 네
속을 다 뽑아 쥐고 있다는 듯한 거만한 배짱으로 모든
수단이 다 틀리면 그 뽑아쥔 비밀을 마지막 술책으로
쓰리라고 음특하게 벼르고 있었다.

하기는 그는 벌써 최면장이 좀체 속히 물러앉지 않을
줄을 짐작하고 이번 읍내길에서도 군수에게 공금의 비

밀을 약간 귀띔하고 온 터였다. 군수는 기회를 보아서
내막을 철저히 조사시켜 폭로시킨 후 적당한 조처를 하
겠다고 언약하였다.

　군수를 그만큼까지 후리기에는 상당히 물재도 들었으
니 이번 길만 하여도 꿀과 버섯의 선사뿐이 아니라 실
상은 논 한 자리까지 남몰래 팔았던 것이다. 군수의 일
상 원이 일등 명기를 앞에 놓고 은주전자·은잔으로 맑
은 국화주를 마시는 운치였다. 일등 명기야 형태의 수
완으로도 어쩌는 수 없는 것이었으나 은주전자·은잔쯤
은 그의 힘으로 족히 자라는 것이어서, 이번 기회에 수
백 금을 들여 실속 있는 한 쌍을 갖추어 준 것이었다.

　군수가 사양치 않은 것은 물론이며, 그렇게 여러번째
미끼를 흐뭇이 들여놓고 이제는 다만 속한 결과를 기다
리게만 되었다. 평생 원을 풀 수만 있다면 그 모든 미
끼의 희생쯤은 그에게는 보잘것없이 허름한 것이었다.
군수의 인품을 믿고 있는 것만큼 조만간 뜻대로의 결과
가 올 것이 확실은 하였으나 될 수 있는 대로 그것이
속하였으면 하고 마음은 늘 초조하였다.

　술집에 자리를 잡고 허구한 날 거나하여서 충혈된 눈
을 험상궂게 굴리곤 하였다.

　장날 저녁이었다. 형태는 영월네 골방에서 구장과 잔
을 거듭하다가 마침내 최면장을 부르러 사람을 보냈다.
주석을 이용하여 마음을 떠보고 싸움을 거는 것이 요사
이의 형태여서 장날과 평일도 헤아리지 않았다. 실상은

요사이 장구장을 통하여, 혹은 직접으로 그의 비밀을 한두 사람씩에게 차차 전포시키는 중이었다. 민심을 소란케 하여 그를 배반하게 하자는 생각이었다. 최면장은 굳이 안 올 리가 없으며, 불과 두어 번 잔이 돌았을 때 형태는 차차 말을 풀어내기 시작하였다.

"정사에 얼마나 골몰한가. 덕택에 난 이렇게 술 잘 먹구 돈 잘 쓰구 태평하게 지내네만!"

돈 잘 쓴다는 말과 은근히 관련시키려는 듯이,

"학구 공부 잘하나. 들으니 한다하는 사상가라지. 최씨 집안에야 인물이구 말구. 그러나 쓸데없는 걱정 같지만, 주의니 무어니 할 때 단단히 단속하지 않으면 까닥하다 큰일나리. 푸른 시절에는 물들기두 쉽구 저지르기두 쉬운 법이오, 더구나 이게 무서운 시절 아닌가. 어련하겠나만 사귀는 동무 주의하라고 신신당부해 주게."

비꼬는 말인지 동정하는 말인지 속뜻을 알 수 없어 최면장은 대답할 바를 몰랐다. 장구장과의 틈에 끼여 얼빵뻥할 뿐이었다.

"다 아는 형편에 뒤치송하기 얼마나 어렵겠소만, 면장 이건 귓속말인데 사정두 딱하게는 되었소."

은근한 말눈치에 어안이 벙벙하여 있을 때 장구장은 입을 가까이 가져오며 짜장 귓속말로 무서운 것을 지껄였다.

"미안한 말 같지만 사직을 하려거든 지금이 차라리 적당한 시기인가 하오. 더 끌다가는 큰 봉변할 것 같으니 말이오."

최면장은 뜨끔도 하였거니와 별안간 홍두깨같이 불쑥 내미는 불쾌한 말투에 관자놀이에 피가 바짝 솟아오르며 몸이 화끈 달았다.

"무슨 소리요?"

단 한 마디 짧게 퉁명스럽게 내쏘았다.

"노여워할 것이 아닌 것이 지금은 벌써 공연의 비밀이 되었소. 거리의 사람뿐이 아니라 멀리 읍내에까지도 알려져서 면내에서 모모하는 사람들 사이에는 공론이 자자한 판이오."

"대체 무슨 소리란 말요?"

면장은 모르는 결에 얼굴이 불끈 달며 어성이 높아졌다. 구장은 반대로 이번에는 목소리는 낮추었으나 그러나 다음 마디는 천 근의 무게가 있는 것이었다.

"아마도 윤회계원의 입에서 말이 난 모양이오. 세상에서 누구를 믿겠소."

붉어졌던 면장의 낯은 금시에 새파랗게 질리며 입이 굳어지고 말문이 막혔다. 형태와 구장은 듬짓이 침묵하고 던진 말의 효과를 가늠보고 있는 듯이 눈길을 아래로 향하였다. 불쾌한 침묵이었으나 그러나 면장은 즉시 침착을 회복하고 낯빛을 바로잡을 수 있었다. 설레지 않는 그의 어조는 막혔던 방안의 공기를 다시 풀어 버렸다.

"그만하면 말 뜻을 알겠네만 과히 염려를 할 것은 없

네. 일이라는 것이 나구 보아야 옳고 그른 것을 시비할
수 있는 것이지 부질없이 소문에 사로잡힐 것은 아니야.
난 나로서 충분히 내 각오가 있으니 염려들은 말게."

밉살스러우리만큼 침착한 어조는 도리어 반감을 돋우
었다. 형태의 말 속에는 확실히 은근한 뼈가 숨어 있었다.

"각오라니 무슨 각온지는 모르겠으나 일이 크게 되면
낭패가 아닌가. 들으니 읍에서는 군수두 쉬이 출장와서
조사를 하리라는 소문인데 그렇게 되면 무슨 욕이 돌아
올지 헤아릴 수나 있나? 일이 터지기 전에 취할 적당한
방책도 있지 않을까 해서 이르는 말이 아닌가."

마디마디 꼭꼭 박아대는 말에 면장은 화가 버럭 나서
드디어 고성대갈 호통을 하였다.

"이르는 말이구 무엇이구 다 그만둬. 그 속 다 알고
그 흉계 뉘 모르리. 군수를 끼구 책동하는 줄도 다 안
다. 내야 어떻게 되든 어디 할 대루 해 봐라."

"무엇을 믿구 큰소린구. 해보구 말구 나중에 뉘우치
지나 말게."

벌써 피차에 감출 것이 없어 속뜻과 싸움은 노골적으
로 드러나게 되었다.

"뉘우칠 것두 없구 겁날 것도 없다. 무슨 술책을 서서
든지 할 대루 해 봐라."

면장은 붉은 낯에 입술은 푸르면서 육신이 부르르 떨
렸다.

"이 사람 어둡기두 하다. 일이 벌써 어떻게 된 줄두

모르구 큰소리만 탕탕 하니."

"고얀 것들, 이러자구 사람을 불러냈어? 같지 않은
것들."

차려진 술잔을 밀쳐 버리고 면장은 성큼 자리를 일어
섰다. 형태는 유들유들한 웃음소리가 터지자 참을 수
없는 노염에 술상을 발로 차 버리고 문밖으로 뛰어나갔
다. 통쾌하다는 듯이, 계획은 거의 다 성사되었다는 듯
이 형태는 눈초리를 지그시 주름잡고 구장을 바라보면
서 한바탕 웃음을 쳤다.

면장 운동에는 차차 성공하여 가는 형태지만 속은 늘
심화가 나고 찌부둥하여서, 변괴가 있은 후로는 아직
한 번도 서울집에는 들어가지 않고 큰집이 아니면 거리
에서 밤을 지내 오는 것이었다.

은근히 기뻐하는 것은 큰댁이어서, 아들이 앓아누운
것을 보면 뼈가 아프기는 하였으나 그러나 그것을 한
기회 삼아 한편 남편의 마음을 돌리기에 애쓰고, 밖에
나가서는 일방 앓아누운 서울집에 치성을 드리기가 날
마다의 행사였다. 속히 일어나라는 치성이 아니라 그대
로 슬며시 가 버리라는 치성이었다.

밤이 어둑어둑만 해지면 남편 몰래 새옹에 메를 짓고
맑은 물을 떠가지고는 뒷동산 고목나무 아래나 서낭숲
이나 개울가에 나가서 염라대왕에게 손을 모으고 비는
것이었다. 산귀신·물귀신, 귀신의 이름을 모조리 외며
치마 틈에 만들어 넣었던 손각시를 불에도 사르고 물에

도 띄우고 땅에 묻고 하여 은근히 서울집의 앞길을 저
주하였다.

원래 강릉집 때부터 치성을 즐겨 하여 강릉집이 기어
이 실족이 된 것은 온전히 치성 덕이라고 생각하였다.
서울집이 오면서부터는 더욱 심하여서 어떤 때에는 오
십 리나 되는 오대산에 가서 고산 치성도 드렸고, 내려
오던 길에 월정사에 들러 연꽃 치성도 드렸다. 이번에
서울집의 변괴도 재수의 허물로는 돌리지 않고 치성 덕
으로 서울집에게로 내려진 천벌이라고 생각하였다. 내
친 걸음에 서울집은 영영 없애달라는 것이 치성할 때마
다의 절실한 원이었다. 형태로서는 치성은 질색이어서
큰댁의 우매한 꼴을 볼 때마다 한바탕 북새를 일으키고
야 말았다.

재수가 자리에서 일어나자 하루아침 가만히 도망을
간 것은 여름도 한참 짙었을 때 형태의 심중이 가지가
지 일에 무덥게 지글지글 끓어오를 때였다. 한편 걱정
되지 않는 바도 아니었으나 차라리 한시름 놓은 것 같
아서 시원도 했다. 신통치도 못한 조합 서기쯤 그만두
고 멀리 가버림이 마을사람들의 기억에서도 사라질 것
이요, 차차 죄를 벗는 길도 될 것으로 생각되어서 차라
리 한시름 놓는 것 같았다. 다만 걱정되는 것은 불미한
생각을 일으키고 그 어느 구석에 가서 자진이나 하지
않았을까 하는 것이었다.

그날 아침 집안은 요란하게 설레고 마을을 아래위로

훑으면서 헤매었다. 주재소에 수색원까지 내고 들끓었
으나 그러나 그렇게까지 걱정할 것이 없는 것은, 실상
은 재수의 도망은 큰댁의 지시요 계책이었던 것이다.
그날 새벽 강에 나가 치성을 마친 큰댁은 아들을 '속사
리'재 아래까지 불러내서 등대하고 있다가 강릉서 넘어
오는 첫 자동차에 태워서 앞대로 내보낸 것이었다.

거리에서 차를 타면 들킬 것을 염려하여 오릿길이나
미리 나와 섰던 것이다. 전대 속에 알뜰히 모아 두었던
근 백여 소수의 돈을 전대째로 아들에게 주면서 마을에
서 소문이 사라질 때까지 어디든지 앞대로 나가 구경
겸 어느 때까지든지 바람을 쐬라는 당부를 거듭하면서,
운전수가 재촉의 고동을 몇 번이나 울릴 때까지 찻전을
붙들고 서서 눈물겨운 목소리로 서러워하였다. 그러나
물론 집에 돌아와서는 그런 눈치는 까딱 보이지 않으며
집안 사람에게 휩쓸려 도리어 아들의 간 곳을 걱정하는
모양을 보였다. 재수의 처치가 제물에 된 후로 패였던
형태의 마음 한 구석이 파묻힌 것은 사실이었으나 그렇
게 되면 서울집의 존재가 머릿속에 더 한층 똑똑하게
떠올랐다.

그러나 그대로 어느 때까지 버려두는 수밖에 별다른
처리의 방책은 없었다. 한 번 흠이 든 것이니 시원히
버려볼까도 생각하였으나 도저히 할 수는 없는 노릇임
을 깨달았다. 속사리 버덩의 일곱 마지기를 팔아 버린
것이 아까워서가 아니라 아무리 흠이 들었다고는 하더

라도 아직도 그에게로 쏠리는 정을 끊어 버릴 수는 없
었다. 정이란 마치 헝클어진 실뭉치 같아서 한 쪽을 끊
어도 다른 쪽이 매이고 끊은 줄 알았던 줄이 다시 걸리
고 하여서 하루아침에 칼로 벤 듯이 시원히 끊어 버릴
수는 없는 노릇이었다.

　포악스럽게는 굴었어도 아직도 서울집에 대한 정은
줄줄 헝클어져 그의 마음 갈피에 주체스럽게 걸리고 감
기는 것이었다. 그 위에 세월이라는 것은 무서워서, 처
음에는 살인이라도 날 것 같던 것이 차차 분이 사라졌
고, 봉욕에 치가 떨리고 몸이 화끈 달던 것이 지금은
그것도 차차 식어가서 그대로 가면 가을에 찬바람이 나
돌 때까지에는 분도 풀리고 마음도 제대로 가라앉을 것
같았고, 일이 뜻대로 되어 면장으로나 들어앉게 되면
무서운 상처는 완전히 사라질 듯도 하였다. 다만 서울
집의 마음이 자기의 마음같이 가라앉고 회복될까 하는
것이 의심이었다.

　한때의 실책이었던지 그렇지 않으면 정이 벌어졌던
탓인지 그의 마음을 좀체 들여다볼 수는 없었다. 늘 밖
을 그리워하는 눈치를 보아서는 마음속이 심상치 않은
것도 같았기 때문이다. 집에 누운 채 얼굴과 다리의 상
처에는 약국에서 가져온 고약을 바르고 일변 보약을 달
여먹도록 시키기만 하고 형태는 아직 한 번도 들여다보
지는 않았으나, 서울집에 대한 의혹이 생길 때에는 불
현듯이 정이 불꽃같이 타오르며 그를 만나고 싶은 생각

이 유연히 솟아올랐다. 그럴 때에는 면장 운동보다도 오히려 더 큰 열정이 그를 송두리째 사로잡으며, 서울 집을 잃는다면 그까짓 면장은 얻어해 뭐하노 하는 생각조차 들었다.

석 류

1

혀끝에 뱅뱅 돌면서도 쉽사리 무엇인지를 생각해 볼
수 없는 맛과도 흡사하다.

이윽고 석류였음을 깨달았을 때 재희의 마음은 무지
개를 본 듯이 뛰놀았다. 옛 병풍 속의 석류의 그림이
기억 속에 소생되어 때를 주름잡고 눈앞에 떠올랐다.
어디서 흘러오는지도 모르게 그윽하게 코끝을 채이는
그리운 옛 향기! 약그릇이 놓이고 어머니가 앉았고 머
리맡에 병풍이 둘러쳐 있었다. 약향기가 어머니의 근심
스런 얼굴에 서리었고 병풍 속 나무에 석류가 귀하였
다. 익은 송이는 방긋이 벌어져 붉은 알이 엿보이고 익
으려는 송이는 막 열리려고 살에 금이 갔다.

그런 송이는 어린 기억과 같이 부끄러웠다.

오랫동안 까닭도 없이 몸이 고달프던 것이 이틀 전
학교도 파하기 전에 별안간 허리가 아프기 시작하였다.
숙성한 채봉이란 년이 너 몸 이상스럽지 않으냐 하며
꾀바르게 비밀한 곳을 떵겨 주었다.

웅크리고 앉아 있는 동안에 견딜 수 없이 배가 훑쳤
다. 두려운 생각이 버쩍 들어 책보도 교실에 버린 채

집으로 돌아왔다. 밤에 자릿속에서 옷을 말아내고 어머니 앞에 얼굴을 쳐들 수 없었다. 버들 같은 체질을 걱정하여 어머니는 간호의 시중이 극진하였다. 인생은 웬일인지 서글픈 것이었다.

예나 이제나 일반이다. 지금에는 어머니도 없고 머리맡에 병풍도 없고 석류도 없다. 옛을 그리워하는 생각만이 아름답다. 석류는 그윽한 향기다. 향기는 구름같이 잡을 수 없고 꺼지기 쉬운 안타까운 자취! 눈물이 돌았다. 가슴이 뻐근히 저리는 동안에 무지개는 꺼지고 석류는 단걸음에 옛날로 돌아가 버렸다. 애닯은 생각에 골이 아프고 신열이 높아졌다. 머리맡에 약이 쓰다. 약도 옛날 것이 한결 향기로웠던 것이다.

체온계를 겨드랑에 끼운 채 홀연히 잠이 들었다. 눈초리에 눈물 자취가 어지러운 지도를 그렸다.

그런 수도 있을까?

2

꿈이나 아닌가 하여 재희는 이야기책을 다시 들었다. 한 편의 자서전적 소설이 그를 놀라게 하였다. 소설가 준보는 바로 학교 때의 그 아이가 아니었던가! 소설 속의 이야기는 바로 그들의 어릴 때 일이 아니었던가! 무지개를 본 듯이 마음이 뛰놀았다. 현혹한 느낌에 가슴이 산란하다.

소년은 동무들의 놀림을 부당하다고 생각하였다. 소

문이 높아지면 높아질수록 소녀와의 거리는 도리어 떨어지는 것 같았다. 소년이 비석을 칠 때에는 소녀의 그림자는 안 보였고, 소녀가 자세를 받을 때에는 소년은 그 자리를 물러났다. 느티나무 아래에서 술래잡기를 할 때에도 두 사람의 자태는 빛과 그림자같이 서로 어긋났다. 결국 손목 한 번 탐탁하게 못 쥐어보고 소년은 점점 고집스러워만 졌다. 쥐알봉수가 소녀에게는 도리어 가깝게 어른거렸다. 소락소락 말을 걸고 손을 쥐고 하는 것을 소년은 무척 부러워하고 미워하였다. 그렇게 못하는 자기의 고집스러운 성질을 슬퍼하면서 동무들의 부당한 놀림을 억울하게 여길 뿐이었다.

재희가 준보에게 터놓고 다정히 못 굴었음을 뉘우치게 된 것은 그와 작별한 후였다. 채봉이가 자연스럽게 준보를 위함을 알고 마음이 편편치 못하였으나 그와 떨어지고 보니 그것도 쓸데없는 걱정임을 깨달았다. 준보를 마지막으로 본 것은 결국 느티나무 밑이었다. 몸에 급작스러운 변화가 와서 어머니 앞에 부끄러운 생각을 하고 누워 있는 동안에 준보도 고달픈 병으로 학교를 쉬었다. 명예로운 졸업식에도 참가하지 못하고 준보는 병에서 일어나자 바로 서울로 공부를 떠난 까닭이었다.

그를 그리워하는 마음이 불현듯이 솟았다.

재희네 집안이 사정에 따라 서울로 옮겨앉고 따라서 재희가 웃학교에 들게 된 것은 여러 해 후였으나 준보의 자태는 늘 마음속에 꿈결같이 우렷하였다. 그러나 오늘 소설가로서 눈에 띌 줄을 추측하지 못하였다.

병석에 눕게 된 오늘의 재희에게 준보의 출현은 그 무슨 묵시와도 같다. 생각에 마음이 산란하고 피곤하여졌다.

이야기책을 덮고 눈을 감았다. 문득 생각이 나 준보의 자태가 있는 학교 때의 옛 사진을 찾아낼까 하다가 귀찮은 심사에 단념하였다.

3

사치한 생각으로가 아니라 재희에게는 실질적으로 결혼이 불행하였다.

준보와는 대차적이던 옛날의 쥐알봉수와도 같은 성격의 사람을 구하게 된 것부터가 뼈저린 착오였다. 은행원이었다. 어머니를 여의고 그 위에 경영하던 회사에 파산까지 당한 불여의의 아버지를 위로하기 위하여 그의 뜻에만 소경같이 좋은 것이 비극의 시초였을까.

결혼은 글자대로 무덤이었다. 뒤넘군은 무덤 같은 커다란 뽕침을 가정에 남겨 놓고 자취를 감추었다. 논실례를 차린 것도 개차반의 짓이었으나 더욱 거쿨진 것은 은행의 금고를 연 것이었다. 그의 실종은 해를 넘어도 자취가 아득하였다.

재희는 당초의 그의 무의지를 뉘우쳤다. 할 일 없는 시가에 더 있을 수도 없어 친가로 돌아오기는 왔으나.

더구나 친가에서는 하는 수도 없어 한번 물러섰던 학

교에서 다시 생활을 구하게 되었다. 학교는 꿈의 보금 자리였다. 소년과 소녀들의 자태 속에 옛날의 그들의 모양을 비추어 볼 수 있음으로였다. 그림자 속에서 타는 가느다란 촛불의 청춘이라고 할까!

아버지는 쓸쓸한 집안에서 돌부처같이 침묵하였다.

반백의 머리에 턱에 주름살이 접히고 온종일 늙은 앵무만큼도 말이 적고 서툴렀다. 돌같이 표정이 없고 차다.

개차반의 소행에 대하여서조차 한 마디의 책도 없었다. 모든 것을 긍정하고 굽어만 보는 '조물주'의 의지와도 같이 엄연하였다. 하기는 개차반을 나무랄 처지가 못 되는 까닭이었을까? 그 자신 방불한 길을 걸어왔으니까.

4

재희의 인생의 기억은 네 살부터 시작되었다.

서울로 달아난 아버지는 네 해를 넘어도 돌아오지 않았다. 공부를 청탁함이었으나 어지러운 소문에 어머니는 기어이 뒤를 쫓기를 결심하였다. 물론 공방을 지킴을 측은히 여겨 시가 편에서 떼어준 것이었다. 좁은 가마 속에 재희도 같이 앉아 반 천릿길의 서울길을 서쪽으로 서쪽으로 여러 날이나 흔들렸다.

철교 없는 한강을 쪽배로 건넜다. 귀융배로 나일강을 건너는 격이었을까!

모든 것이 이끼 속에 묻혀 전설과 같이도 멀다. 가마

며 쪽배다.

학교를 마치고 벼슬을 얻은 아버지는 깨끗하게 닦아 놓은 도읍 사람이었다. 포천집과 젊은 꿈속에 있는 그에게 그들의 도착은 큰 놀람이었다.

포천집 폭살에 모처럼의 서울도 재회 모녀에게는 가시밭이었다. 주일의 예배당을 찾아 아름다운 찬미가 속에 위안을 발견하는 모녀였다. 담배 심부름을 나갔다가 한길에서 뱀 잡아 든 것을 보고 가엾은 짐승의 기괴한 아름다움에 취하여 정신없이 서 있는 재회였다.

공부 온 먼 촌 일가의 국현이가 때때로 군밤을 가지고 와서 재회의 마음을 기쁘게 하였다. 인자한 국현이의 무릎 위와 따뜻한 군밤과, 재회의 전기 속의 축복된 부분이요 아름다운 한 페이지였다.

그러나 네 살 적 인생은 모든 것이 이끼 속에 묻혀 전설과 같이도 멀다: 예배당의 찬미가며 거리의 뱀이며 따뜻한 무릎이며 군밤이며.

궂은 일이든 좋은 일이든 전설은 모두 아름다운 것이니 재회는 한번 서울을 떠나 다시 그곳을 바라볼 때 그것을 정확히 느꼈다. 솔가하여 가지고 고향으로 떨어진 것은 늙은 부모를 마지막으로 봉양하자는 아버지의 뜻이었다. 낯선 적막 속에서 포천집은 눈을 감았다. 소생도 뒤를 따라 떠났다. 아버지는 마음을 가다듬고 지방의 속관으로 여생을 보내기로 하였다. 어머니도 비로소 마음의 안정을 얻었다. 재회는 학교에 들 나이에 이르렀다.

5

이야기를 좋아하는 마음은 어디서 오는 것일까? 재희는 글자를 깨친 지 얼마 안 되었음에도 서울 시대의 묵은 이야기책들을 끔찍히 사랑하였다.

긴 가을밤에나 혹은 어머니나 그가 가벼운 병석에 있을 때에 그는 병풍 속 자리에 누워 신소설 〈추월색〉을 낭독하였다. 아름다운 이 공기는 모녀를 울리기에 족하였다. 정님이와 영창이의 기구한 운명의 축복은 한없이 눈물지어 어느덧 한 가락의 초가 다 진하면 새 가락을 켜놓고 운명의 다음 줄을 계속하여 읽곤 하였다. 어머니는 촛불과 같이 가만히 눈물지었다. 병풍 속 석류는 눈앞에 흐리고 머리맡 약냄새는 근심스러웠다.

이야기 속의 장면으로 재희는 서울을 상상하기를 즐겨 하였다. 그러므로 서울은 지극히 아름다운 것이었고 옛 기억은 전설과 같이 그리운 것이었다. 물론 자란 후 다시 서울을 보았을 때에는 이 소녀 시대의 아름다운 꿈은 그림자조차 찾아볼 수 없이 곱게 사라졌고, 서울은 한갖 산만한 거리로 비치었다.

준보는 학교에서 가장 영리한 아이였다. 새까만 눈동자에 총기가 흘렀다. 시험 때에는 늘 선생들의 혀를 말게 하였다. 재희도 반에서 수석인 까닭으로 두 사람이 가까워진 것은 아니나 재희는 모인 총중에 준보의 모양이 안 보이면 마음이 적적해지게까지 되었다. 새 치마를 입거나 새 신을 신었을 때에는 누구보다도 먼저 그

에게 보이고 싶었다. 선생에게 칭찬받는 것을 들으면
귀에 즐거웠다. 동무들의 요란한 놀림을 겉으로는 귀찮
게 여겼으나 속으로는 도리어 기뻐하였다. 웬일인지 재
희는 늘 〈추월색〉의 슬픈 이야기를 생각하였다. 준보를
생각할 때에 어린 마음에 으레 정님이와 영창이의 사실
이 떠오르곤 하였다.

$$\boxed{6}$$

먼산에 소풍을 갔을 때는 준보는 덤불 속을 교묘하게
들춰 익은 으름을 송이송이 찾아다 재희에게 던졌다.
그러면서도 잔잔하게 말을 거는 법은 없이 늘 뿌르퉁하
고 퉁명스런 심술이었다. 새까만 눈망울이 한피같이 빛
났다.

봄이면 학교에서는 산놀이를 떠났다. 제각기 헤어졌
을 때 준보들은 바위 위에 진달래꽃을 꺾으러 갔다. 철
은 일렀으나 이름 모를 새들이 잎 핀 버들가지에서 지
저귀었다. 좁은 지름길을 걸어 바위 위에 이르렀을 때
에는 준보와 재희의 한 패만이 남고 다른 축들은 한동
안 그림자가 보이지 않았다. 산은 험하여 바위 아래는
푸른 강물이 어머어마하게 내려다보였다. 바위코에 담
뿍 몰린 한떨기의 진달래가 마음을 흠뻑 당겼다. 재희
의 원에 준보는 두려움도 잊고 날뽐을 냈다.

"내 손을 잡으렴."

바위 끝으로 기어가는 준보를 재희는 조마조마하게

바라보았다.

"일없다. 네 손쯤 붙들어야 소용 없어."

"뽐내다 떨어질라."

"떨어지면 너 시원하겠지?"

"녀석두 맘에 없는 소리만."

실쭉하고 돌아섰을 때 준보는 벌써 꽃뿌리에 손이 갔다. 간신히 두어 대 꺾어 쥐고 다시 손이 갔을 때에 팔에 스쳐 돌멩이가 굴렀다. 겁을 먹고 몸을 츠스러치는 바람에 디뎠던 발이 빗나가자 무른 바위는 으스러지며 더 한층 와르르 헐어져 떨어졌다. 서슬에 준보의 몸은 엎으러지며 손을 빼든 채 앞으로 밀렸다. 재희는 아찔하여 반사적으로 풀썩 쓰러지면서 두 손으로 준보의 발을 붙들었다. 이어 몸을 일으키고 힘을 다하여 간신히 끌어낼 수 있었다. 천행 준보는 떨어지지는 않았으나 대신 팔에 커다란 상처를 받았다.

"나 때문에 안됐구나."

"너 때문에? 너 주려고 꽃 꺾은 줄 아니?"

"고집쟁이두."

걷는 동안에 속이 풀려서 몸을 기대우리라고 생각하였으나 준보는 꼿꼿이 말도 없이 땅만 보고 걷는 것이 재희에게는 불만스러웠다.

준보를 서울로 보내게 되었을 때 그 불만은 한층 더 컸고 마음은 한갓 서글프기만 하였다.

7

관직의 한정이 찼을 때 아버지는 선조들의 묘만이 남은 실속없는 고향을 헌신같이 버리고 다시 솔가하여 가지고 서울로 떠났다.

얼마 안 되는 축재로 아버지가 회사의 한몫을 맡게 되었을 때 재희는 웃학교에 나아갔다.

준보의 자태가 마음속에 없는 바는 아니었으나 시달리는 동안에 새벽별같이 차차 그림자가 엷어진 것은 사실이었다.

서울은 결코 전설의 서울이 아니었고 꿈의 거리가 아니었다.

거리도 서울도 그칠 바를 모르는 산문의 연속이었다.

재희의 청춘은 회색 장막에 새겨진 회색 글자의 내용이었다.

같은 병풍 속에서 이야기책을 같이 읽은 어머니를 잃은 것은 그대로 큰 꿈을 잃은 셈이었다.

재희가 학교를 채 마치기도 기다리지 않고 아버지들의 회사가 기울기 시작한 것도 결코 우연은 아니었다.

아버지의 얼굴은 금계랍을 먹은 상이었다. 아무리 애쓰나 회복의 도리는 없는 듯하였다.

하는 수 없이 재희는 제단에 오르는 애잔한 양이었다.

학교를 나오기가 바쁘게 꿈도 꾸지 못하였던 곳에서 생활의 길을 구하게 되었다.

흡사 그 자신이 어린 시절을 보내던 곳과도 같은 어

린 학교에서 어린아이들을 데리고 단조한 나날의 생활
을 보게 되었다. 그 속에서는 포부도 희망도 다 으스러
져서 한 줌의 재로 변하였다.

그러던 차의 결혼이라 아버지는 부쩍 성화였다. 재희는
아버지를 가엾게 여기는 마음으로 자기의 뜻을 휘었다.

은행원이라고 도움이 되기를 바라던 것은 아니었다.
다만 아버지로서는 여러 가지로 불여의한 역경 속에서
한 가지씩이라도 집안 일을 정리하자는 뜻이다.

8

그러나 결혼은 글자대로 무덤이었다.

공칙하게 회사도 파산이었다.

재희는 별수 없이 다니던 학교 앉던 의자에 다시 들
어가 앉았다.

버둥질쳐야 어쩌는 수 없는 인생임을 깨달은 후라 마
음은 한결 유하여 가지고 가라앉아 갔다.

단조한 속에서 생기를 구하려 하였다. 으스러진 잿속
에서 옛 이야기를 찾으려 하였다. 어린 합창을 힘써 희망
을 노래로 들었다. 맡은 반의 소년과 소녀, 갑남이와 애
순이의 관계에서 어렸을 때의 꿈을 되풀이하려 하였다.

갑남이는 고집쟁이였다. 도화 시간임에도 도화지를
가져오지 않은 때 이유를 물어도 꾸중을 해도 돌같이
책상 앞에 웅크리고 앉아 말도 하는 법 없거니와 얼굴
도 결코 쳐들지는 않는다. 완전히 말을 잊은 아이 같다.

표정 하나 변하지 않고 검은 눈망울로 책상을 노리면서
한 시간을 보내는 수도 있다. 애순이는 다정한 소녀였
다. 여벌이 있으면 반드시 한 장을 갑남이에게 나누어
주었다. 솔직하게 받을 때도 있으나 종시 고집을 세우
고 안 받는 때도 있었다.

"받으렴."

"일없다."

"고집피우다 꾸중들을라."

"꾸중들으면 시원하겠니?"

"녀석두 맘에 없는 소리만."

어쩌다 받게 되면 다음 시간에는 갑절을 가져다가 도
로 갚곤 하였다. 그 고집으로 반대로 애순이가 가령 붓
을 잊었을 때에는 자진하여 여벌을 빌려 주었다.

갑남이는 가난하였다. 점심을 굶는 때가 많았다. 이
상스러운 것은 그런 때에는 애순이도 역시 점심을 굶는
것이었다. 애순이는 결코 갑남이같이 가난하지는 않았
다. 점심이 없을 리는 없었다. 수상히 여겨 하루 재희는
점심시간이 끝나 교실이 비었을 때 은밀히 애순이의 책
상 속을 살펴 보았다. 놀란 것은 의젓하게 점심을 싸가
지고 온 것이다. 다음날 갑남이가 점심을 먹을 때에 애
순이도 먹었으나 다음날 갑남이가 굶을 때에 애순이도
굶었다. 물론 책상 속에는 점심이 있음에도 불구하고
두번째 그것을 발견하였을 때 형언할 수 없는 경건한
느낌이 재희의 가슴을 쳤다. 한편 다쳐서는 안될 성스

러운 것에 손을 다친 것 같아서 송구스러운 느낌이 마음을 죄었다. 가만히 애순이를 불러 이유를 들었을 때 문득 가슴이 저리고 눈시울이 더워졌다.

"갑남이가 안 먹으면 먹구 싶지 않아요."

재희는 그날 돌아오던 길로 이불 속에서 혼자 흠뻑 울었다. 그날같이 산 보람을 느낀 때도 적었다.

그 후로는 갑남이를 꾸짖기는커녕 두 아이를 똑같이 갑절 사랑하게 되었다.

자기들의 옛날이 그지없이 그리웠다.

9

산란한 심사에 몸이 유난히도 고달팠다.

재희는 학교를 쉬고 자리에 눕는 날이 많았다.

소설가로서의 준보의 이름을 발견한 것은 커다란 놀람이었다.

무지개를 본 듯이 마음이 뛰놀았으나 옛날을 우러러보는 안에 정신이 무척 피곤도 하였다. 눈초리에 눈물 자취의 어지러운 지도를 그린 채 재희는 눈을 떴다.

체온계를 뽑으니 수은주가 높다. 신열이 나고 몸이 덥다.

고개를 돌리니 준보의 소설책이 다시 눈에 띄었다. 별안간 가슴이 찌르르 하면서 눈물이 솟았다. 오장육부가 두려패이고 세상이 검은 구렁텅이 속으로 일시에 빠져들어가는 듯하다. 그 쓰라린 빈 느낌에 목소리를 놓

고 엉엉 울고도 싶다. 저물어 가는 짧은 햇발이 창기슭
에 노랗게 기울었다. 눈물에 젖어 베개가 축축하다.

향수(鄕愁)

찔레순이 퍼지고 화초 포기가 살아났다고 해도 원체가 고양이 상판만큼밖에 안 되는 뜰 안이라 자복히 깔아놓은 조약돌을 가리면 푸른 것 돋아나는 흙이라고는 대체 몇 줌이나 될 것인가. 늦여름에 해바라기가 솟아나고 국화나 우거지면 돌밭까지 가리워 버려 좁은 뜰안은 오종종하게 더욱 협착해 보인다. 우러러보이는 하늘은 지붕과 판장에 가리워 쪽보만큼 작고 언덕 아래 대동강을 굽어보려면 복도에서 제기를 디디고 서야만 된다. 이 소꿉질 장난감 같은 베이비 하우스에서 집을 다스리고 아이를 돌보고 몸을 건사해야 하는 아내의 처지라는 것을 생각하면, 별수 없이 새장 안의 신세밖에는 안 되어 보이면서 반날을 그래도 밖에서 지울 수 있는 남편의 자리에서 보면 측은히도 여겨진다.

제 스스로 즐겨서 장안에 갇히워진 '죄수'라면 이 역 하는 수 없는 노릇, 누구를 탄하려면 남편된 입장으로서 나는 사실 같은 처지의 세상의 수많은 아내들에게 한 조각의 미안한 생각이 없지 않다. 기껏해야 한 달에 몇 번씩 영화구경을 동행하거나 거리의 식당에서 점심을 먹거나 하는 것쯤으로 목이 흐뭇이 축여질 리는 없

는 것이요, 서양 영화에 나오는 넓은 집안과 사치한 일
광실 속에서 환상에 잠기다가 일단 협착한 현실의 집으
로 돌아올 때 차지 않는 속에 감질이 안 날 리가 없다.
현대의 무수한 소시민의 생활의 탄식은 참으로 부질없
는 감질 속에 숨어 있는 듯싶다.

아내의 건강이 어느 때부턴지 축나기 시작해서 눈에
띄게 되었을 때 나는 놀라며 그 원인을 역시 이 감질에
서 구하는 수밖에는 없었다. 구미가 떨어지고, 불면증
이 생기고, 그 어딘지 없이 몸이 졸아들면서 하루 세
때 약 그릇을 극진히 대한대야 하루이틀에 되돌아서지
도 않는 것이다. 의사도 이렇다 할 증세를 집어내지 못
하는 것으로 보아서 나는 그 원인을 감질로 돌려서 도
시 도회생활에서 오는 일종의 피곤증이라고 볼 수밖에
는 없었다. 삼십 평짜리 베이비 하우스에 피곤해진 것
이다. 협착한 뜰에 숨어박히고 살림살이에 지친 것이
다. 그 위에 그의 신경을 한층 피곤하게 만든 것은 남
편의 욕심이라고 할까. 세상의 남편들같이 고집스럽고
자유로운 욕심쟁이는 없다. 아내의 알뜰한 애정을 받으
면서도 그밖에 또 무엇을 자꾸만 구하는 것이다. 집에
들어서는 범사에 봉건왕이요 폭군 노릇을 하면서, 마음
속에는 항상 한없는 꿈과 욕망을 준비해 가지고는 새로
운 밖 세상을 구해 마지않는다. 참으로 그리마의 발보
다도 많은 열 가닥 백 가닥의 마음의 촉수를 꾸미고 그
은실금실의 끝끝마다 한 개의 세상을 생각하고 손닿지

않는 먼데 것을 그리워하고 화려한 무지개를 들어본다. 그 자기의 마음 세상 속에 아내는 한 발자국도 못 들어서게 하고 엄격하게 파수보면서 완전히 독립된 왕국을 몰래 다스려 간다.

일생에 있어서 가장 가까운 아내가 그 왕국에서는 가장 먼 것이다. 이것이 세상 남편들의 어쩌는 수 없는 타고난 천성머리니 나 역시 그런 부류에서 빠진다고는 생각하기 어려우며, 세상에서 꼭 한 사람밖에는 없다고 생각해 주는 아내의 정성의 백의 하나도 갚지 못하게 됨을 부끄러워하지 않을 수 없다.

남자된 특권인 듯이도 부질없이 마음의 왕국을 세우면서 그것이 아내를 얼마나 상하게 하고 달게 하나를 눈으로 볼 때 날카로운 반성이 솟으며, 불행한 것이 여자요 악한 것이 남편이라는 생각만이 난다. 삼십 평 속에서 속을 달리고 신경을 일으켜 세우고 하는 동안에 아내는 몸이 어느 때부턴지도 모르게 피곤해진 것 같다. 나는 남편된 책임을 느끼고 과반의 허물을 깨달으면서 평화와 건강의 일을 생각하는 것이나, 아무튼 도회의 삼십 평은 숨을 쉬기에는 너무도 촉박한 것이다. 이 촉박감이 마음을 한층 협착하게 하는 것이 사실이어서 어느 결엔지 막연히 그 무슨 넓은 것, 활달한 것을 생각하게 되었을 때, 아내는 하루 아침 문득 계획을 말하는 것이었다.

"잠깐 시골이나 다녀오겠어요."

새삼스런 뚱딴지 같은 소리는 아니었다. 해마다 한 번쯤은 다녀오는 고향이었고, 이번 길도 착상한 지는 벌써 오랫동안에 현안 중에 걸려 있었던 문제이다.

"몸두 쉬구 집안 형편도 살필 겸……."

그러나 막상 이렇게 현실의 문제로서 눈앞에 나타나고 보니 선뜻 작정하기도 어려워서,

"글쎄?"

하고 얼뻥뻥하게 대답하는 수밖에 없었다.

"제가 지금 제일 보고 싶은 게 무언데요……. 울 밑의 호박꽃, 강남콩, 과수원의 꽈리, 바다로 열린 벌판, 벌판을 흐르는 안개, 안개 속의 원두꽃……."

"남까지 유혹하려는 셈인가."

"제일 먹구 싶은 건 무어구요. 옥수수라나요, 옥수수. 바알간 수염에 토실토실한 옥수수 이삭, 그걸 삐걱 하구 비틀어 뜯을 때 그 소리 그 냄새, 생각나세요. 시골 것으로 그렇게 좋은 게 또 있어요? 치마폭에 그득히 뜯어 가지고 그걸 깔 때, 삶을 때, 먹을 때 우유 맛이요 어머니의 젖맛이요. 그보다 웃길 가는 맛이 세상에 또 있어요? 지금 제일 먹구 싶은 게 옥수수예요. 바다에서 한창 잡힐 숭어보다두 뒤주 속의 엿보다두 무엇보다두……."

"혼자 내빼구 집안은 어떻게 하라구."

그러나 마침 일가 아이가 와 있던 중이었고, 아내의 시골행의 결심도 사실은 거기에서 생겼던 까닭에 이것은 하기는 헛걱정이기는 했다.

"나 혼자 남겨두구 맘이 달지 않을까?"

"에이구 어서 없는 새 실컷 군것질해두 좋아요. 얼마든지 하라지, 지금에 시작된 일인가 뭐. 이제 다 꿈만 하니."

"큰소리 한다. 언제 맘이 저렇게 열렸던구. 진작……."

장담은 해도 여린 아내의 마음이다. 두 마디째가 벌써 그의 마음을 호비는 것을 나는 안다. 눈썹을 찌푸리면서 그 말은 그만 그것으로 덮어 버리고 천연스럽게 말머리를 돌리는 아내의 눈치를 나는 더 상해서는 안 된다.

"또 한 가지 이번 길의 이유로는……."

다 듣지 않아도 나는 뜻을 짐작한다. 늘 말하는 일만 원 건인 것이다. 그의 어머니보다도 오빠가 용돈으로 일만 원을 약속한 것이다. 그것을 얻으러 가겠다는 말이다.

"만 원은 갖다 무얼하게. 그까짓 남의 돈 누가 좋아할 줄 아나. 사람의 맘을 괜히 얽어놀까 해서."

"아따 큰소리 그만둬요. 돈 보고 침만 흘렸다 봐라."

"지금 내게 그리울 게 무어게."

"그까짓 피아노 한 대 사놓고 장담 말아요."

"방안에 몇 권의 책이 있구 뜰안에 몇 포기 꽃이 있으면 그만이지, 또 무어가 필요한데."

반드시 시인을 본받아 그들의 시의 구절을 외운 것이 아니라 사실 이런 청빈의 성벽이 마음속에 없는 바가 아니다. 때때로 사치를 원할 때가 없는 것도 아니나 뒤를 이어 청빈에 대한 결벽이 자랑스럽게 숫곤 한다. 이 두 마음 중의 어느 것이 더 바른지는 헤아릴 수 없으나 두 가지 다 한 몫씩 자리를 잡고 있는 것은 사실이며, 지금에 있어서는 사치에 대해서 일종의 경멸과 반감을 가지고 있는 것도 속임 없는 사실인 것이다. 허나 아내의 말이 바른 것이라면 그가 또 내 마음을 곁에서 한층 날카롭고 정직하게 관찰하고 있는지는 모르는 것이기는 하나.

"만 원에 한 장도 어김없이 가져올게 어서 이리같이 약탈이나 하지 마세요."

"내 마음 제발 이리되지 맙소서!"

합장하는 나의 시늉을 흘겨보고는 아내는 그날부터 행장을 꾸리기에 정신이 없다. 행장이라야 지극히 간단한 것이나 잘고 빈틈없는 여자의 마음씨라 간 뒤의 집안 살림살이의 요령과 질서까지를 일가 아이에게 트여주고 거기에 맞도록 집안을 온통 한바탕 치우고 정돈하기에 여러 날이 걸리는 모양이었다. 눈에 띄리만큼 말끔하게 거두어진 것을 나는 신기하게 바라보았다. 그러나 집안이 정돈된 것보다도 더 신기한 일이 생겼다. 떠나는 그날 ·저녁 거리에서 돌아온 아내의 자태에 일대 변혁이 생겼던 것이니, 머리를 자르고 퍼머넌트를 건 것이다. 집안이 정리된 이상의 정리이었다. 멀끔하게 추려서 고슬고슬 지져놓은 머리는 용모를 일변시켜 총

명하고 개운한 자태로 만들어 놓았다. 굳이 펄쩍 뛰며
놀랄 것은 없었던 것이 퍼머넌트에 대한 의논도 오래
전부터 있었던 것으로 충충대고 권한 장본인은 결국 나
자신이었던 까닭이다.

　여자의 머리로서 퍼머넌트를 나는 오래 전부터 모든
비판을 떠나 아름다운 것으로 생각해 왔다. 모방이니
흉내니 한다면 이 땅에 그럼 현재 모방이 아니고 흉내
가 아닌 무엇이 있단 말인가. 살로메가 요카난의 머리
를 형용해서 에돔 나라의 포도송이 같다고 한 머리, 그
것을 나는 남녀간의 머리의 미의 극치라고 생각해 왔던
까닭에 아내의 머리에 그 운치를 베풀자는 것이었다.
내가 놀란 것은 도리어 아내의 그 결단성이었다. 아무
리 충충대도 오랫동안 주저하고 머뭇거리던 것을 그날
로 단행한 그 결단성인 것이다.

　그러나 거기에는 또 아내의 동무들의 실물 교육이 직
접 도와 힘이 된 모양도 같다. 집에 놀러오는 그들이
하나하나 그 풍습을 벗어난 사람이 없다. 아내가 그들
이 보이는 모범에서 용기를 얻었을 것은 사실. 어떻든
그날 저녁 그 변모로 나타난 아내의 자태에 비록 놀라
지는 않았다고 해도 일종의 신기하고 청신한 느낌을 금
할 수 없었던 것은 사실이다. 피곤하던 종래의 인상을
다소간이라도 떨쳐 버린 셈이요, 그 모든 아내의 행사
는 결국 고달픈 피곤 중에서 벗어나자는 일종의 회복책
이었던 것이다. 도회의 피곤에서 향수를 느끼고 잠깐

전원으로 돌아가기로 결심한 그의 해방의 의욕의 표시
이었던 것이다. 머리를 시원스럽게 자르고 삼십 평을
떠나 넓은 전원의 천지에서 숨을 쉬자는 것이다. 바다
로 열린 벌판에서 안개를 받고, 원두꽃을 보고, 풋옥수
수를 먹자는 것이다. 내 자신 도회에 지쳐 밤낮으로 그
것을 그리워하고 향수를 느끼고 하던 판에 원래부터 찬
성하는 바다. 아내의 전원행은 어느 결엔지 자연스럽게
응낙되었다. 같이 떠나지 못하는 것이 한 될 뿐 별수
없이 나는 서리는 향수를 가슴 속에 포개넣은 채 마음
속으로 시골을 그리는 수밖에는 없게 되었다.

이튿날로 아내는 짙은 옥색으로 단장하고 퍼머넌트를
날리고 홀가분한 몸으로 길을 떠나는 것이었으나 차창
에서는 금시 눈물을 머금고 쉬이 돌아올 것을 거듭 말
한다. 차가 굽이를 돌 때까지도 작아가는 얼굴을 창으
로 내놓고 손수건을 흔드는 것을 보고는, 그럴 것을 그
럼 왜 떠나는구 하는 동정도 솟았으나, 한편 이왕 떠나
는 것이니 어서 실컷 시골 맛이나 맡고 몸이나 튼튼해
져서 오라고 축수하는 나였다. 호박꽃·강남콩 실컷 보
고, 옥수수·숭어 실컷 먹고, 좀 거무잡잡한 얼굴로 돌
아오기를 원하는 것이었다. 아내가 간 후 집안이 텅빈
것 같고, 삼십 평이 좁기는커녕 넓게만 여겨지면서 휑
휑한 느낌을 금할 수 없었으나 그가 돌아오기를 기다리
는 것도 또한 기쁨이 되었다.

일만 원이니 무어니 도시 아내의 꿈이란 것이 좁은

삼십 평의 세계 속에 묻혀 있게 된 까닭에 포태된 것인데, 그의 꿈의 실마리도 이 집과 함께 시작된 것이다. 넓은 집을 바라는 곳에서 일만 원의 발설을 알뜰히 명심하게 되었고, 그것이 은연중에 여행의 계획도 된 모양이었다. 행인지 불행인지 아내의 동무들이라는 것이 어찌어찌 모이다니나 거개 수십 만대 급에 가는 유한부인들로서 퍼머넌트의 실물 교육을 하듯이 이들이 어린 아내에게 사치의 맛과 속세의 철학을 흠뻑 암시해 준 모양도 같다.

이웃에서는 며느리를 가진 안 늙은이들 입에 오르리만큼 소문이 나서 모범주부로 첫손을 꼽게 된 아내라고는 해도, 아직 스물을 조금밖에는 넘지 않은 어린 나이인 것이라 속세의 철학에 구미가 안 돌 리가 없다. 물욕에 대한 완전한 초월 해탈이라는 것은 산속에 숨어 있는 도승에게나 지당할지 속세에 살면서 그것을 무시하기는 어려운 노릇이어서, 적어도 사치 아닌 것보다는 사치에 마음이 기우는 것은 여자—뿐이 아니겠지만—의 본성일 듯도 싶다.

그러나 사치의 한도란 대체 얼마인 것인가? 천에서 만족할 수 있으면 백에서도 만족할 수 있으려니와, 천에서 만족하지 못할 때 만에선들 만족할 수가 있을까요? 필요한 것은 만이나 십 만의 한계가 아니요, 천에서라도 만족할 수 있는 심정이 아닐까? 십 만대 급의 유한부인들의 철학을 나는 속으로 비웃으면서 아내의

일만 원의 일건을 위태하게 여기며 하회를 기다리는 것
이었다.

아내의 친가는 결혼 당시만 해도 몇 십만대의 호농으
로 시골서는 뽐내는 편이었으나 그 시기에 농가의 몰락
이란 헐어지는 돌담을 보는 것같이 빠르고 가엾은 것이
었다. 재산이라는 것이 대개는 농토나 산림인 것을 무
엇을 하노라고인지 은행과 회사에 모조리 넣은 것이 좀
체 빠지지는 않아서 우물쭈물하는 동안에 한몫이 패어
나가기만 했다. 낙엽송의 묘포를 하느니 자동차회사를
경영하는 동안에 불끈 솟아오르지는 못하고 점점 쓸어
만 가는 것이다. 일찍 아버지를 여의고 어머니와 두 남
매—아내와 오빠, 즉 이 오빠의 손에서 가산은 기우는
형세를 당했다. 눈에 보이지 않는 속에서 문덕문덕 나
가기 시작한 것이 불과 몇 해가 안 지난 것 같은데 집
안은 후출하게 줄어들고 말았다. 도무지 때와 곳의 이
를 얻지 못한 것이 보기에 딱할 지경이나 생각하면 등
뒤에 그 무슨 조화의 실이 이리 당기고 저리 끌면서 농
간을 부리는 것만 같아 어찌는 수 없다는 느낌도 난다.
부근에 제지회사가 되면서부터 벌목이 성하게 된 까닭
에 한 고장의 산이 유망하다고 그것을 잔뜩 바라고 있
는 것이나, 그것이 십만 원에 팔릴 희망도 지금 같아서
는 먼 듯하다. 아내는 오빠에게 이 산에서 오만 원의
약속을 받은 것이니 어쩌랴. 아내의 꿈은 오빠의 운명
과 발을 맞추지 않으면 안 되게 되었다. 지금 당장의

일만 원이란 것도 필연코 읍 부근의 토지의 매매에서 솟을 것인 듯하나, 이 역 운이 대단히 이로워야 차례질 몫일 듯 골패 쪽의 장난같이도 허황한 것이다.

일만 원이나 오만 원의 꿈은 어서 천천히 꾸기로 하고 시급한 건강이나 회복해 가지고 오라고 마음속으로 축원하고 있을 때, 대망을 품고 고향으로 내려간 아내에게서는 며칠 만에 간단한 편지가 왔다. 대망을 품은 폭으로는 흥분도 감격도 없는 담담한 서면이었다. 어머니의 흰 머리칼이 더 늘었다는 것과, 둘째 조카딸이 예쁘게 자란다는 것을 적어 보낸 것이다. 호박꽃 이야기도 과수원 이야기도 옥수수 이야기도 한 마디 없는 것이요, 도리어 놀란 것은 진찰한 결과 신경쇠약의 증세로 판명되었다는 것이다. 도회의 병원에서는 증세를 바로 잡지 못하는 것이 왜 하필 시골 병원에서 판명된단 말인가. 신경쇠약의 선언을 받으려고 일부러 시골을 찾은 셈이던가. 만약 말과 같이 신경쇠약이라면 그 원인을 만든 내 허물이 한두 가지가 아닐 듯해서 애처로운 생각조차 났으나, 어떻든 병이 병인만큼 일부러 전지요양도 하는 판에 시골을 찾은 것만은 잘되었다고 안심도 되었다. 살림걱정도 잊어버리고 활달한 자연과 벗하고 지내는 동안에 차차 회복될 것으로 생각한 까닭이다. 될 수 있는 대로 오랫동안 지니고 간 약이나 먹으면서 마음 편히 지내기를 나는 회답하면서, 마음속으로는 과수원도 거닐고, 풋콩도 까고, 조카 아이들과 놀고, 거리의 부인들과도 휩쓸리면서 모든 것 잊어버리고 유유히 지내고 있을 그의 자태를 상상해 보는 것이었다.

뒤를 이어 사흘돌이로 편지가 오는 것이 어느 한 고패를 번기는 법이 없이 한가한 전원의 풍경을 그려 보내느냐 하면 그렇지도 않고 멀리 이곳 집안의 걱정과 살림살이의 주의를 편지마다 세밀히 적어 보낸다. 생선을 소포로 보내온다, 편지봉투 속에 돈을 넣어 보낸다 하면서 면밀한 주의는 가려운 데 손이 닿을 지경이다. 그리고는 이곳에 대한 끊임없는 걱정과 조바심인 것이다. 향수를 못 잊어 고향을 찾는 그의 마음이니 응당 누그러지고 풀리고 놓여야 할 것임을 그같이 걱정이 자심하고야 누그러지기는커녕 도리어 안타깝게 죄어드는 판이니 그러다가는 병을 고치기는 새려 도리어 덧치기가 첩경일 듯싶었다. 혹을 떼러 갔다 혹을 붙여올 것도 같다.

하기는 걱정이라면 내게도 걱정이 없는 것이 아니었고, 무엇보다도 그를 보내고 나니 일상의 불편이 이루 한두 가지가 아님을 당면하게 되었다. 아침저녁으로 대하는 음식상으로부터 주머니 속에 드는 손수건 하나에 이르기까지가 손이 달라지니 불편하고 맞같지 않은 것이다. 아내란 상 위의 찌개 그릇이요, 책상 위의 옥편이라고 할까. 무시로 눈에 띌 때에는 심드렁해서 대수롭게 여기지도 않으나 일단 그것이 그 자리에 비인 때에는 가지가지의 불편이 뼈에 사무치게 알려지면서 그 값을 비로소 깨닫게 된다. 아내 없는 불편을, 더구나 집안을 거느리고 있을 때의 그 불편을 절실히 느껴 가면서 웬만큼 정양하고 그만 돌아왔으면 하고 내 편에서도 느끼게 되었다.

대체 세상에서 마지막으로 편안하고 마음놓을 곳이 어디인지 아무도 모르는 것일까? 그립고 안심을 얻을 마지막 안식처가 어디요 고향이 어디임을 말해주는 이 없을 듯싶다. 내가 아내 없는 불편으로 해서 그렇게 안달을 하고 갈망을 하지 않아도 아내 편에서 도리어 조바심을 하고 제 스스로 또다시 돌아온 것이다. 별안간 전보를 치고는 그날로 떠난 것이었다. 불과 한 달도 못되어서 협착하다고 버리고 간 도회를 다시 찾아왔다. 그리 천하던 옥수수 시절도 채 못 맞이하고, 우유맛이요 어머니의 젖맛 같다던 그 즐기는 옥수수 한 이삭 먹어보지 못한 채, 도회에서는 좀 있으면 피서들을 떠난다고 법석들을 할 무더운 무렵에 무더운 도회로 다시 돌아온 것이다. 향수에 북받쳐 고향을 찾은 그에게 그리운 것이 또 무엇이었던가. 향수란 결국 마지막 만족이 없는 영원한 마음의 장난인 것인가! 말할 것도 없이 아내는 고향에서 두번째의 향수, 도회에 대한 향수를 느낀 것이다. 도회가 요번에는 고향같이만 보였을 것이 사실이다. 시골로 떠날 때와 똑같은 설레고 분주한 심정으로 집을 떠나 삼십 평을 찾아든 것이다. 안타깝고 감질이 나던 삼십 평이 조촐하고 알맞은 안식처로 보였

을 것이다. 모든 것이, 뜰의 꽃 한 포기까지가 새롭고
귀하고 신기한 것으로 보였을 것이다. 집안의 구석구석
이 시골보다도 나은 곳으로 보였을 것이다. 물론 한 해
를 살아가는 동안에 피곤해지면 또 시골이 그리워질 것
이요, 시골로 갔다가는 다시 또 이곳을 찾을 것이요, 향
수는 차례차례로 나루를 찾는 나룻배같이 평생동안 그
칠 바를 모르는 것이다.

차에서 내리는 아내의 신색은 떠날 때보다 조금 나아
진 것도 같고 도리어 못해진 것도 같다. 퍼머넌트를 날
리고 옷맵시가 개운하게 보이는 것은 떠날 때와 일반이
나 어쨌든 올 곳에 왔다는 듯 얼굴에는 안도의 빛이 떠
오른 것은 사실이다.

"그렇게 푸지게 있을 걸 와 그리 설레긴 했던구."

"어때요. 이만하면 얼굴 좀 그을었죠. 군것질 너무 할
까봐 걱정이 돼서 뛰어왔죠."

"그래 옥수수 먹을 동안도 못 참았어?"

"수염이 바알개지는 걸 보구 왔어요. 익거든 철도 편
으로 두어 푸대 뜯어보내라구 일러는 두었지만."

"이 가방 속에는 이게 모두 지전으로만 원이 들어찼
으렷다."

"찰 뻔했어요."

아내는 조금 겸연쩍은 듯이 빙그레 웃으면서 재게 걷
는다.

"일만 원의 꿈 깨뜨러지도다 아멘."

"노상에서 자세한 이야기를 드릴 수는 없지만, 거리에는 군대가 들어와 양식고가 선다구 땅 시세가 갑자기 올라 발끈들 뒤집혔는데, 철도를 가운데 두구 바른편 터가 군용지로 작정되구 왼편 땅이 미끄러질 줄을 누가 알았겠어요? 바로 작정되는 날까지도 어느 쪽으로 떨어질 줄을 몰라 수물거리다가 그 지경이 되구보니 한편에서는 좋아라고 뛰는 사람, 한편에서는 낙심해서 우는 사람. 오빠는 사흘이나 조석을 굶구 헤매는 꼴 차마 볼 수 있어야죠."

"아멘!"

"운이 박할 때는 할 수 없는 노릇 같아요. 다음 기회를 노릴 수밖에 어쩌는 수 있나요."

"안 되기를 잘했지. 옳게 떨어졌다간 그 만 원 때문에 또 무슨 걱정이 생겼게. 그저 없는 것이 제일 편하다나."

사실 당치 않은 꿈 깨어진 것이 도리어 마음 편하고 다행한 노릇이라고 생각한 것은, 물질이 가져오는 자질구레한 근심을 잘 아는 까닭이었다. 현재 굳이 만 원이 없어도 좋은 것이다. 아내가 돌아온 것만으로도 불편하던 집이 펴일 것 같아서 반가웠다. 고기를 놓친 것이 아까울 것도 애특할 것도 없이 빈손으로 간 아내가 빈손으로 온 것이 얼마나 시원한 노릇인지 모른다.

"두구 보세요. 다음 기회는 영락없을 테니. 사람의 운이 한 번은 이로울 날 있겠지요."

"암, 꿈이란 자꾸 멀리 다가갈수록 좋은 것이라나. 그렇게 수월하게 잡혀선 값이 없거든."

집에 이르렀을 때 아내는 좁은 뜰안에 한 걸음 들어서자 만면 희색을 띠고 우거진 꽃 숲을 바라보는 것이었다.

"어느새 이렇게 만발이야. 카카랴·샐비어·프록스·애스터·달리아·국화·해바라기 온통 한창이니."

무지개를 보는 아이와도 같다. 조금 오독갑스럽게 수다스럽게, 기쁨이란 그렇게 표현하는 것이 가장 정당한 듯도 싶다. 카카랴의 꽃망울 하나를 뜯어가지고는 손가락으로 문질러 물을 들이고 향기를 맡고 하는 것이다.

"호박꽃보다 못하지 않지?"

"호박꽃두 늘 보니까 싫증이 났어요. 흡사 새 집 새 세상에 처음으로 온 것만 같아요."

복도로 뛰어올라서는 공연히 방안을 서성서리며, 부엌을 기웃거리며, 마루방을 쿵쿵거리며, 현관문을 열어보며, 제기를 디디고 언덕 아래 강을 굽어보며, 흡사 새 집으로 처음 들어온 신부의 날뛰는 양이다. 집을 한 바퀴 휑하니 살펴보고야 비로소 안심한 듯이 방에 와 앉으면서 놓이는 마음에 잠시는 어쩔 줄을 모르고 멍하니 뜰을 내다본다.

"다시는 시골을 간다구 발설을 하구 법석을 않으렷다."

"시골을 다녀왔으니까 오늘의 이 기쁨이죠…… 맘이 이렇게 편하구 기쁠 데는 없어요."

그 즉시로 신경쇠약증이 떨어져 버린 듯이 건강한 신
색의 기쁨을 담고는 새로운 감동의 발견에 마음이 흐뭇
이 차 있는 모양이었다. 그가 그날 찾아온 데는 삼십
평의 집이 아니라 삼만 평의 집이었는지도 모른다. 그
날의 그보다 더 기쁠 사람이 또 있었을까?

산 정(山精)

　여름내나 가으내나 그을은 얼굴이 좀체 수월하게 벗어지지 않는다. 아마도 해를 지나야 멀쑥한 제 살을 보게 될 것 같다. 바닷바람에 밀지지 않게 산 기운도 어지간히는 독한 모양이다.

　"호연지기가 지나친 모양이지?"

　동무들은 만나면 칭찬보다도 조롱인 듯 피부의 빛깔을 걱정한다. 나는 그것을 굳이 조롱으로는 듣지 않으며 유쾌한 칭찬의 소리로 들으려고 한다.

　"두구 보게. 역발산 기개세 않으리."

　큰 소리도 피부의 덕인 듯, 나는 그을은 얼굴을 자랑스럽게 쳐들어보이곤 한다.

　학교에 등산구락부가 생기면서부터 신 교수·박 교수와 세 사람이 하는 수 없이 단짝이 되어 버렸다. 학생들을 인솔할 때 외에도 대개는 세 사람이 주동이 되어서 등산을 계획하고 실행하고 차례차례로 산을 정복해 왔다. 학교와 가정과 거리와 그 외에는 생각지도 못하던 세상, 산을 새로 발견한 셈이었다.

　한두 번 오르는 동안에 산의 매력이 전신에 맥쳐 오면서 산의 맛을 더욱 터득하게 되었다. 동룡굴을 뚫고 묘향산을 답파한 데서부터 시작되어서, 여름부터 가을 동안 차례로 장수산을 정복하고 대성산을 밟고, 가까운 곳으로는 사동까지 나가고 주암산을 돌기는 여사로 되었다. 일요일만 돌아오면 으레 걸방들을 짊어지고 나서게 되었다. 거리에 나가 별일 없이 하루를 허비하거나 집에서 책자를 들척거리는 것보다 한결 그 편이 더 뜻있음을 알게 된 것이다. 하룻길을 탈없이 다녀만 오면 가슴 속이 맑아지고 몸이 뿌듯이 차져서 눈에 보이지 않는 힘이 그 어느 구석에 포개져 가는 것 같다. 사람의 일생은 물론 노봉의 일생이어야 되나, 산에 오름은 결코 소비적인 행락이 아니요 반대로 참으로 생산적임을 알게 되었다. 기쁨과 함께 오는 등산의 공을 몸과 혼을 가지고 느끼게 되었다. 동무가 말하는 '호연지기'를 그을은 피부 그 어느 구석에 간직해 있다면 산의 덕이 이에 더 큼이 있으랴!

스타킹 위로 벌거숭이 무릎을 통째로 드러내놓고 등산모를 쓰고 륙색을 메고 피켈을 짚고 나선 모양은 완전히 세 사람의 야인이다. 선생이니 선비니 하는 귀찮은 직책과 윤리를 떠나서 평범한 백성으로 변한다. 그 자유로운 모양으로 거리를 지나고 벌판을 걸을 때 벌써 신 교수가 아니고 신 서방이며, 박 서방·이 서방인 것이다. 하기는 이 범용한 한 지아비될 양으로 거추장스런 옷 벗어 버리고 등산복으로 갈아입는 셈인 것이다.

그 범속한 차림으로 거리에 나서 륙색 속을 더 충실

히 채워 가지고는 목적지로 향하는 것이나, 목적지는 처음부터 결정된 때도 있고 차라리 나선 후에 작정되는 때도 있었다. 그날 같은 날은 나선 후에 작정된 것이었다. 백화점에서 머뭇거리면서 어디로 갈까를 망설이던 끝에 작정된 것이 서장대 방면의 코스였다. 서장대로 나가 야산들을 정복하고 남포 가도로 나서서 돌아오자는 것이었다.

그날의 세 사람의 류색 속을 별안간 대로상에서 수색했다면 요절할 광경을 이루었을는지도 모른다. 김말이 점심밥과 술병과 과일이 든 것은 별반 신기한 것이 못되나, 항아리 속에 양념해 넣은 쇠고기와 석쇠와 숯이 그 속에 있을 줄야 누구나 쉽게 상상하지 못할 법하다. 산허리에 숯불을 피우고 석쇠를 걸고 그 맑은 공기 속에서 고기를 구워먹자는 생각이었다. 별 것 아니라 고깃집 협착한 방안의 살림살이를 하늘 아래 넓은 자리 위로 그대로 이동시키자는 것이었다. 워낙 고기를 즐기는 박 서방의 제안이었으나 그 기발한 생각은 즉석에서 두 사람의 찬동을 얻어 그날의 명물 진안이 된 것이었다.

따끈 쬐지도 않고 흐리지도 않은 알맞은 가을 날씨였다. 나뭇잎이 혹은 물들고 혹은 떨어지기 시작하고, 과일점 앞에는 햇과일이 산더미같이 쌓이기 시작하는 시절이었다. 보통문을 지나 벌판에 나섰을 때 세 사람은 쇠고기 항아리와 석쇠와 숯과 밥을 짊어지고 다리가 개운들 했다. 시든 잡초가 발 아래에 부드럽고 익은 곡식

냄새가 먼데서 흘러온다. 알지 못할 새빨간 나무열매가 군데군데에서 눈에 띄는 것도 마음을 아이같이 즐겁게 한다.

밭둑을 지나 산기슭에 이를 때까지도 신 서방의 이야기는 진하는 법이 없다. 거리에 있을 때에는 엄두도 안 내던 이야기가 일단 길을 떠나게 되면 세 사람 사이에 꽃피기 시작하는 것이었으나 총중에서도 신 서방의 오산 있었을 때의 가지가지의 쾌걸담은 늘 나의 귀를 끈다. 짧은 경력에도 불구하고 그는 거기서 많은 인생의 폭을 살아온 듯, 뒤를 잇는 이야기가 차례차례로 그림같이 내 눈속에 새겨진다. 동료와 낚시질을 떠났다가 비를 만나 주막에 들어 소주타령을 했다던 이야기…….

직원 가운데에 사냥 잘하는 포수가 있어 서해바다로 물오리 사냥을 나가게 되면 해뜰 때 해질 무렵이 한창 오리들의 날아오는 고패여서 아침 고패에 한바탕 잡아 가지고는 술집에 들어가 안주삼아 하룻동안 술놀이를 하다가는 저녁 고패에 또 한바탕 사냥을 나서면 술기운에 손이 떨려 총 겨냥이 빗나가기만 하고 결국 한 마리의 수확도 없이 집으로 돌아왔다던 이야기…….

비등한 이야기에는 한이 없는 것이었다. 그날은 오산을 떠나던 때의 이야기였다. 구수한 말소리가 말할 수 없이 진귀한 것으로 내 귀에는 한 마디 한 마디 들려온다.

"……명색은 나를 보내는 송별연이지만 나두 내 몫을 내서 세 사람이 톡톡 터니까 합계 육십 원이라. 시간이

파하자 읍내로 나가서 제일가는 청운루를 찾아 육십 원
을 통째로 주고 이 몫의 치만 먹여달라고 도급을 맡기
지 않았겠나."

어느 때까지나 놀았던지 곤드레만드레 취해서 나중에
는 의식의 분별이 없게 되어 세 사람이 공교롭게도 함
께 취중의 욕망에 사로잡히게 되었으나 기생이라고는
처음부터 끝까지 꼭 한 사람만이 시중하고 있었고, 주
인에게 술값의 세음을 따지니 단 십 원밖에는 남지 않
았다는 것이란다.

"……어떻게 했겠나? 십 원을 자리에 놓고 제비를 뽑
지 않았겠나. 공교롭게도 내가 맞췄다. 그렇게 되니 두
친구는 껄껄껄껄 앙천대소를 하면서 차라리 잘됐다구
보내는 한 사람을 위해서 담박한 심사로 나를 축수하네
그려. 취한 판이라 십 원을 가지고 여자를 데리구 옆방
으로 들어간 것은 물론이어니와 여자두 된 여자라 십 원
은 도로 사양해서 술값에 넣어준단 말이네. 즉 밤은 늦
은데 십 원어치 술이 더 남았단 말이네."

데설데설 웃으며 땀을 씻느라고 모자를 벗었을 때 신
서방의 머리카락은 바람에 우수수 흩어져서 벗어진 이
마에 제법 훌륭한 풍채를 띤다. 벌써 반백이 되어 버린
희끔한 머리오리에 풍상 많은 과학자의 반생이 적혀 있
는 듯, 인상깊은 그의 자태와 그날의 이야기가 알 수
없는 조화를 띠고 나의 마음속에 새겨진다.

"……벌써 날이 훤하게 밝은 새벽, 세 사람은 하는 수

없이 나귀를 세내서 한 사람이 한 필씩 타고는 집으로 향할 때 어스러지는 달은 서천에 걸리구 찬바람이 솔솔 불어와 가슴 속에 스며들구, 그렇게 통쾌한 날두 드물었어⋯⋯."

아직 청운의 뜻을 반도 이루지 못한 소장 과학자의 유쾌한 웃음소리가 산허리를 굴러내려 벌판 건너편으로 사라진다. 나뭇가지·풀잎도 마음 있는 듯 나부끼는 양이 흡사 그 웃음소리에 뜻을 맞추려는 것인 듯도 하다. 확실히 그 웃음소리로 해서 우리들의 마음도 한결 가벼웠다.

산을 넘고 골짜기를 지나고 또 산을 넘었을 때 몸도 허출해지고 시계도 벌써 낮을 가리킨다. 과수원 옆 평퍼짐한 산허리에 자리를 잡고 짐들을 내린다. 풀밭에 서서 아래를 굽어볼 때, 골짜기에는 인가가 드뭇하고, 먼 벌판에는 철로가 뻗쳤고, 산을 넘은 맞은편 하늘 아래에는 등지고 온 도회가 짐작된다.

목청을 놓아 노래를 부르면서 돌을 모아서는 화덕을 만든다. 검불을 긁어서 불을 피우고 숯을 얹으니 산비탈에 때아닌 아지랑이가 아롱아롱 피어오른다. 이윽고 고기 굽는 연기가 피어오르고 양념 냄새가 사방에 흩어지면서 조그만 살림살이가 벌어지고 사람의 경영이 흙과 초목 사이에 젖어든다. 금목수화로 오행이 모두 결국 사람의 경영을 도와줄 뿐이요, 광막한 누리 속에 그

득히 차 있는 그 무엇 하나 사람의 그 경영을 반대하고 멸시하는 것은 없다. 술잔이 거듭 돌아간 잎이 너볏너 볏 퍼질 때 마음은 즐겁고 멀리 내려다보이는 속세가 아무 원한 없는 담담하고 하잘 것 없는 것으로 차라리 그립게 바라보인다.

별로 신기할 것도 없는 평범한 행사요 하루였만 그것이 항간이 아니고 산인 까닭에 순간순간이 기쁨에 차진 것이요 감격에 넘치는 것이었다. 짧은 하루가 오랜 하루 같고, 인생의 중요한 고패를 넘는 하루 같다. 몇 시간 동안의 살림의 자취를 그 이름모를 산비탈에 남긴 후 불을 끄고 뒷수습을 하고 산을 내려와 다시 벌판에 나섰을 때, 세상이 눈앞에 탄탄대로같이 열리면서 그런 유쾌할 데는 없다. 전신에 꽉 밴 산의 정기를 느끼며 훤히 트인 남포 가도를 걸으면 걸음걸음에 산 냄새가 떠돈다.

저녁때는 되어서 거리에 다다를 때 세 사람의 자태는 거리에서는 완전히 타방의 나그네다. 아직까지도 거나해서 휘적휘적 걷는 세 사람의 야릇한 풍채가 사람들의 눈을 알뜰히 끈다. 이미 속세쯤은 백안시하고 흘겨볼 만한 용기를 얻은 세 사람은, 그 무엇하나 탄할 것도 부끄러워할 것도 없이 찻집에 들어가 한 잔 차에 목을 축이고는 그 길로 목욕탕으로 향해 더운 목욕물 속에 하루의 피로를 깊숙이 잠근다.

목욕물은 피곤을 풀어주고 산 때를 씻어 주면서도 몸

속에 배고 밴 산정기만은 도리어 북돋아 주고 간직해 주는 듯, 목욕을 마치고 자리에 나서면 전신이 뿌듯하고 기운이 넘친다. 저울에 오르면 확실히 근수도 는 듯 흔들리는 바늘이 킬로를 가리키면서 언제까지든지 출렁출렁 춤을 춘다. 카메라 속에 남은 필름에다 그 벌거숭이의 몸들을 각각 찍어 수습하고 나면 그 하룻동안에 그 무슨 위대한 역사의 한 장이나 창조를 하고 난 듯한 쾌감과 자랑이 유연히 솟는다. 거리에 나섰을 때 참으로 세상은 내 것인 듯, 세 사람은 각각 가슴을 내밀고 심호흡을 거듭한다.

그날 저녁, 집으로 바로 돌아가기가 아까운 듯 기어이 탈선을 해버린 것은 그 유쾌한 감정의 연장으로였다.

"한군데 가 볼까?"

박 서방의 제의를 거역할 리는 없는 터에 세 사람은 결국 뒷골목의 그 '수상한 집'이라는 것을 찾아냈다.

날이 밝으면 다시 교직과 책임이 우리를 부르게 될 것이나, 그날 하루는 마지막의 일순간까지라도 교직을 벗어난 세 사람의 자유로운 해방의 날이어야 한다.

청하지 않는 술이 뒤를 이어 대중없이 들어오고 단간방에 여자는 세 사람이었다. 정체 모를 세 사람의 머슴 사이에 끼어 세 사람의 여자는 갖은 교태를 부리며 한없이 술을 권한다.

"신 서방의 허물이오."

낮의 산에서의 신 서방의 지난 때 이야기를 생각하고 이렇게 문책하는 것이었으나 물론 이것은 농담인 것이요, 신 서방의 허물은 세상 어느 구석에서든지 항상 되풀이되는 것이다. 다만 하나의 암시가 되었다면 되었을까. 그밤과 이밤과 같다면 같고 다른 것이 있다면 여자가 한 사람이 아니었다. 즉 제비를 뽑아서 신 서방만을 이롭힐 것은 없었던 것이다.

온전히 야생의 날이었다. 문명을 벗어나서 야생의 부르짖음만이 명령하는 날이었다. 산의 죄가 아니요 산의 덕이다. 전신에 흠뻑 배고 넘치는 산정기의 덕이었다. 더럽혀진 역사의 한 장이 아니고 역시 옳은 역사의 한 장이었다. 등산복을 입고 스타킹을 신고 있는 한 부끄러울 것 없는 밤이었다.

산은 야릇한 것. 나는 지금 아직 산내를 완전히 벗지 못한 피부를 바라보면서 산정기를 또 한 번 불러본다.

고 사 리

　홍수는 축 중에서도 숙성하였다. 유달리 일찍이 앵돌
아지게 익은 고추송이랄까? 쥐알봉수요 감감발저뀌였으
나 야무러지고 슬기로는 어른 뺨쳤다. 들과 냇가에서는
축들을 거느리고 장거리에서는 어른과 겨뤘다. 인동은
홍수를 어른같이 장하게 여겼다. 우러러만 볼 뿐이요 아
무리 바라도 올라갈 수 없는 나무 위 세상에 홍수는 속
하고 있는 것이었다. 그가 살고 있는 세상은 아이의 세
상이 아니요 어른의 세상이었다. 어른의 세상은 커다란
매력이었다. 그러므로 홍수는 늘 존경의 목표요 희망의
봉우리였다. 그는 약빨리 어른을 수입한 천재였다.

　장 이튿날 거리에서 김접장과 어른 것만 해도 인동에
게는 하늘같이 장하게 생각되었다. 당나귀발에 징을 박
고 있는 김접장의 상투를 홍수는 뒤로 몰래 가서 보기
좋게 끄들어 흔든 것이다. 영문을 모르고 벌떡 일어서
는 김접장은 서슬에 당나귀 발길에 면상을 채웠다. 약
이 바싹 올라 쇠망치를 든 채 홍수를 두들겨 쫓았다.

　"망종의 후레자식."

　홍수는 엎어지락 쓰러지락 쫓겼다. 총중에는 홍수를
안된 놈이라고 사설하는 사람도 있기는 있었으나 어른

들은 차라리 심심파적으로 바라다들만 보고 있었다. 인동은 누가 이길까 주먹을 오므려 쥐고 속으로는 홍수 편을 부축하였다.

"요놈, 붙들기만 하면 네 아범하구 한데 묶어 강물에 띄울 테다."

"고치번더지만한 상투를 아주 빼놀까부다."

대거리하면서도 홍수는 지쳐서 소장판으로 뛰어들었다. 그곳에는 말뚝이 지천으로 박혀 있다. 그것을 이용하자는 꾀였다. 가리산지리산 말뚝을 헤치고 날래게 몸을 뒤적거리는 홍수를 쫓기가 유들유들한 김접장에게는 무척 거북한 듯하여 굽은 말뚝 한 개를 돌다가 기어이 다리를 걸쳐 나가곤드라지고 말았다. 분김에 불심지가 올라 얼얼한 다리를 비비면서 바짝 길을 죄었다. 손아귀에 움켜든 기름종개같이 홍수는 어른 손 안에 움켜들렸다.

"어린 놈이 어른에게 대들다니."

"그 잘난 어른."

"아이는 아이와 노는 법인 것을."

"난 어른야. 어른 하는 것 다 알고 있어."

"무얼 다 안단 말이야."

"무엇이든지 다 보았어."

"무서운 생쥐 같으니."

어린 볼을 사정없이 갈기고 다시 발칙한 짓 하겠느냐고 어르며 강종받으려 하였으나 홍수는 홀홀히 휘이지

않고 어디까지든지 맞서며 걷거니 틀거니 한참 동안이
나 실갱이였다. 수많은 눈들과 웃음 속에서 철부지의
하룻강아지를 대수로 하고 그 짓임을 생각하고 김접장
은 열적고 경없어졌다. 사지를 한데 모아 달롱 들어 소
장 더미에 갖다 동댕이를 치고 발길로 두어 번 엉덩이
를 찼으므로 마음은 한결 누그러졌다. 홍수는 어떻게든
지 하여 김접장의 볼을 한 개 갈겨보려고 쓰러진 채 손
을 휘젓고 애썼으나 헛수고였고, 발길을 돌리는 어른에
게 침을 두어 번 뱉었다. 침발은 날려서 다시 얼굴 위
에 떨어졌다.

인동은 보고 섰는 동안에 눈물이 돌았다. 오히려 눈
물 한 방울 안 흘리고 맞서는 담찬 홍수의 마음을 대신
하였음일까. 눈물은커녕 홍수는 도리어 새빨간 얼굴에
입술을 꽉 물더니 벌떡 뒤치고 일어서 한층 노기를 띠
었다. 돌멩이를 집어들고 다시 징박기를 시작한 김접장
의 뒤로 갔다.

"객적은 자식한테 실없이 봉변했다. 여편네 하나 거
느리지 못하는 맹추가 멀쩡한 뉘게 분풀이야. 느 여편
네 요새 난질이 나서 넌실넌실 발광인 줄 모르니?"

돌멩이는 공교롭게 상투를 맞췄다. 김접장은 어이가
없어 더 대거리도 하지 않았다. 다만 눈을 부릅뜨고 돌
아섰을 때에는 홍수는 쏜살같이 거리를 달아나는 판이
었다.

여편네가 난질이 났다는 말이 거짓말인지 정말인지

사람들은 다만 웃음을 머금었을 뿐이었고 김접장도 더 그 말을 취사하지 않는 것 같았다.

축들은 홍수를 따라 거리를 벗어져 마을 앞으로들 달렸다. 인동도 그 속에 있었다.

"어른과 싸우기 무섭지 않던?"

풀밭에 왔을 때에 홍수는 축들에게 둘러싸였다. 모두 앞을 다투어 그와 어깨동무 하려고들 하였다. 칭찬의 소리가 요란스럽게 풀잎을 무지렀다.

"무섭기는 그까짓 것. 난 세상에 무서운 것 없어 마음이 개운하다."

"밤에 선왕 숲에 가도 무섭지 않던?"

"도깨비를 만나도 김접장같이 해낼걸."

"넌 장사다. 어른이다."

"요담에 싸울 때 됩데 김접장의 사지를 묶어 덤 속에 처박으련다."

축들은 김접장을 그만 팔불용으로 여기게 되고 홍수를 김접장보다 훨씬 나은 장사로 생각하게 되었다. 알수 없이 기운들을 얻어 뛰고 차고 쓰러지고 하였다. 조그만 발밑에서 풀포기가 짓으끄러져서 쓰러지면 옷자락이 푸르게 물들고 하였다.

홍수에게서 갑내집 이야기를 들었을 때 인동은 피가 불끈 솟으며 소름이 돋았다. 춤이 불같이 달다. 홍수의 한 마디 한 마디를 놓치지 않으려고 몸이 별안간 그에게로 기울어지며 콧방울이 긴장되었다.

"다 보았다. 젖꼭지까지도 발톱까지도 무어고 다 보았어. 무섭더라. 죄짓는 것 같더라."

홍수를 그 자리에 때려눕히고도 싶고 그를 칭찬하고 위해 주고도 싶다.

"얼른 말을 이어라, 어떻게 해서 보게 되었는지?"

"밤은 깊고 달은 밝은데 뒷모양이 아무리 보아도 갑내집이기에 필연 장거리의 어떤 놈팽이와 만나러 가는 눈치 같아서 슬며시 뒤를 따라 보았다. 중간에서 두어 번 들켜서 쫓기우고야 말았다. 그러기 때문에 그가 가는 곳을 알게 된 것은 사흘 되던 밤이었다. 어디로 간 줄 아니?"

눈망울이 달빛을 받아 구슬같이 빛났다.

"개울가에 이르더니 조약돌 위에 옷을 훌훌 벗어던지고 둑밑 웅덩이 속에 풍덩 잠기더구나. 밤마다 그곳에 목물하러 가는 줄을 처음으로 알았다. 둑 옆에 왜 큰 버드나무가 있잖니? 나는 숨을 죽이고 가지 위에 올라 개구리같이 줄기 사이에 배를 납작 붙이고 내려다보았다. 다 보았다. 옆구리에 박힌 점까지 알았다. 무섭더라. 하얀 살결이 달빛에 쩔어 눈알이 둘러패이는 것같이 부시더라."

인동은 전신의 피가 수물거리며 머리가 아찔하였다. 숨이 가쁘다.

"장거리에 뜬 술장사가 많이도 오기는 왔지만 난 갑내집만한 일색을 모른다. 그런 품속에서 하루라도 지내

보았으면 어머니 품에서 자는 것보다 얼마나 좋겠니. 지금 생각하면 미친 짓 같으나 보고 있는 동안에 별안간 화가 버럭 나더구나. 아무리 그립다고 생각한대야 우리 같은 것에야 눈이나 한 번 바로 떠보겠니? 다 어른 차지야. 어른이 되는 수밖에는 없어. 심술김에 나는 고의가달을 걷어올리고 다리 사이로 오줌을 깔기기 시작했다. 갑내집은 별안간 빗방울이 듣는 줄만 알고 손바닥을 벌리고 하늘을 쳐다보더구나. 톡톡히 혼을 좀 뽑아 내려고 난 목소리를 내서 황급스런 고함을 쳤다. 저것 봐라. 물 위로 떠가는 저 구렁이! 갑내집은 악 소리를 치더니 기급을 하고 철벙철벙 물가로 나와 치마폭으로 젖은 몸을 가리고 허둥허둥 돌밭을 뛰더구나. 구렁이라니 휘젓고 가는 그의 몸뚱어리야말로 흰 구렁이같이 곱더라."

인동은 홍수에게 확실히 한 대 먹은 것 같았다. 그역 갑내집에 대하여서는 홍수와 같은 생각을 가지고 있다. 자기가 하고 싶던 것을 홍수가 한 걸음 먼저 가로채어서 해버린 셈이었다. 인동은 자기의 고립쟁이의 성질을 안타깝게 여기고 나무에 오르는 재주 없음을 한탄하는 수밖에는 없었다. 홍수는 민첩한 감동으로 인동의 심중을 족히 헤아릴 수 있었다.

"생각이 있거든 두말 말고 오늘밤 내 뒤를 대서라. 나무에는 내 떠받들어 올려 줄게. 오늘밤엔 기막힌 장난해 보지 않으련? 갑내집이 물속에 들어갔을 때 몰래 가

벗어 놓은 옷을 집어다 감추는 것이다. 얼마나 난탕을
칠까? 우리 말을 듣거든 의젓이 항복을 받고 내주자꾸
나. 갑내집과 친해 가지구 됩데 어른들에게 골탕을 먹
이잔 말이다. 달이 벌써 높았다. 갑내집은 갔을 게다.
뛰어나가보자."

꽁하게 맺혔던 인동의 심사도 적이 풀려 이제는 새로
운 모험에 가슴이 두렵게 뛰놀았다.

둘은 짧은 그림자를 발 아래 밟으며 달 아래를 돌멩
이같이 굴러 달아났다.

갑내집의 자태는 보이지 않았다. 나무에 올라서 기다
리기로 하고 홍수는 인동의 발을 떠받쳤다. 뒤미처 다
람쥐같이 날쌔게 가지 위에 올랐다.

좁은 나뭇가지 위에서는 몸을 쓰기가 거북하였으나
홍수는 누웠다 섰다 앉았다 하여 교묘하게 몸을 쓰며
결코 무료를 느끼는 법이 없었다. 오래되었어도 물 위
에는 그림자가 나타나지 않았다.

별안간 나무 아래에서 목소리가 들리기 전까지에는
갑내집은 안 오는 것으로만 생각되었다.

"요 가살이들, 나무에는 무엇하러 올라갔어?"

갑내집임을 알았을 때 인동은 몸이 으쓱해지며 두려
운 생각이 났다.

"왜 이리 늦었수?"

침착한 홍수의 태도도 인동의 설레는 마음을 가라앉
히지는 못하였다.

"멀쩡한 각다귀. 언제든지 속을 줄만 알았니? 어른을 노리개감으로 알고…… 녀석들."

"어른은 어른 노리개밖엔 안 되나?"

"하는 소리가 모두 엉큼해. 이녀석들을 어떻게 하면 좋아? 오늘밤엔 혼을 좀 뽑아놓겠다."

"오줌을 깔길까부다."

홍수가 대거리를 하며 띠를 풀려고 할 때 갑내집은 돌연히 기급을 할 듯이 외면하면서 고함을 쳤다.

"에그머니, 저것보아라. 뱀? 나무 위에 서리서리 올라가는 저 구렁이, 에그머니나!"

가리산지리산 내렸다.

"으앗!"

나무에 들러붙었던 인동은 짧은 소리를 치며 정신을 잃었다. 팔에 맥이 풀리며 그대로 나무줄기를 미끄러져 떨어졌다. 그제서야 홍수는 일시에 겁을 먹고 어쩔 줄을 모르다가 황급히 떨어져 버렸다. 요행 아래는 풀밭이라 다친 데는 없었으나 인동은 오래 있다 정신을 차렸다. 갑내집은 가고 없었다. 그렇게 그리워하던 것이 불시에 사라진 요물같이 생각되었다.

그밤 일은 물론 둘만이 알고 있는 비밀이었다.

그 후로 인동은 넋을 메운 듯이 기운을 잃고 비영거렸으나 들에 나가 뛰고 시내에 나가 잠기고 하는 동안에 차차 기운을 차려 갔다. 홍수는 제 허물도 느끼고 하여 특히 두남 두어 뭇시발을 귀찮게 여기지 않았다.

선왕 숲에서 돌배를 두드려 떨 때에는 굵은 것을 나눠 주고 물가에서 삼굿을 할 때에는 잘 익은 옥수수 이삭을 인동에게 물려주곤 하였다.

그러면서도 속 궁리는 스스로 달랐다. 홍수는 늘 인동을 한풀 접어놓고 같은 대접을 하지 않았다. 인동을 아직도 풋동이라고만 생각하였기 때문이다. 그것이 인동에게는 맞갖지 않고 슬펐다.

인동이 가진 한 푼의 동전을 탐내면서도 홍수는 속을 뽑히울까 봐서 터놓고 말을 하지 않았다. 제일 굵은 가래나무 열매와 바꾸자는 청이었으나 곧은불림으로 말하면 거저라도 줄 것을 하고 인동은 녀석의 심중을 서글프게 여기면서 패장부리고 싶은 생각조차 들었다.

"무슨 소리인지를 말하려무나."

"싫거든 그만두어라."

되술래잡는 홍수를 애숙하게 여기는 한편 두서없는 제 꼴도 경없게 생각되어 인동은 가래와 동전을 바꿔 버렸다.

장날 저녁때 해가 그늣할 때 풀밭에서 삼굿을 시작하였다. 구덩이를 파고 불을 피우고 조약돌을 모아 쌓고 뻘겋게 달게 달렸다. 신명들이 나서 뛰고 법석들이었으나 그때까지도 홍수의 꼴이 보이지 않음을 인동은 괴이히 여겼다. 또한 구덩이에 삶을 것을 묻으려 할 때에 홍수는 비로소 뛰어왔다. 품에는 감자와 콩꼬투리를 수북이 안고 왔다. 늦게까지 장판을 헤맨 눈치였다.

익힐 것을 모조리 묻고 단 돌에 물을 주고 제각각 흩어져 잠시동안 쉴 때 인동들은 간버들 숲에 가서 앉았다.

홍수는 어디서 어떻게 후려넣은 것인지 온개의 궐련 한 개를 집어내더니 불을 붙였다. 담배와 성냥, 인동에게는 무섭고 놀라운 것이다. 어떻게 피우나 하고 보고 있으려니 홍수는 제법 연기를 길게 마시더니 코와 입으로 휘하고 뽑았다. 눈물은커녕 기침도 하는 법 없다. 찔레같이 밋밋한 궐련을 두 손가락 사이에 간들어지게 쥐었다. 그 곤댓짓하고 거드름부리는 꼴에 인동은 샘조차 느꼈다.

"어느새 그렇게 배웠니? 늠름한 시늉이 어른 같구나."

"너두 한 모금 피워 보렴. 아무렇지도 않단다. 눈 꾹 감고 목구멍으로 후훅 들이마시문 가슴이 시원하고 연기는 제절로 콧구멍으로 술술 새어나온다."

인동은 연기를 입 안에 물어본 적은 있어도 넘겨본 적은 없었다. 잘못 하다가는 당장에 정신이 아찔하여지며 그 자리에 쓰러져 꼬꾸라질 것 같은 무서운 생각이 들었던 것이다. 넓은 도랑을 뛰어 건널까 말까 망설일 때와도 같았다.

그러나 닥달질하는 홍수의 권도를 못 이겨 결심하고 입에 한 모금 그득 머금은 연기를 죽을 셈치고 마셔 보았다. 역시 홍수를 따를 수는 없었다. 금시에 가슴이 훌치는 것 같아 재채기를 하고 눈물이 솟았다. 풀 위에 가슴을 박고 쓰러져 버렸다.

"애초부터 겁을 먹으니 그렇지. 물마시듯 천연스리 마셔보럼. 아무렇지도 않지."

인동은 눈물 사이로 하염없이 그 꼴을 바라보았다. 끝끝내 뛰지 못할 도랑 건너편에 있는 홍수였다. 별안간 앵돌아진 홍수의 얼굴이 쏜살같이 뒷걸음쳐 손닿지 못할 먼 곳에 달아나곤 하였다.

"담배쯤에 겁을 먹으니 무엇이 되겠니? 넌 아직두 멀었어. 난 너와 놀기 싫다. 암만 해도 어울리지 않아."

인동은 서글펐다. 한 마디 더하면 눈물이 푹 솟을 것 같다.

"이까짓 담배 쯤에!"

홍수는 목소리를 떨어뜨리더니 귀에 입을 갖다대었다.

"순자 말이다. 너를 좋아하는 눈치더라. 수명이더러 널 늘 데려와 놀라구 그러는 눈친데 녀석이 잊어버리는 것 같애. 거리에선 순자가 제일 낫다. 키두 제일 크구 나백이요섬도 들 대로 들었어. 그러나 너 겁을 먹으문 안 된다. 재채기를 하구 쓰러지문 다 틀려. 천연스럽게만 굴문 무서울 것 없어."

인동은 머리가 어찔어찔하고 눈이 부셨다. 담배보다도 독한 말을 들은 것 같다.

"여기 두 개 있다. 한 개 주마. 접대 넣주던 동전으로 가만히 샀다. 오늘 장날 아니냐. 어른 몰래 사느라구 이렇게 늦었다."

인동은 두 눈을 발뚱하게 뜨고 홍수의 손에 쥔 것을 보았다. 큰일이나 저지른 듯한 현혹한 느낌이었다. 반지였다. 구리실로 가늘게 휘어 만든 노란 반지였다.

"하나는 내 것이다. 알지? 봉이 말이다. 봉이 손가락에 끼워 주련다. 날더러 사달랬어."

요란스런 소리가 나며 벌써들 삼굿으로 몰려들어가는 눈치에 홍수는 날쌔게 반지 하나를 인동의 주머니 속에 넣어주고 자리를 일어섰다.

인동은 무시무시한 생각이 나서 여러 차례나 반지를 풀밭에 내버릴까 궁리하면서 시남시남 홍수의 뒤를 따라 걸었다.

"순자년 혼자 집지키기 무섭다더라."

수명은 누이를 년이라고 부르기가 일쑤였다.

인동은 겸연쩍으면서도 수명의 귀찮은 닦음질 바람에 뒤를 쫓았다.

물론 홍수가 있기 때문도 때문이었으나, 아버지는 나무하러 가고 어머니는 촌으로 술 팔러 간 뒤를 수명 남매가 지키는 때가 많았다. 그런 때는 늘 축들을 불러놓고 순자는 새로운 장난을 생각해 내곤 하였다. 마구발방의 홍수도 한 곱패 위인 순자 앞에서는 한풀 죽고도 겁스럽게 굴었다.

숨바꼭질을 시작하였으나 네 사람만으로는 경없었다. 인동은 혼자 찾아다니는 동안에 뒤뜰에서 순자를 만났을 뿐이요 수명과 홍수의 꼴은 종시 보이지 않았다. 어느 곁엔지 살며시 내뺀 모양이었다.

구럭에 걸린 것 같아 인동도 멋적어 그 자리를 감치려 하였으나 순자에게 붙들려 버렸다.

"너 가버리문 난 어떻게 하니. 무서워서."

나중에는 두 손을 모으고 사정이었다.

"좋아하는 것 줄게."

뒤곁 헛간으로 끌고 가더니 겻섬 속에서 문배를 한두 가리 꺼냈다.

이빨에 군물이 도는 잘 문 돌배는 두려운 맛이었다. 인동은 배맛도 좋은 둥 만 둥 한결같이 마음이 조물거렸다.

"이 집은 흉가란다. 밤에는 여기 도깨비가 나와."

인동은 섬뜩하여 모르는 결에 순자에게로 몸을 쏠렸다.

"난 보았다. 파아란 불이 하나 나타나문 이어서 어디선지두 모르게 둘셋 수없이 몰켜 와 왔다갔다 하며 모였다 흩어졌다 하다가두, 어느 결엔지 웅얼웅얼 부엌으로 몰려들어가 솥뚜껑 장난이야."

소름이 돋으며 손에 땀이 배었다. 순자의 품이 어머니의 품같이 믿음직하였다.

"무섭두 퍽 탄다. 애기 같구나. 젖 좀 먹으련."

정신이 들었을 때 가슴에 가물가물 맞치는 것이 있었다. 주머니 속에 손을 넣으니 언젠가 홍수에게 얻은 반지였다. 쓰지 못한 반지였다. 홍수 생각이 났다. 모처럼 간곡히 뗑겨 주던 것을 당해보니 헛것이었다. 순자는 담배보다 갑절 더 무서운 것이었다.

인동은 그날을 잊을 수 없었다.

그것은 그가 세상에서 안, 알 수 있는 처음이자 마지막 비밀이었다. 그 순간을 지경으로 인동은 그때까지의 세상에 작별한 셈이었다. 인동은 벌써 어른들의 세상을 엿본 것이요 숙성한 홍수의 심중을 알게 된 것이다. 모두가 물론 홍수에게서 왔다.

망울 선 젖가슴이 유심히도 아프고 부어서 옴짝달싹하기 싫은 것을 홍수에게 끌려서 인동은 그날도 강변에 목욕을 나갔다.

헤엄치고 갸닥질하고 물싸움하는 동안에 비맞은 풀포기같이 퍼들퍼들 살아났다. 파득거리는 조그만 짐승들이었다. 물속과 모래밭에는 발가벗은 짐승들이 고기떼같이 으르르하였다. 휩쓸려 물싸움질을 시작하면 누구든지 하나가 물벼락을 맞고 고꾸라질 때까지 쉬지들 않았다. 물방울같이 기운들이 그칠 줄 모르고 줄기차게 어느 때까지든지 뻗쳤다. 제 힘에 지치든지 싸움이 터지든지 하여야 비로소 기운을 쉬고 주저든다.

기어이 모래밭에서는 싸움이 터졌다.

패로 갈려 모래가 날며 몸들이 부딪쳐 쓰러지며 하였다. 인동은 홍수에게 끌려 싸움에는 목을 보지 않고 씻쳐진 기운을 간직한 채 동떨어진 나무 그늘로 들어갔다.

벌거벗어도 둘만은 피차에 부끄러운 것이 없었다. 씨름을 하다가 쓰러져 풀을 뽑았다. 씨름의 수로도 당할

수 없는 홍수라는 것을 우두커니 생각하고 있을 때 홍
수는 문득 생글생글 웃음을 띠며 인동을 노려보았다.

"너 아직 모르니?"

인동의 따귀를 한 대 갈기며,

"녀석 오늘은 다 가르쳐 주마."

인동은 다 배웠다. 원숭이같이 홍수를 흉내내면 되었
다. 부끄러운 생각에 몸이 달았다.

순간을 지경으로 인동은 알지 못해 안타깝고 야릇하
던 어른의 세상을 철이르게 가만히 밀수입한 것이었다.
알 수 없이 마음이 즐겁고 대견하고 흐뭇하였다.

완전히 홍수의 축에 들 수 있음이 말할 수 없이 기뻤
다. 모래밭에서 싸움들 하는 동무들을 바라볼 때 마음
속 은근히 자랑이 솟아올랐다.

순자에게 대한 생각이 달리 들었다. 도깨비같이 그를
무서워하고 질겁하던 일이 어리석게 여겨졌다. 그때와
다른 낯으로 대할 날이 언제일까? 마음속 은밀히 생각
하여도 보았다.

그러나 여기에서도 또 홍수가 앞장을 섰다. 앞장을
선 것은 장하고 부러운 일이었으나 끔찍이도 무서운 결
과를 가져오게 되었다.

하룻저녁 해가 아직도 길게 남았을 때 장거리는 요란
한 소동에 한바탕 발끈 뒤집혔다.

술집과 술집 사이 밭둑 헛간에서 일은 터졌다.

홍수는 벌거벗은 채로 들리워냈다. 봉이가 울면서 뒤를 따라나왔다. 들어낸 것은 봉이 아버지 박선달이었다.

사람들이 모여들기 전에 든 손 처사를 하려고 선달은 홍수를 먹살째 들어 두어 번 후려 갈겨 길바닥에 던지고, 딸 봉이의 머리채를 잡아끌고 집에 이르러 방구석에 처박았으나 그때에는 벌써 거리는 때아닌 장판을 이루어 두런두런 모여들어 요란히들 수물거리는 판이었다.

"세상이 무척 약아는 졌어. 우리 코흘리던 나일세. 무서운 세월이야. 강릉집 자네 몇 살 때 시집갔나?"

요란스런 사이로 여인의 웃음소리가 날카롭게 찢어졌다.

"대체 철은 들었을까?"

새로 일어나는 웃음소리가 뒤를 이어 울명줄명 파도쳤다.

"하기는 어른 흉내내는 것이 아이의 천성인가부다."

공론은 그 점에 집중되었다. 의론이 분분하고 실갱이들을 쳤다.

어른들은 이제도 벌써 너그러운 태도로 아이들의 행동을 막아주고 변호하려는 것이었다.

그러나 김접장과 갑내집만은 경우가 달랐다. 그들은 홍수가 저지른 일을 고소하게 여겼다. 그 언제와 같이 '망종의 후레자식, 엉뚱한 각다귀'로 그를 불러댔다.

인동은 어른 숲에 들어 여러 가지 말을 들으며 엄청나고 두려운 생각이 났다. 홍수와 같이 생각하고 놀 때

에는 그들의 하는 일이 모두 바르고 떳떳하게 생각되었
으나 어른들 말을 들으면 어느 편이 바른지를 종잡을
수 없었다. 홍수를 대신하여 그 자신이 그 자리에서 갖
은 모욕을 다 당하고 있는 것도 같았다. 한결같이 부끄
럽고 두려웠다. 순자의 생각도 가슴 속에서 멀어졌다.

그러나 이튿날 홍수를 만났을 때에는 그런 생각은 사
라지고 다시 그들 생각으로 돌아갔다.

"실없이 망신했다. 어제는 밤새도록 천장에 달아매워
아버지한테 얻어맞았다. 드러나지 않으문 아무 일 없는
것두 눈에 띄기만 하문 사람들은 법석이란다. 사람은
사람을 놀림감 만들기를 좋아하는 무도한 짐승이야. 뻔
히 저도 하는 짓을 다른 사람이 하문 웃거든. 쓸데 없
는 짓야. 겁낼 것 없다. 어른이란 존 것 아니야. 어리석
은 물건들이야. 하긴 우리도 이제는 어른이다만."

홍수의 말을 들으면 인동은 다시 기운이 솟았다.

어른에게 대한 부끄러움도 두려움도 어디론지 사라져
버리고, 그들의 모든 것이 바르다는 생각이 한결같이
들었다.

김접장과 갑내집을 톡톡히 해낼 날을 마음속에 그려
도 보았다. 홍수의 말은 마치 요술같이도 마음을 취하
게 하였다.

인동의 가슴 속에는 순자의 생각이 요번에는 떳떳하
게 떠올랐다. 홍수와 같이 풀밭을 걸어가며 인동은 네
활개를 활짝 펴고 긴 기내지를 썼다.

계 절

1

"천당에 못 갈 바에야 공동변소에라도 버릴까?"

겹겹으로 싼 그것을 나중에 보에다 수습하고 나서 건은 보배를 보았다.

"아무렇기로 변소에야 버릴 수 있소?"

자리에 누운 보배는 무더운 듯이 덮었던 홑이불을 밀치고 가슴을 헤쳤다. 멀쑥한 얼굴에 땀이 이슬같이 맺혔다.

"그럼 쓰레기통에라도."

"왜 하필 쓰레기통예요?"

"쓰레기통은 쓰레기만을 버리는 덴 줄 아우. 그럼 거지가 쓰레기통을 들쳐낼 필요가 없게."

건은 농담을 한 셈이었으나 보배는 그것을 받을 기력조차 없는 듯하였다.

"개천에나 던질 수밖에."

"이왕이면 맑은 물 위에 띄워 주세요."

보배는 얼마간 항의하는 듯한 어조로 말 뒤를 채쳤다.

"……땅 속에 못 파묻을 바에야 맑은 강물 위에나 띄워 주세요."

'고기의 밥 안 되면 썩어서 흙 되기야 아무 데 버린들 일반 아니오.'

하고 대꾸를 하려다가 건은 입을 다물어 버렸다.

보배에게서 문득 어머니를 느낀 까닭이다. 그것이 두 사람의 사랑의 귀찮은 선물일망정—아직 생명을 이루지 못한 핏덩이에 지나지 않을망정—몇 달 동안 배를 아프게 한 그것에 대하여 역시 어머니로서의 애정이 흘러 있음을 본 것이다.

유물론자인 것이지마는 구태여 모처럼의 그의 청을 거역하고 싶지는 않았다.

"소원대로 하리다."

하고 새삼스럽게 운명의 보를, 다음에 보배를 보았다. 눈의 착각으로 보배의 여윈 팔이 실오리같이 가늘어 보였다. 생활과 병에 쪼들려 불과 일 년에 풀잎같이 바스러져 버렸다. 눈과 눈썹이 원래 좁은 사이에 주름살이 여러 오리 잡혀졌다.

단칸의 셋방이 몹시 덥다. 소독용 알콜 냄새에 섞여 휘덥덥한 땀 냄새가 욱신욱신하다. 협착한 뜰안의 광경이 문에 친 발 속에 아지랭이같이 어른거린다.

몇 포기의 화초에 개기름같이 찌르르 흘러 있는 여름 햇빛이 눈부시다. 커브를 도는 전차 바퀴 소리가 신경을 찢을 듯이 날카롭다.

"맑은 물에 띄우면 이 더위에 오직 시원해 할까?"

보를 들고 일어서려 할 때 보배는 별안간 몸을 뒤틀

며 괴로워한다. 또 복통이 온 모양이었다.

"아이구……."

입술을 꼭 물었고 이마에는 진땀이 빠지지 돋았다. 눈도 뜨지 못하고 전신은 새우같이 꾸부러졌다.

"약이나 먹어 보려우?"

건은 매약을 두어 알 보배의 입에 넣어주고 물을 품겼다. 이불 위로 배를 문질러도 주었다.

한참 동안이나 신음하다가 보배는 일어나서 뒷문으로 나갔다. 몸이 무거운 것이다.

연일 연복한 약이 과한 모양이었다. 약이라야 의사에게 의논할 바 못 되므로 책에서 얻어들은 대로 위산과 피마자기름을 다량으로 연복한 것이었다. 공교롭게 효험이 있어서 목적을 달성하였으나 원체 근 다섯 달에 가까운 것이었으므로 모체가 받은 영향이 큰 모양이었다. 몸이 쇠약한 위에 복통이 심하였다. 다른 병이나 더 일으키지 말았으면 하는 것이 지금 와서는 유일의 원이었다. 보배는 들어와 다시 요 위에 쓰러졌다.

"가슴이 아파요."

"설상가상으로."

"상할 대로 상하라지요. 반갑지 않은 인생!"

"눕구려."

보배의 표정이 얼마간 평온하여진 것을 보고 건은 운명의 보를 들고 거리로 나갔다.

전차에 올랐을 때에 차 안의 시선이 일제히 건에게로

쏠렸다. 알콜 냄새의 탓이거니 하고 시치미를 떼고 자리에 걸터앉았으나 보 위에 모인 사람들의 시선이 쉽사리 흩어지지 않았다.

사람들은 이 보의 것을 무엇으로 생각할까.

가령 맞은편에 앉은 양장한 처녀의 앞에 이것을 갖다가 풀어 보인다면 그의 표정은 어떻게 변할까. 기급을 하고 아우성을 치면서 달아날까.

도회란 속속으로 비밀을 감추고 있는 음침한 굴 속이다. 다리 위에 섰을 때에 얼마간의 용기가 필요하였다. 사람들이 다리 위를 지나거나 말거나 건은 한 개의 돌멩이를 던지는 셈치고 그것을 던지지 않으면 안 되었다. 덜썩 하고 물 위에 흐린 음성이 났다. 검은 보는 쉽사리 물속에 젖어 버려 다음 순간에는 보의 위치와 모양조차 사라져 버렸다. 슬픔도 두려움도 양심도 죄악의 의식도 아무 감정도 없다. 목석같이 무감정한 마음을 건은 의아하게 여겼다. 발을 돌릴 때에 마음은 한결 시원하였다. 몸이 자유로워진 것 같았고 가뿐하였다.

'두서 없던 생활의 결말이 났다.'

보배와의 일 년 동안의 생활도 끝나고 수년간의 그의 무위의 생활도 끝났다. 이것을 기회로 새로운 생활로 한번 벗어났던 그 길로 돌아갈 수 있는 것이다. 바다를 건너간 동무들이 그를 부른 지 오래다. 지금에야 네 활개를 펴고 그들의 부름에 응할 수 있는 것이다.

……건이 그것을 버린 지 십 년이 넘었다. 커다란 시

대의 움직임이었다. 그 역 한 시험이라고 생각할 수밖에는 없었다. 많은 동무들이 선 위에서 떨어졌다.

그 세상에 가 있는 사람 외에는 거개 타락하여 일개의 시민의 되거나 그렇지 않으면 표변해 버렸거나 하였다. 그 중에서 양심을 버리지 않는 사람이 어느 결엔지바다를 건너 달아났다. 당시에는 갈 바를 몰라 마음이설레던 것도 때를 지남에 따라 초조의 속에서도 차차마음이 가라앉았다. 반 년 동안이나 우물쭈물 지내는동안에 그는 알맞은 사람을 얻어 잡지를 시작하게 되었다. 물론 그것이 마지막 목적은 아니었으나 그럭저럭하는 동안에 마음의 안정도 얻고 한편으로 시세도 살피자는 뜻이었다.

그러나 일 년도 지탱하지 못하고 잡지는 실패였다.끌어낸 친구는 가엾게도 얼마 안 되는 자본을 완전히소탕해 버렸다. 그마저 없어지니 건은 입에 풀칠할 도리조차 없어 가난과 불안의 구렁 속에서 헤매일 수밖에없었다. 카페의 여급으로 있는 보배를 알게 되고 가까워진 것은 이런 때였다. 건은 보배를 원하였고 보배는건을 구하였다. 반드시 연애가 아닌 것도 아니었으나보배가 건을 구한 것은 그 역 당시 마음의 가난과 불만이 있었기 때문이었다.

보배는 그때에 실연의 상처가 아직 사라지지 않은 중이었다. 학교 시대의 스승이요, 학교를 나와서는 애인이라 믿었던 사람이 사랑의 유물까지 남긴 뒤, 하필 사

람이 없어 그의 동무를 이끌고 달아난 것이었다. 생각
하면 한 사람의 불량한 스승이 장기인 음악을 낚시삼아
두 사람의 제자를 교묘하게 차례차례로 낚은 셈이었다.

학교를 마쳤을 뿐, 인생에 미흡한 보배는 기막힌 생
각에 무엇이 무엇인지 분별할 수도 없었다.

애인을 후려간 상대자가 그의 친우임을 믿을 수 없었
던 것이다. 소문을 옆귀로 흘리며 얼마 동안은 몸부림
치지 않으면 안 되었다. 그러나 이때부터 그는 비로소
인생에 눈뜨게 되었다.

눈물을 씻고 분을 발랐다. 직업에서 직업으로 생활을
좇는 동안에 가슴의 상처는 완전히는 아물지 않았을망
정 옛 애인과 동무에게 대한 태도는 벌써 관대하고 무
심한 것이었다.

그것보다도 날마다의 생활과 걱정과 쇠약하여 가는
건강이 의식의 전부를 차지했다.

건을 알게 된 것은 이런 때였다. 같은 불여의의 처지
가 두 사람을 쉽사리 접근시켰고 감정의 소통이 마음의
문을 서로 열게 하였다. 두 사람은 단칸의 셋방에 만족
하였다. 반드시 연애가 아닌 것도 아니었으나 말하자면
일종의 공동 생활이었던 것이다. 건은 일정치 않은 수
입을 보배의 것과 합자했다. 이것도 생활의 한 방편이
요 형식이거니 생각하였다. 이러한 형식으로 모인 사람
이기 때문에 보배가 옛 애인과의 소생을 유모에게 맡겨
두고, 그의 관심과 수입의 일부분이 그리로 들어간다

하여도 건에게는 아랑곳 없는 노릇이요 불쾌히 여길 필
요도 없는 것이었다. 물론 보배 역시 건에게 대하여 그
것을 미안히 여기지는 않았다. 건은 이러한 공동 생활
속에서도 끊임없이 앞을 내다보고 일을 생각하고 열정
을 북돋우면 그만이었다. 공동 생활은 말하자면 그가
다음 일의 실마리를 찾을 때까지 유숙하고 있으면 족한
정류장이었다. 그렇기 때문에 두 사람의 애정의 산물이
생겼을 때에도 그것을 길러 갈 욕망도 능력도 없는 두
사람은 합의의 결과 그 수단을 써서 그 노릇을 한 것이
었다.

　무사히 성사된 것만 다행이었다. 건은 이것으로 보배
에게 대한 애정이며 지금까지의 무위의 생활이며를 청
산한 셈이었다. 자유로운 몸으로 바다 밖에서 부르는
동무의 소리에 응하여 뛰어갈 수 있는 것이다.

　백화점 지하층에 들러 보배가 즐겨하는 음식을 사가
지고 돌아왔다.

　'보배의 건강만 회복되었으면 시름을 놓으련만.'

　걸음걸음 이런 생각을 하고 오던 터이라 건은 방문을
열었을 때에 놀라지 않을 수 없었다. 나갈 때에 누웠던
보배는 자리에 웅크리고 앉아서 괴로워하는 것이다. 요
위와 그의 옷자락에는 피가 임리하여 있다.

　"웬 피요?"

　몸서리를 치면서 소리를 쳤다.

　"하혈이 이때 멈추지 않았단 말요?"

"아니에요."

절망의 목소리.

"동맥을 끊었단 말이오?"

대답하는 대신에 보배는 기침을 두어 번 하고 입안에 고인 것을 뱉었다. 거품 섞인 피였다.

"아니……."

건은 몸을 주물트렸다. 보배는 이어서 입안의 것을 두어 번 그릇에 뱉었다. 가는 핏방울이 옷섶에 튀었다. 얼굴은 도화빛으로 불그레 상기되었다.

요동하는 보배의 몸을 눕히고 건은 급스럽게 방을 나갔다. 오랜 후에 그는 면목이 있는 의사를 데리고 왔다. 외출혈이 아니라 역시 폐에서 나온 것이었다. 출혈을 멈추게 하는 주사를 피하에 두어 대 놓은 후 정맥에 야토코인을 놓았다. 입이 무거운 의사는 아무 말도 하지는 않았으나 침착한 표정 그것이 무서운 선고였다.

야토코인을 오랫동안 맞아야 할 것을 말하고 안정을 시키라는 충고를 남긴 후 보배의 철단을 싸 가지고 의사는 가버렸다.

'……기어이 올 것이 왔구나.'

하는 생각에 건은 도리어 엉거주춤하던 마음이 이상하게도 가라앉음을 느꼈다. 일난이 가고 다시 일난이 오는 기구한 운명을 막아낼 수는 없는 것이다. 아직 극히 가벼운 증세라는 의사의 말을 빙탁하여 보배를 위로하고 간호에 힘쓸 뿐이었다. 공교롭게도 각혈은 쉽게 그치고 기침도 차차 가라앉고 열도 내리기 시작하였다. 일 주일 동안을 정양하니 안색도 회복되고 식욕이 늘었다.

일 주일이 넘었을 때에 보배 다니는 카페에서는 사람이 왔다. 보배는 며칠 후부터 다시 나가겠다는 뜻을 품겨서 돌려보냈다.

"그 몸으로 어떻게 나간단 말요. 집어치우고 고향으로 돌아가는 수밖에는 없소."

건은 보배를 측은히 여겼다.

"이 주제를 하고 고향엔들 어떻게 돌아가요. 좁은 고장에 소문만 요란히 펴놓고 이제 이꼴로 혜적혜적 돌아갈 수 있단 말예요?"

"고향의 체면을 꺼려서 이 무서운 곳에서 죽어야 한단 말요?"

"……"

"별 수 없소. 하루라도 속히 내려가도록 생각하우. 회복한 후에 다시 오면 좋지 않소?"

한참 동안 말이 없다가 보배는,

"나를 처치해 놓고 가버리실 작정이지요? 동경 있는 동무에게서 편지 자주 오는 줄 알고 있어요."

"내 일이야 내 멋대로 처리하겠거니와 보배의 건강을 걱정해서 말요. 우리에게 무슨 다른 도리가 있소?"

"……"

"날을 보아 하루 바다에 나갔다 옵시다. 몸이 웬만히

가뿐해지면 두말 말고 고향으로 가기로 하고."

건은 혼자 지껄이고 있는 동안에 보배의 눈에 고인 눈물을 보고 말을 끊어 버렸다.

2

보배의 기분이 상쾌한 날을 가려 인천으로 해수욕을 떠났다.

번잡한 곳이니 필연코 그 무슨 귀찮은 것을 만나게 될 듯한 예감도 있는 까닭에 보배는 그다지 마음에 쓰이지 않는다는 것을 억지로 건강도 시험하여 볼 겸 끌어낸 것이었다.

거리에서나 차 속에서나 걱정하였던 것보다는 비교적 군건한 보배의 몸을 건은 기뻐하였다. 오늘이 보배와의 마지막 날이라는 은근한 생각이 있기 때문에 이날 보배에게 대한 그의 애정이 평소보다 한층 두터움을 느꼈다. 보배의 건강이 웬만하다는 것만 증명되면 건으로서는 이 마지막 날에 더 바랄 것이 없는 것이다. 보배의 한 표정 한 거동이 모두 주의의 과녁이었다. 그의 품속에는 며칠 전 동무에게서 온 급한 편지가 감추어져 있는 것이었다.

여름의 해수욕장은 어지러운 꽃밭이었다. 청춘을 자랑하는 곳이요 건강을 경쟁하는 곳이다. 티들파들한 여인의 육체, 그것은 탐나는 과실이요 찬란한 해수욕복, 그것은 무지개의 행렬이다. 사치한 파라솔 밑에는 하얀 살결의 파도가 아깝게 피어 있다. 해수욕장에 오는 사람들은 생각컨대 바닷물을 즐기고자 함이 아니라 청춘을 즐기고자 함 같다. 찬란한 광경이 너무도 눈부신 까닭에 건들은 풀밭을 떠나 사람의 그림자 없는 곳으로 갔다.

더위를 견디기 어려워 건은 요 며칠 답답한 방안에서 해수욕복을 입고 지났으나 바다에 잠겨 보고 바다의 고마움을 짜장 느꼈다. 보배도 해수욕복으로 갈아입으니 치마를 입었을 때의 인상보다는 그다지 몸이 축나지 않았음을 알 수 있었다. 허리 아래는 역시 여자답게 활짝 퍼져서 매력을 감추고 있는 것이다.

물속에 잠겼다 모래불에 나왔다 하는 동안에 건은 언제부터인지 얼마 떨어지지 않은 물 속에서 농탕치고 있는 여자를 보고 있다.

명랑한 얼굴 탄력 있는 거동을 살피면서 처녀인가 아닌가를 마음속으로 점치며 보배와 비교도 하여 보았다. 처녀의 감정은 어려운 노릇이겠으나 확실히 보배보다는 나이의 테두리가 한고비 젊고 그의 인생도 그만큼 젊으리라고 생각하고 있는 동안에 여자는 이쪽을 보고 뛰어오는 것이다.

"보배 언니!"

가까이 달려와서,

"얼마만요."

보배의 손을 쥐었다.

"옥련이요? 우연히 만나게 되는구려."

보배의 한 마디에 건은 그 여자가 바로 공교롭게도 보배의 이왕의 사랑의 적수임을 깨달을 수 있었다. 다시 그를 훑어 보았다.

"고생한다는 말을 저쪽에서 듣고 있었지요. 그러나 그렇게까지 사람을 몰라 보시게 되었어요."

아무 속심사도 없어 보이는 순진한 목소리다. 보배는 동하지 않는 태도였다.

"언제 나왔소?"

"한 일 주일 될까요."

"동경 재미는 어떱디까?"

"재미가 있으면 나왔겠어요?"

"아주 나왔단 말요?"

"생각 같애서는 다시 들어갈 것 같지 않아요."

옥련은 숨김없이 대답한다.

"음악 공부는 집어치웠소?"

"공부고 뭐고 허송세월 하고 놀았죠."

"옥련이 나오는 날 난 공회당에서 오래간만에 고명한 독창을 듣게 될 줄 알았는데."

농담이 아니었다. 평소에 생각하고 있던 것을 말했음에 지나지 않았다.

"작작 놀리세요. 호호호."

하얀 이빨이 신선하게 드러났다. 귀여운 얼굴이다.

"도회에 가서 걱정 없이 허송세월 하는 것도 좋겠지."

"걱정 없이가 뭐예요. 이래 보여도 고생 톡톡히 했어요."

"무슨 고생. 사랑 고생? 안방 고생?"

"그야 언니의 고생에 비기면야 고생이랄 것도 없겠지만, 그래도 화수분이 아닌 이상에야 돈이 떨어져 곤란할 때도 있었고……."

"사랑에 끌려간 바에야 사랑만 있으면 그만이겠지."

"또 조롱이야."

옥련은 웃을 수밖에는 없었다. 허물이 있는 몸인 것이다. 그러나 보배 자신은 미흡하고 나어린 동무를 측은히 여기면 여겼지 마음속으로 미워하지는 않았다. 미묘한 관계에 있는 사람으로서는 다따가 만난 자리에 사이가 화목한 편이었고 피차에 말이 많았다.

"조롱은 무슨 조롱……. 고생했다는 얼굴이 전보다 더 푸냥해졌어."

기어이 한 마디 더 해붙이고 요번에는 어조를 부드럽혀 본다.

"같이 나왔어요?"

옥련은 저쪽 모래밭을 턱으로 가리키었다. 보배는 그쪽을 보았다. 건도 그의 시선을 따랐다. 해수욕복을 입은 후리후리한 사나이가 모래를 털면서 이쪽으로 걸어오는 중이었다.

'귈자구나.'

알아차린 순간 건은 어깨를 으쓱하였다. 흉측한 벌레

나 본 듯한 떫은 표정이었다. 입에 도는 군침을 모래 위에 뱉았다.

이때 옥련은 처음으로 건의 존재를 발견한 듯이 그를 돌려다보면서 몸의 자세를 틀고 보배와 건을 나란히 볼 수 있는 위치에 앉았다.

그러나 보배는 옥련에게 건을 자세히 관찰할 여유를 주지 않고 꽤 빠르게 또 이야기를 시작하였다. 물론 한편으로는 가까이 걸어오는 사나이 태규, 사랑의 배반자에게 시선을 주고 싶지 않은 까닭도 있었다.

"돌아온 건 무슨 목적이오? 앞으로 어떻게 할 작정이냐 말요."

"작정이나 뭐 있나요. 할일 없으니까 차점이나 하나 열어 볼 생각예요."

"돈도 없다면서."

"피아노 한 대 남은 것 팔아 버린다나요."

"흥! 그것도 좋지."

앞에 사람의 그림자가 어른거린다. 태규가 와서 앞에 선 것이었다.

"보배, 오래간만요."

겸연쩍은 태도다.

"……풍편에 소식은 듣고 있었지만."

보배는 고개를 돌리지 않았다. 딴 편을 향해 그의 인사를 옆귀로 흘렸다.

건이 벌떡 일어서는 눈치였다. 보배가 얼굴을 돌렸을

순간에는 건은 이미 태규의 볼을 보기좋게 갈긴 뒤였다.

"벌레 같은 것……. 무슨 염치로 간실간실 눈앞에 나타나!"

대항하려는 것을 건은 다리를 걸어 그 자리에 넘어뜨렸다.

"웬놈야. 무례한 것, 비신사적……."

"그 신사 축에 들고 싶지도 않다. 너 같은 것을 용납하여 두는 세상도 무던히는 관대한 셈야. 이 신사! 망할 신사!"

비슬비슬 일어서는 것을 붙들어서 바닷물까지 끌고 가, 다시 딴 쪽을 걸어 쓰러뜨렸다. 일어설 여유도 안주고 물속에 잠긴 머리를 발로 지긋지긋 밟아 얼굴째 거꾸로 물속에 묻어 버렸다.

"저이가 왜 저래? 다따가 모르는 사람을 무엇으로 여기고. 무례한 양반."

옥련은 두 주먹을 흔들고 발을 구르면서 어쩔 줄을 모르는 모양이었다. 보배는 무감동한 표정으로 냉정하게 방관할 뿐이었다.

"신사! 힘의 맛이 어때?"

물을 켜고 허덕허덕 일어나는 태규를 건은 다시 머리를 밟아 물속에 틀어박았다.

해변에서 한 걸음 먼저 여관으로 돌아온 건은 혼자 식탁을 마주하고 앉아 맥주를 마시면서 보배가 돌아오기를 기다렸다. 보배와의 마지막 날에 최후의 만찬을

성대히 할 작정으로 깨끗한 여관을 골라 사치한 식탁을
분부한 것이었다.

하녀가 가져온 두번째 병의 맥주를 따랐을 때에 보배
가 돌아왔다.

"보배도 한결 몸이 가뿐해졌수."

건이 바다 이야기, 요리 이야기를 너저분히 꺼냈다.

아무리 기다려야 낮에 해변에서 겪은 사건은 이야기
하지 않는 까닭에 보배 쪽에서 그것을 끄집어내지 않을
수 없었다.

"아까는 무슨 망령예요?"

"무엇? 나는 벌써 잊어버리고 있었구려."

건은 엉뚱하게 딴 소리를 하였다.

"오래간만에 팔이 근질근질해서."

"그것으로 마음이 시원하단 말예요?"

"시원하구 말구. 보배는 시원치 않소."

뒤슬뒤슬 웃고 나서 잔을 들었다.

"초면에 폭력을 쓰는 것은 어떨까요?"

"나 역시 궐자가 그다지 미운 것은 아니었으나 그때
의 복잡한 감정은 그 방법으로밖에는 정리할 수 없었던
거요."

"원시인의 방법이 아닐까요?"

"병든 현대에 있어서는 원시인의 방법에 가끔 시원한
경우가 많아."

팔을 내저으면서 힘을 자랑하는 듯이 웃었다.

"오늘 저녁은 특별히 부탁한 요리요. 실컷 먹고 푹 쉬고 내일 돌아갑시다."

저녁을 마친 후,

"거리를 한번 휘 돌고 들어오리다."

하고 건은 자별스럽게 보배를 품안에 안아 보고는 여관을 나갔다. 새삼스러운 그의 거동을 수상히 생각하였다. 아니나다를까, 건은 종시 돌아오지 않았다. 보배는 요 위에서 궁싯거리면서 밤중에 여러번 눈을 떠보았으나 돌아오는 기척은 없었다. 물론 밤이 훤히 밝은 후까지도. 쓸쓸한 하룻밤을 새우고 이튿날 아침 첫차로 보배는 서울로 돌아왔다.

섭섭한 느낌을 종잡을 수 없었다. 전에는 이런 적이 없었는데 생각하며 마음을 억지로 굳게 가지고 방에 들어갔을 때에 구석에 늘 놓여 있던 트렁크가 눈에 띄지 않았다.

'기어이 혼자 가버렸구나.'

더한층 쓸쓸한 것은 한쪽 벽에 밤낮으로 걸렸던 건의 잠자리 옷이 사라졌음이었다. 물론 구석에 놓았던 몇 권의 책자도 간 곳이 없고 책상 위 종잇조각에는 연필 자취가 어지러웠다.

밤차로 돌아와 부랴부랴 짐을 꾸려 가지고 지금 집을 떠나려고 하는 것이오. 보배를 이별하려면 이 수밖에는 없소. 정거장에서 작별하다가는 자칫하면 눈물을 흘리

게 될는지도 모르니까. 그러나 지금에는 급하고 바쁜
생각뿐이요. 될 수 있는 대로 속히 고향으로 내려가시
오. 간신히 구한 여비 속에서 이것을 떼어놓았소. 주사
값을 치르고 여비를 삼으시오. 품에 지녔던 시계, 이것
도 보배에게 주고 가겠소. 나의 앞으로의 생활에는 밤
낮의 구별도 없을 터이니 시계도 필요치 않을 것이오.
시계 보고 틈틈이 생각이나 해주오. 나의 가슴은 지금
열정에 뛰놀고 있소. 나의 행동을 양해하여 주시오. 차
시간이 바빠 이만 쓰겠소. 가서 또 편지할 날이 있으리
라 생각하오. 제발 몸 튼튼히 하시오.

건

앞에 놓인 봉투 속에서는 지폐 다섯 장과 끼쳐놓은
시계가 나왔다.

보배는 순간 눈물이 돌았다. 뼈가 찌르르 아팠다. 평
소에 무심히 지냈던 애정이 한꺼번에 솟아오르는 듯하
였다.

'언제까지든지 같이 지낼 수 없었던가.'

가지가지의 기억이 머릿속을 피뜩피뜩 스쳤다. 무뚝
뚝은 하였으나 굵은 애정으로 항상 보배의 마음을 녹여
주었다. 태규와의 기억이 마음속에 남아 있지 않음에도
불구하고 건과의 기억이 가슴 속에 굵게 맺히고 있음은
반드시 시간의 거리가 가까운 탓만은 아닌 것 같았다.

건이 버리고 간 헌옷가지에 얼굴을 묻고 있으려니 어

느 때까지라도 눈물이 나올 것 같다. 일어서서 방안을 어정어정 걸었다 뜰에 나갔다 하였으나 쉽사리 마음은 개이지 않았다.

③

이튿날 보배는 오래간만에 다니던 카페를 찾았다. 근무를 계속할 생각으로가 아니라 마지막 작별차로였다.

교섭을 마치고 아래층으로 내려왔을 때에 대낮에 카페 안에서 술 마시고 있는 태규를 만나 보배는 주춤하였다. 동무 여급들의 눈도 있고 하여 모르는 체하고 나가려고 하다가 기어이 불리우고 말았다. 동무들 있는 앞에서 뿌리치고 나가기도 도리어 수상스러워질까 보아 순직하게 의자에 앉아 버렸다.

"일전에 실례가 많았소."

쌍가풀진 눈가에 불그스레한 술기운을 띠운 태규는 보배를 보는 눈망울에 몹시 윤택이 있었다. 보배는 그 아름다운 눈을 보아서는 안 되겠다는 듯이 시선을 피하면서 무엇이 실례인가 하고 그가 말한 실례의 뜻을 생각하려고 애썼다.

"다따가 실례라니까 잘 모르겠죠?"

태규는 보배의 표정을 살펴 가느다란 단장으로 두 손을 받치고 말을 이었다.

"하기야 모욕을 받은 것은 나니까 실례를 한 것은 보배들 쪽이겠지만 나는 그날 집에 돌아가 곰곰이 생각한

결과 역시 실례가 내 쪽에 있다고 판단한 것이오. 오랫동안 실례가 많았소."

두 팔 밑에서 단장이 휘청휘청 휘었다.

"낸들 보배를 근본적으로야 배반했겠소? 다만 그때의 감정에 충실하였던 거지. 새로운 감정 그대로 행동하였던 거요. 사람은 생각하면 변새 많은 동물 같소. 원래가 늘 다른 것을, 자유를 원하는 것이 사람의 본성이 아니겠소? 나는 구태여 과거의 행동을 합리화시키려고 하는 것도 아니오, 나의 행동의 정당성을 주장하려는 것도 아니오. 원컨대 사람의 자유로운 행동이 그대로 바르게 용납되는 세상이야말로 마지막 이상이 아니겠소. 그런 세상에서는 나의 행동도 응낙될 것이오. 어떻게 말하면 보배에게는 잠꼬대같이 들릴 것이오. 나는 얼토당토 않은 이상주의자일는지도 모르오."

장황한 태규의 말을 새삼스럽게 들을 필요도 없이 보배는 딴 편만 보고 있기에 그 자리가 심히 괴로웠다.

"저쪽에 있을 때에도 보배의 소문이 조각조각 들릴 때마다 마음이 아팠고 적어도 늘 걱정만은 하고 있었던 것이오."

보배는 귀찮아서 딴 편을 본 채 동무들과 몇 마디 건네고 있었다. 태규는 단장을 놓고 술잔을 들어 보배에게도 권하였다. 보배는 물론 거절하였다. 그러나 그 이상 더 권하지도 않고 태규는 그의 잔을 마시고 일어섰다.

"오래간만에 한 곡조 쳐보고 싶구려."

하고 구석에 놓인 피아노 옆에 앉았다.

귀익은 세레나데가 울렸다. 태규는 고개를 들어 들창을 노리며 정서를 가지고 뜯는 모양이었다. 그러나 보배는 몇 해 전 같은 지붕 밑에서 아침저녁으로 듣던 면면한 그 곡조를 이제는 무심히 옆귀로 흘리는 것이었다. 일전에 해변에서 옥련이가 피아노를 팔아서 차점을 얻겠다고 전하던 말이 생각났다. 보배는 이 얼토당토않은 딴 생각에 잠기면서 피아노에 열중하고 있는 몰락한 피아니스트인 옛 애인의 뒷 모양을 물끄러미 바라보았다.

곡조를 마친 후까지도 태규의 얼굴에는 그 무엇이 쉽사리 사라지지 않았다. 술도 마시지 않고 여급들과 말도 없이 일어선 채 모자를 쓰고 보배를 재촉하였다.

"나갑시다. 차마 보배 다니던 술집에 오래 있고 싶지는 않구려."

거리에 나왔을 때에,

"해야 할 몇 마디 말도 있소."

거리의 한복판에서 실례를 할 수도 없어서 또 하는 수 없이 태규의 뒤를 따라 뒷골목 차점으로 들어갔다.

"어린 것 잘 자라오?"

의자에 앉자마자 이 소리였다.

"상관할 것 있어요?"

"그렇게 매정하게 굴 것이야 있소? 나는 이 이상 보배에게 귀찮게 굴자는 것이 아니오. 오늘 이 몇 시간만

거역 없이 나의 말과 생각을 존중히 해주구려."

차를 이르고 나서,

"애정 문제는 별 것으로 하더라도 어린것의 양육에 관하여서야 내게도 책임이 있는 것이 아니오. 혼자 공연한 수고만 말고 내 청도 들어달란 말요."

"누가 책임을 지랬어요."

"내 청이라야 그다지 넉넉한 것은 못 되오마는."

속주머니를 들쳐 두툼한 봉투를 보배의 앞에 내놓았다.

"나중에는 또다른 도리도 있을는지는 모르나 우선 지금에는 이것이 나의 기껏의 정성이니 받아 주시오."

차를 가져온 보이가 간 뒤에 태규는 말을 이었다.

"또 한 가지 청, 이것도 오늘 하루만의 청이니 거절하지 말고 들어 주시오."

차를 한 모금 마시고 나서,

"어린것을 한 번만 보여 주시오."

생각하다가 보배는 한 마디로 잡아떼었다.

"그럴 것 없어요. 이것도 받을 필요 없고."

봉투마저 그의 앞으로 밀쳐 버렸다. 보배의 생각으로는 돈도 받아서는 안 되고 어린것도 보여서는 안 되었다. 이제 와서 멋대로의 동정과 제의를 하는 것이 보배의 비위에 맞지 않는 것이다. 후회·동정, 이런 것을 보배는 미워하고 배척했다.

여러번의 간청에도 보배의 뜻은 종시 굽혀지지 않았다.

'만날 필요조차 없는 것을.'

오늘 태규와 만나게 된 것까지 불쾌히 여기면서 차도 마시지 않고 혼자 차점을 뛰어나와 버렸다. 태규가 행여나 쫓아오지나 않을까 해서 골목을 교묘히 빠져 재게 걸었다.

며칠 후 보배는 의외의 신문 기사를 보고 눈을 둥글게 떴다. 삼단의 굵은 제목이 태규의 사기 사건을 보도하였다.

─낭비에 궁한 결과 부동산의 문서를 위조하여 사기를 한 탓으로 검거되었다는 것이었다. '몰락한 음악가'이니 '약관의 피아니스트'니 하는 조롱의 문구가 눈에 띄었다.

보배는 그와의 과거에까지 캐어 올라가지 않은 것을 다행으로 여겼다. 사기까지 하게 된 형편에 일전에 양육비로 내놓던 돈은 대체 어떻게 해 변통한 것인가. 받지 않기 다행이었다고 보배는 생각하였다.

아마도 차점인가를 경영하기 위하여 그 노릇까지 한 것 같은데 그러면 대체 옥련은 어떻게 되었을까. 태규를 잃은 옥련이라는 것은 생각할 수 없는 가엾은 존재임에 틀림없다. 옥련이 역시 나와 같은 길을 밟게 되지 않을까, 생각하는 보배의 마음은 여러 가지로 궁금하였다.

'세상이란 헤아릴 수 없이 교묘하게 틀어져 가는구나.'

보배는 모르는 결에 한숨 비슷한 것을 내쉬었다.

4

몸이 괴로워서 보배는 다음날부터 다시 자리에 누웠다. 아픈 데는 없었으나 어딘지 없이 몸이 노곤하였다. 주사는 계속하여 맞는 중이었다. 물론 각혈의 증세는 없었으나 다만 전신이 괴로울 뿐의 정도였다.

이 생각 저 생각에 지쳐 무료히 누워 있으려니 편지가 왔다. 피봉에 이름은 없었으나 건에게서 온 것이었다. 실종 후의 첫 편지였다. 무료하던 차에, 더구나 건을 생각하고 있던 차이므로 보배는 조급하게 내려 읽었다.

보배, 이것이 보배에게 보내는 첫 편지이고 혹은 마지막 편지일는지도 모르오. 왜 그러냐 하면 앞으로는 자주 편지 쓸 기회도 없을 듯하니까. 지금 이 편지를 쓰는 곳이 어디인 줄 아오? 지도에도 오르지 않은 대동경 동남쪽 구석에 있는 빈민굴이라면 보배는 놀라겠소. 서울의 방을 무덥다고 여겼으나 이 방에 비기면 오히려 사치한 셈이었소. 단칸방에 사오 인의 동무가 살고 있소. 벽이 떨어지고 다다미가 무지러진 것은 말하지 않더라도 상상할 수 있을 것이오. 세상에서 제일 불결하고 누추한 곳을 머릿속에 떠올려 본다면 족할 것이니까. 그러나 이 불결한 방과는 반대로 마음 반드시 불행한 것이 아니오. 도리어 한없이 즐겁소. 피가 뛰논다고 말하면 어린애 수작같이 들릴는지 모르겠으나 실상 옛날에 느낀 열정을 지금 다시 느끼고 있는 중이오. 날마다 보는 것, 그것은 이 방의 떨어진 벽이 아니고 그 너머의 세상이오. 날마다 생각하는 것, 그것은 반드시 먹고 입는 것에 대한 걱정만이 아니고, 날마다 계획하는 것, 그것은 적어도 일상생활을 떠난 앞날에 대한 것이오. 동무들은 아침에 나갔다가 다음날 새벽에 돌아오고 혹은 며칠씩 안 돌아오는 수도 있소. 피차에 만나면 웃는 법 없고 잠자코 무표정한 얼굴로 맡은 일을 볼 뿐이오. 세상 사람들과 혈족이 다른 감정 없는 무쇠덩이와도 같은 사람들이오. 그러나 그들 속에서 나는 얼마나 친밀한 애정과 굳은 신념을 느끼고 있는지 모르오. 굳게들 믿고 일해 가는 것이오. 이 이상 우리의 생활을 구체적으로 적는대야 보배에게는 흥미없는 일일 것이오. 우리 혈관 속에 굵게 맺히고 있는 열정만이라도 보배가 알아야 된다면 족하겠소. 내 말만 하다가 문안이 늦었소. 그동안 건강은 웬만큼 회복되었소? 아직도 시골 안 갔으면 제발 속히 내려가시오. 만일 후일에 다시 만날 날이 있다 하더라도 그것은 보배의 건강이 있은 후의 일이 아니겠소? 내 충고 어기지 마시오. 문밖에 돌아오는 동무의 발소리가 나기에 이만 그치겠소. 여기 있는 동무들은 고향에나 동무에게 결코 편지 쓰는 법이 없소. 일도 바쁘거니와 그러한 마음의 여유를 만들지 않는 것이오. 나는 여기에 온 후로는 서울서 겪은 일을 차차 잊어갈 뿐이오. 이만.

건

편지에는 물론 주소도 번지도 기록되지 않았다. 봉투에 찍힌 일부인에 나타난 후카가와라는 흐릿한 글자로 건의 처소를 막연히 짐작할 수 있을 뿐이었다. 읽고 나니 건의 느끼고 있는 열정이라는 것을 아련히나마 느낄 수 있었다. 건의 건강한 육체, 굵은 감정이 새삼스럽게 생각났다. 나도 몸만 건강하다면 건이 하는 일 속으로 뛰어 들어갈 수 있을까, 얼토당토 않은 생각도 하여 보았다.

괴로운 것도 잊어버리고 이모저모 건을 생각하고 있는 동안에 반날이 지났다.

저녁때 의외에도 뜻하지 않은 옥련이 돌연히 찾아왔다.

"일전에 일러 주신 번지를 생각하고 더듬어 왔죠."

두 마디째에 옥련은 다짜고짜로,

"신문 보셨어요?"

"어떻게 된 일이오?"

"집에는 들어가지도 않고 방을 빌리고 있었죠. 별안간 습격이에요. 요행히 저는 빠졌지만. 차점이고 무엇이고 다 틀렸어요."

"피아노 팔지 않게 됐구려."

"세상 일이 왜 그리 잘 깨뜨려져요? 마치 물거품 모양으로. 언니, 앞으로 어떡했으면 좋겠소?"

소녀다운 형용이었으나 실감이 흘렀다

보배는 결국 너도 나와 같은 운명을 밟게 되었구나, 생각하며 미흡한 동무의 미래가 측은하게 내다보이는 것 같았다.

그가 간 후에 보배는 우울한 마음에 건의 일이 다시
생각났다. 별일이 없으면서도 또 한 번 읽고 싶은 생각
이 나서 편지를 다시 펴들었다.

지은이 약력

강원도 평창 출신(1907~1942)
경성제대 영문과 졸업
소설가 영문학자

저　서
≪메밀꽃 필 무렵≫ ≪분녀≫ ≪화분≫
≪낙엽기≫ ≪석류≫ 외

이효석 단편집　　　　⟨서문문고 292⟩

초판 발행 / 1982년 8월 20일
개정판 1쇄 / 1997년 9월 30일
지은이 / 이 효 석
펴낸이 / 최 석 로
펴낸곳 / 서 문 당
주　소 / 서울시 마포구 성산1동 20-12호
전　화 / 322—4916~8　팩스 / 322-9154
등록일자 / 1973. 10. 10
등록번호 / 제13-16

* 잘못된 책은 바꾸어 드립니다